DE LA MÊME AUTRICE

Aux Éditions JC Lattès

LE ROMAN DE LILI, 2000 (Le Livre de Poche).

JUNGLE, 2005 (Le Livre de Poche).

TOUT CELA N'A RIEN À VOIR AVEC MOI, 2013. Prix de Flore 2013 (Pocket).

CRANS-MONTANA, 2015. Grand Prix SGDL du roman 2016 (Pocket).

SUMMER, 2017 (Le Livre de Poche).

Aux Éditions Gallimard

ÉDEN, 2019 (Le Livre de Poche).

LA VIE CLANDESTINE

MONICA SABOLO

LA VIE CLANDESTINE

roman

nrf

GALLIMARD

Pour mes enfants Bianca et Edgar,
les plus merveilleux, les plus drôles aussi.

PROLOGUE

Je ne sais plus comment cela a commencé. Comment j'en suis arrivée à commander sur eBay, moyennant la somme de soixante euros, une buse naturalisée avec une queue tordue, juchée sur une branche.

À cette époque, je passais mes soirées à regarder des photos d'oiseaux empaillés sur Internet, en me demandant s'il valait mieux m'offrir une mouette (rare ! précisait l'annonce) ou un pélican (hors de prix). Je faisais défiler les spécimens, fixés sur des socles, posés sur un tapis de fougères, penchés en avant l'air curieux, un lézard dans le bec, en diorama perchés sur un faux arbre. Je renouais avec la vie sauvage.

Par ailleurs, j'avais des ennuis domestiques. La semaine précédente, le robinet de la cuisine m'était resté dans les mains, puis ma lampe de chevet avait explosé. En faisant la vaisselle dans le lavabo de la salle de bains, ou immobile dans la pénombre, il me semblait qu'une force obscure était à l'œuvre. Lorsque la cuisine d'un appartement, dans l'immeuble d'en face, avait brûlé, les enfants et moi avions contemplé les nuages de fumée dans le ciel, de plus en plus noirs. Ils m'avaient demandé si, d'une façon ou d'une autre, cette série de catastrophes pouvait être notre faute. J'avais ri, mais, au fond, ils avaient peut-être mis le doigt sur quelque chose.

Quand je le croisais devant les boîtes aux lettres, mon voisin m'invectivait : « Cessez de faire ce bruit infernal entre minuit et 2 heures du matin ! Que déplacez-vous au-dessus de ma tête, bon Dieu ? Des globes de pierre ? » Je ne me couchais jamais après 22 heures.

Avant de passer à l'acte d'achat, qui me semblait vaguement dangereux – le signe qu'une chose sombre et grave s'accomplissait en moi –, j'avais observé, plusieurs soirs de suite, les photographies de l'oiseau prises par Michel64, qui proposait aussi à la vente un imposant crucifix mural et une salamandre dans du formol. La buse se tenait sur une branche, ailes repliées, une tache blanche à l'arrière de l'œil. Sa queue, panachée de gris et de noir, paraissait infiniment soyeuse. Son plumage sobre, mais élégant, lui donnait une allure d'automne, alliant la modestie à la mélancolie. À la différence d'autres espèces, comme le harfang des neiges, avec sa blancheur irréelle et son petit air prétentieux, elle était dénuée de toute mégalomanie. Sans illusion sur ses capacités de séduction. Néanmoins, elle regardait au loin, en direction de l'avenir. Elle était un autre moi-même. Une force concrète, indiscutable, dans un monde évanescent.

Enfant, j'avais assisté à un spectacle de fauconnerie, quelque part en Auvergne, près d'un château. Tandis que les aigles, chouettes effraies, hiboux grands ducs, vautours, s'étaient montrés très disciplinés, déployant leurs ailes à l'instant même où un signal leur était envoyé pour aller se poser sur le gant de cuir que leur tendait un fauconnier déguisé en Robin des Bois, une buse – petite, brunâtre, l'air de rien – avait fait des siennes. Juchée telle une diva sur le poing en feutrine verte, elle tournait la tête avec ostentation, méprisant les gestes, de plus en plus contrariés, que le second fauconnier lui adressait de l'autre côté du terre-plein. Madame restait là, immobile, à faire la gueule, toisant celui qui pensait pouvoir lui donner des ordres. De loin, j'avais eu l'impression que l'oiseau me fixait. Au bout du compte, la buse avait décollé dans un mélange de grâce et de lassitude, et l'assistance poussé en chœur un soupir de soulagement. Mais alors que, de l'autre côté de l'esplanade, le second fauconnier tendait le bras, l'oiseau avait bifurqué en direction du public – toujours avec élégance, dans une sorte de virage souple, nonchalant. Après avoir un instant tournoyé au-dessus de l'assistance, de plus en plus proche, si proche que le battement de ses ailes soulevait une mèche échappée de ma queue-de-cheval, le rapace s'était posé sur ma tête. Ensuite, il ne fut plus question de le déloger.

Quelqu'un a pris une photo de ce coup de foudre. Le cliché montre une fillette en bermuda, un sourire triomphal et une buse sur la tête. Ce qui illumine son visage, à cet instant, c'est la joie d'avoir été vue. Vue pour tout ce qu'elle est, et que personne ne voit. Une créature dotée de pouvoirs mystérieux est venue la chercher, dans le monde souterrain où elle se promène. D'ordinaire, la petite fille reconnaît ceux qui en sont issus, mais eux ne la reconnaissent pas. Cette fois, si. Elle a été embrassée pour l'intégralité de son être. Ce qui se trouve ici, et ce qui est enfoui. Les serres agrippées à son cuir chevelu sont une morsure et un baiser.

Le matin où la buse me fut livrée, une étudiante m'avait téléphoné, pleine d'espoir, pour me demander si Yves S. était bien mon père. Quand on me pose cette question, chaque fois, mon sang se fige, j'ai la sensation d'un drame imminent, un mouvement s'opère dans mon corps, une sorte de rétraction. Depuis sa disparition, il y a quelques années – un nombre d'années qu'il m'est impossible de définir, ma mémoire ayant enfermé cette information dans un lieu inaccessible, un lieu que je ne visite jamais, comme une pièce oubliée, pleine de choses encombrantes dont on ne peut se résoudre à faire quoi que ce soit, ni les conserver, ni s'en débarrasser –, depuis quelques années donc, on ne m'avait presque plus parlé de lui.

La jeune fille faisait une thèse sur la civilisation précolombienne Tumaco-La Tolita, et aurait souhaité s'en entretenir avec mon père. Cette civilisation méconnue s'est développée au VIIe siècle avant J.-C., avant de s'éteindre brutalement, sans explications, mille ans plus tard. Yves S. possédait une impressionnante collection d'urnes funéraires, de bustes aux bouches béantes et aux yeux vides, de guerriers en érection, d'animaux menaçants, exposés dans notre appartement sous des dômes de verre. Enfant, quand j'allais chercher un verre d'eau à la cuisine, la nuit, il me semblait traverser un musée funèbre – des morts m'observaient derrière les vitres, furieux. La jeune fille aurait sans doute adoré vivre dans cet endroit. Son souffle se suspendit lorsque je lui annonçai qu'Yves S. était décédé, et ce depuis un certain temps. J'ai perçu sa déception, son chagrin même, dans ses mots emmêlés.

Mais je n'en avais pas fini avec Yves S.

Peu après, mon frère m'a téléphoné. Alors que jamais nous ne parlons de notre père, que nous évitons avec soin les sujets susceptibles de nous emmener sur des territoires mouvants, il a évoqué un problème. Il avait en effet découvert, en parcourant le site de l'ambassade, que les dettes d'un individu de nationalité suisse se transmettent, en vertu de la loi confédérale, de génération en génération, et ce jusqu'à l'extinction du nom.

À l'époque de son décès, nous avions reçu une lettre imprimée sur du papier recyclé nous priant d'accepter ou de répudier l'héritage d'Yves S. J'avais été heurtée par l'usage du terme « répudier », mais aussi par la présentation du courrier, où les options « accepter » et « répudier » étaient séparées par des pointillés sur lesquels était dessinée une paire de ciseaux. J'avais choisi « répudier » puis égaré les deux parties de la feuille.

À présent, mon frère soutenait que la Confédération helvétique nous ferait payer, pour des fautes que nous n'avions pas commises, dont nous ignorions tout, et nos enfants après nous, et les enfants de nos enfants. Mon frère a dit, à l'autre bout du fil : « il faudra, un jour, nous en occuper », ce à quoi j'ai acquiescé avec conviction, même si je savais déjà que ni lui ni moi n'en aurions le courage.

Il arrive que l'univers nous envoie des signes. Nous pressentons que celui-ci veut nous dire quelque chose, mais le message est brouillé. Nous sommes aux aguets, en proie à une culpabilité inquiète, et nous ne comprenons pas l'essentiel : ce n'est pas l'univers qui s'adresse à nous, mais une part mystérieuse de nous-mêmes qui s'adresse à lui. Il ne nous interpelle pas, il nous répond.

Depuis quelques jours, je dormais mal. Peu après la livraison de la buse, il avait plu dans le salon. Cela avait démarré par un filet d'eau tombant droit sur mon bureau, puis un autre plus loin s'était mis à couler sur un fauteuil, et enfin des trombes d'eau s'étaient déversées du plafond, de plus en plus nombreuses, de plus en plus puissantes, si bien qu'on aurait dit que le canapé était caché derrière une cascade. J'avais disposé des seaux en plastique et des casseroles de-ci de-là, et je les avais regardés, résignée, se remplir à grande vitesse. J'assistais à une représentation de ma vie. Ces meubles moisis et détrempés étaient tout ce qu'il me restait, et il nous faudrait sans doute bientôt, mes enfants et moi, nous installer dans une roulotte. Mon dernier livre recevait un accueil mitigé. Je rêvais la nuit d'émissaires du gouvernement suisse, vêtus d'imperméables, chargés de saisir ce que je possédais encore. Le matin, mes pieds s'enfonçaient dans la moquette spongieuse comme dans un tapis d'herbes aquatiques. J'étais incapable d'écrire. Les piles de livres qui s'entassaient au sol, disséminées le long des murs de ma chambre, me donnaient la nausée. La littérature m'avait permis de me tenir quelque part, d'exister dans un espace décalé, mais désormais, cet endroit avait disparu. Quelqu'un avait détruit mon refuge, cette cabane où je menais une vie secrète, mais tangible. Elle avait été soufflée par une tempête. Je ne ressentais rien, pas même le désir de la reconstruire. Je ne comprenais même plus ce que j'avais pu lui trouver, ainsi qu'on se réveille après une grande passion, échevelée et perplexe. Où pouvais-je bien aller, maintenant ?

Mon frère m'appelait régulièrement, pour me faire part de ses réflexions sur divers sujets. À peu près tous les sujets, en vérité, que ce soit la beauté de l'Évangile selon saint Jean, un documentaire sur Toto Riina, le plus sanguinaire des parrains, ou ses dernières lectures, *Par-delà bien et mal*, *Crainte et Tremblement*. Je percevais l'angoisse dans sa respiration, couverte par les grincements du RER à bord duquel il traversait la banlieue parisienne. Où vivait mon frère ? Peut-être dans ses livres d'Aristote et de saint Thomas d'Aquin, ou dans son désir, toujours repoussé, de savoir lire les auteurs médiévaux en latin, et de s'immerger dans la philosophie, entre deux séances de formation managériale. Ou peut-être dans nos conversations, ces moments où, en mouvement, quelque part sur la ligne C, il évoquait *Être et temps* de Heidegger. Nous avions tous les deux des problèmes concernant l'être et le temps. Lui vivait dans un avenir métaphysique qui se dérobait, moi dans un lieu qui n'était ni le passé ni le futur, et certainement pas le présent.

Après l'un de nos échanges, j'avais cherché la définition du mot exister : « Être actuellement, ne pas être imaginé mais avoir une réalité. *Exister, qu'est-ce que ça veut dire ? Ça veut dire* être dehors, sistere ex. *Ce qui est à l'extérieur existe. Ce qui est à l'intérieur n'existe pas. [...] C'est comme une force centrifuge qui pousserait vers le dehors tout ce qui remue en moi, images, rêveries, projets, fantasmes, désirs, obsessions. Ce qui n'*ex-siste *pas* in-siste. *Insiste pour exister* (Michel Tournier, *Vendredi ou les limbes du Pacifique*, 1967). »

La première fois que j'ai vu la thérapeute qui allait me suivre pendant trois ans, me poussant plus loin que personne ne l'avait jamais fait, avec des passages si douloureux que j'en viendrais à me rendre à nos rendez-vous avec le sentiment d'entrer dans un piège, elle m'a demandé de dessiner mon arbre généalogique. Elle était espagnole, avait des cheveux frisés hirsutes qui lui donnaient l'air de sortir d'un combat à mains nues. Elle a arraché une page quadrillée d'un grand cahier à spirale, sur laquelle j'ai dessiné, sans réfléchir, une sorte de bâton : à son sommet j'ai inscrit le prénom de ma grand-mère, juste en dessous, celui de ma mère, et en bas, le mien. C'est tout. La ligne était minuscule au milieu du grand blanc quadrillé.

Il ne m'est pas venu à l'idée d'y apposer le nom de mon grand-père maternel, ni celui de mon père ou de ses parents. N'y figuraient pas non plus le nom de mon frère, ni celui de mon demi-frère, ni ceux de mes enfants. Dans mon étrange cerveau, je suppose qu'ils auraient dû apparaître ailleurs, sur une autre feuille.

« Jamais vu un truc pareil », a-t-elle dit, d'un ton neutre, en examinant la feuille.

Ce qui est à l'extérieur existe. Ce qui est à l'intérieur n'existe pas.

Quelque temps après avoir adopté la buse, je me suis rendue en Allemagne où des lectures étaient organisées dans des bibliothèques, au milieu de la campagne. On me conduisait chaque jour dans un nouveau coin désolé, englouti dans le brouillard. Assise dans la voiture d'une petite dame énergique qui fumait à la chaîne, je m'attendais à voir surgir une chose atroce dans la lumière des phares – un type avec une hache, une fille couverte de sang.

On me présenta un auteur néerlandais, dont je n'avais jamais entendu parler. Ensemble, nous devions participer à plusieurs rencontres littéraires. Il portait des chaussures de montagne et un sac à dos dont les lanières étaient très serrées sur sa chemise. On aurait dit qu'il revenait d'une randonnée. Il avait un beau visage élégant mais fatigué, le visage d'un homme qui a pris le vent dans un pays de forêts et de tempêtes.

On nous installa dans une salle de lycée, en compagnie de deux étudiantes en école d'interprète, minces, pâles, aux longs cheveux blonds. Elles nous suivaient comme deux ombres, ou les fantômes de jeunes filles mortes depuis des centaines d'années. Elles traduisaient nos conversations, en français ou en néerlandais, mais d'une façon si approximative qu'elles semblaient parler une langue oubliée. Juste avant la rencontre, nous avons pris un café tous les quatre. L'auteur me posa une question, et je crus qu'il chantait. J'ignorais que le néerlandais était si mélodieux.

« Êtes-vous une femme dans le bonheur ? traduisit l'une des blondes gothiques.

— Pardon ?

— Je vous prie d'excuse, je suis en année première des études. »

Elle avait de longs ongles roses et souriait en émiettant un sachet de sucre.

« Hum. Entre deux eaux, je dirais. »

Elle me regarda, affolée. Je me tournai vers l'auteur néerlandais.

« Et vous, êtes-vous un homme dans le bonheur ? »

Des rides apparurent au coin de ses paupières. Il parla pendant très longtemps, je ne comprenais rien, les interprètes avaient l'air perdues.

Le soir, au bar de l'hôtel, devant un verre de vin rouge, il me confia en anglais qu'il songeait à élever des pigeons voyageurs. Je n'ai pas saisi tout de suite l'expression *carrier pigeon*, imaginant qu'il voulait faire carrière dans les pigeons, ou que les oiseaux étaient très ambitieux. J'ai compris lorsqu'il a fait mine d'écrire sur une serviette en papier avant de l'enrouler sur son doigt, puis agité les mains pour imiter des ailes.

Il espérait ainsi découvrir le sens de son existence. Avec un pigeon, on doit poser les questions essentielles, celles qui tiennent sur un tout petit bout de papier. Il faut bien choisir : dans la vie, on n'a pas souvent l'occasion d'obtenir des réponses. Or la communication aviaire a ses contraintes. Non seulement il s'agit de trouver sa question, celle qui, en peu de mots, pourra être ligotée à la fine patte d'un pigeon, mais encore faudra-t-il s'armer de courage, de patience, et donner de sa personne. Car contrairement à ce que l'on imagine, le pigeon voyageur ne connaît qu'une seule route : celle qui le ramène à son pigeonnier. Il s'agit donc, expliqua l'auteur néerlandais, d'élever son oiseau, de le dresser durant plusieurs années, avant de l'emporter dans une boîte à chaussures, ou la poche de sa veste, sa question à la patte, jusqu'à son destinataire. Le destinataire, ensuite, écrit sa réponse sur un autre petit morceau de papier et ouvre la fenêtre. L'oiseau suit alors le soleil, les étoiles, ou le champ magnétique terrestre, avec, en suspension, la clé de l'existence. Et puis, un jour, il est là, sur le rebord de la fenêtre de l'auteur néerlandais, ou perché sur un panneau de signalisation, de l'autre côté de la route.

Il avait mimé les différentes étapes. Pour évoquer la notion de « question essentielle », il avait écarté les paumes et levé les yeux au ciel. Après cette gymnastique, il m'avait regardée. Il semblait ému.

Le lendemain, dans le train qui me ramenait à Paris, j'ai réfléchi à la question que j'aurais voulu fixer à la patte d'un pigeon. *Quelle faute suis-je en train d'expier ? La littérature peut-elle encore me sauver ?* Ou simplement : *Comment vais-je m'en sortir ?* Je pensais à la buse de Michel64, sur ma table de nuit. Avais-je le moindre espoir de trouver une réponse ? Le seul oiseau en ma possession était mort. J'avais envie de demander aux autres passagers, cette femme enroulée dans un imperméable qui regardait défiler le paysage, ce monsieur qui pianotait sur un ordinateur, le front plissé, sans jamais lever les yeux : quelle question poseriez-vous, s'il n'y en avait qu'une ? Qu'inscririez-vous sur un tout petit bout de papier ? J'aurais voulu déchirer une feuille en une infinité de morceaux, et les distribuer à l'ensemble des personnes assises dans ce train. Nous avions tous intérêt à nous interroger. Peut-être alors cesserions-nous de prendre des trains sans savoir où nous allons, ignorant notre destination *réelle*.

À mon retour, dans l'obscurité marécageuse de mon appartement, j'ai pris une grande décision : j'allais écrire quelque chose de facile et d'efficace, qui aurait des chances de se vendre et me permettrait de survivre. J'ai pensé qu'une histoire vraie, spectaculaire et la plus éloignée possible de moi, me reposerait. La poésie, la radicalité et l'expression intime, qui m'avaient habitée toutes ces années, n'étaient sans doute pas une si bonne idée. Je réfléchissais à cela, en écoutant *Affaires sensibles* sur France Inter – *Les grandes affaires, les aventures et les procès qui ont marqué les cinquante dernières années*. La voix mélodramatique du journaliste Fabrice Drouelle, qui semblait surgir d'un film catastrophe des années 50, s'accordait à la situation. J'espérais trouver un sujet pour mon prochain livre, un fait divers, un meurtre. Je croyais pouvoir m'en tirer comme ça, ainsi qu'on croit des choses à certains moments de son existence, avec une obstination suspecte.

J'écoutais les émissions les unes après les autres. *L'Affaire du vampire de Highgate*, *L'Assassinat du juge Falcone*, *Guy Desnoyer prêtre et assassin*. Je marchais dans mon appartement, je sentais l'humidité sous mes pieds. *La Mystérieuse Mort de Pablo Neruda, La Disparition du vol Air France 447 Rio-Paris, Rainbow Warrior :*

sabordage en eaux troubles pour raison d'État. Le monde avait traversé tant de catastrophes en un demi-siècle, c'était réconfortant. Et puis, un soir, en pyjama, une brosse à dents coincée dans la bouche, j'ai lancé l'épisode consacré à l'assassinat de Georges Besse par Action directe :

Tuer. Car c'est la décision glaçante que prennent deux femmes et deux hommes, Nathalie Ménigon, Joëlle Aubron, Jean-Marc Rouillan et Georges Cipriani, un soir d'hiver, à Paris.

Nous sommes en 1986, et le groupe armé Action directe dévie définitivement de son habituelle ligne de conduite révolutionnaire, violente mais non sanguinaire, et sombre dans la fièvre assassine. Le 17 novembre, le groupe abat froidement Georges Besse, P-DG de Renault, patron respecté, père de famille, époux comblé.

De la naissance d'Action directe à son anéantissement, retour sur un processus funeste, qui mena à l'assassinat d'un homme et à la fin d'une sanglante époque.

J'ai regardé mon reflet dans la glace de la salle de bains : Voilà, je le tiens ! J'ai répété d'une voix gutturale, la bouche pleine de dentifrice : *La fièvre assassine, un processus funeste*, avant de cracher dans le lavabo. *La fin d'une sanglante époque…*

Ce fut aussi simple que cela. Dans les années 80, un groupe de jeunes gens assassinent un père de famille pour des raisons idéologiques. C'était un bon sujet. J'allais écrire un truc facile et spectaculaire, rien n'était plus éloigné de moi que cette histoire-là.

Je le croyais vraiment.

Je ne savais pas encore que les années Action directe étaient faites de ce qui me constitue : le secret, le silence et l'écho de la violence.

I

LE CRIME

Je comprends rapidement dans quel guêpier je me suis fourrée. Je ne connais rien aux mouvements d'extrême gauche, n'ai jamais milité ni participé à la moindre action collective – tout ce qui relève du groupe m'angoisse, et paraît s'adresser à d'autres, comme si je n'appartenais pas à la société. Je me perds dans les différences entre marxistes, léninistes, trotskistes, maoïstes, et, lorsque j'entends des ex-soixante-huitards évoquer cette période, avec ce mélange de décontraction et d'autorité, leurs certitudes, leurs dogmes, j'ai la même sensation qu'avec Yves S. : eux, ils savent, et moi, je ne sais rien.

Concernant Action directe, tout est secret, obscur, multiple. Il est difficile de trouver des sources. L'organisation a sévi en France entre 1979 et 1987, et revendiqué plus de quatre-vingts attentats. Pourtant, très peu de documents lui sont consacrés. Contrairement aux mouvements révolutionnaires allemands et italiens de l'époque, la Fraction armée rouge ou les Brigades rouges, avec qui ils menaient parfois des opérations, Action directe ne semble pas avoir marqué l'histoire, du moins pas de façon profonde, mythologique. AD paraît toujours un peu décalé, dépourvu de base conséquente, d'appui populaire, de véritable ancrage ouvrier ou étudiant. Dans la presse, on l'évoque avec une certaine condescendance – irritante, en particulier lorsque sont mentionnées les « jolies terroristes qui donnent la mort » –, on décrit un mouvement erratique, déconnecté de son temps, et du réel.

Ce sont toujours les mêmes faits qui sont relatés, et ils m'apparaissent aussi lointains que s'ils avaient eu lieu dans un pays exotique, à une époque très ancienne, avec des sigles, des actions, des mots qui n'évoquent plus rien de tangible. Toutes les chroniques racontent plus ou moins la même chose, les mêmes dates clés rappelant l'escalade et la fuite : l'organisation apparaît en 1979, avec un coup d'éclat, la fusillade de la façade du Conseil national du patronat français. C'est le premier d'une longue série d'attentats visant des symboles de l'État et du grand patronat, ministères, entreprises, ambassades. Au début, ces actions n'entraînent que des dégâts matériels. En septembre 1980, au cours d'une opération rocambolesque montée par les Renseignements généraux, Jean-Marc Rouillan et Nathalie Ménigon sont arrêtés. En août 1981, soit trois mois après l'élection de François Mitterrand, une vingtaine de membres d'Action directe bénéficient de l'amnistie présidentielle et sont libérés. Retour à la case départ, reprise des attentats. En 1983, alors qu'ils s'apprêtent à interpeller des membres du groupe, deux policiers sont abattus avenue Trudaine, à Paris. En janvier 1985, René Audran, ingénieur dans l'armement et directeur des affaires internationales au ministère de la Défense, est assassiné. En novembre 1986, Georges Besse, patron de Renault, est tué sur le trottoir, devant chez lui. Le 21 février 1987, Jean-Marc Rouillan, Nathalie Ménigon, Joëlle Aubron et Georges Cipriani sont capturés dans une ferme isolée du Loiret. Fin de l'activité du groupe. Fin de l'histoire.

Dans les journaux, en février 1987, il est question de l'arrestation des « quatre leaders » mais en réalité, à cette période, l'organisation se réduit plus ou moins à ces quatre-là. Dans la ferme de Vitry-aux-Loges où ils sont attrapés après des mois de traque, on trouve des armes, des explosifs, des listes de cibles potentielles, et une « prison du peuple » destinée à accueillir des fauteurs du grand capital. Les membres d'AD vivent dans un lieu parallèle, où l'on s'invente une autre réalité, plus juste et plus scintillante, un lieu clandestin qui m'évoque celui de la littérature, à cela près qu'il mène, au bout du chemin, au meurtre et à la prison à perpétuité.

Au moment où surgit l'organisation, à la fin des années 70, un monde s'effondre, un autre naît. La décennie passée a été celle de la guerre froide, des combats pour la libération des peuples colonisés, de la peur de l'apocalypse nucléaire et de la violence politique. Ce fut l'époque des enlèvements, du terrorisme de l'OLP et du FPLP, de l'extrême gauche et de l'extrême droite, des bombes contre les intérêts américains, israéliens, capitalistes, impérialistes, des attentats indépendantistes de l'IRA, de l'ETA, du FLNC, le temps aussi des marches antinucléaires, des restructurations brutales, des occupations d'usines, de la révolte des travailleurs de la sidérurgie, du bâtiment, de l'automobile, du textile et de l'imprimerie, des bastons contre les CRS. En déroulant le fil des événements, on a le sentiment d'assister à une lente agonie. L'époque suinte une angoisse sourde, à l'image d'un Roger Gicquel qui lance en 1976, en ouverture du journal de 20 heures évoquant l'assassinat d'un enfant par Patrick Henry, petit commerçant de vingt-trois ans : « La France a peur. » Il règne un climat de menace, de sidération, celui qui nimbe les périodes crépusculaires, marquant la fin d'un rêve, et l'impuissance à en imaginer un autre.

À l'espoir exalté qu'a suscité Mai 68 succède une rage froide. Tout est fragile, instable, brutal. La mort rôde, elle peut tomber du ciel, ou frapper au coin de la rue. En mars 1977, Jean-

Antoine Tramoni, ancien vigile de la régie Renault, meurtrier cinq ans auparavant du jeune militant maoïste Pierre Overney, est abattu en région parisienne. En octobre, le président du patronat allemand, Hanns Martin Schleyer, est enlevé et assassiné à Cologne par la Fraction armée rouge. Un vol de la Lufthansa au départ de Majorque est détourné vers Mogadiscio par quatre pirates de l'air palestiniens réclamant la libération de membres de la RAF. En janvier 78, le baron Empain est kidnappé devant son domicile, un colis contenant son doigt tranché est déposé dans une consigne. En mars, le leader de la démocratie chrétienne italienne, Aldo Moro, est enlevé par les Brigades rouges ; deux mois plus tard, son corps est retrouvé, criblé de balles, dans le coffre d'une voiture au centre de Rome. Bob Denard et sa bande de mercenaires débarquent aux Comores et renversent le régime du président Soilih. Des terroristes palestiniens ouvrent le feu sur des passagers à destination de Tel-Aviv à l'aéroport d'Orly. Des bombes explosent au siège du Club Med, au Bazar de l'Hôtel de Ville, au domicile d'Yves Mourousi, au château de Versailles.

Dans le même temps, quelque chose se défait, se résigne. On délaisse peu à peu la contestation, on enterre une décennie d'espoirs fous de justice et d'égalité. Le combat social est toujours vivace, les usines sont bloquées, occupées, mais la mouvance gauchiste et la lutte ouvrière ne parviennent plus à faire corps, comme si tout était devenu liquide. Aux rêves d'insurrection succèdent d'autres aspirations, celles des années 80, libertés individuelles, espoirs petits-bourgeois, paillettes de la télévision, mythe de l'entrepreneur, du winner à l'américaine, et du fric. Il suffit de visionner les interviews que donne Bernard Tapie dans ces années-là (j'y passe bientôt mes soirées, fascinée, aspirée par le vortex YouTube, fini les oiseaux empaillés), il suffit de le regarder, bronzé, sourire sensuel, affalé à l'arrière d'un taxi, balancer ses *punchlines* – « Il n'y a rien de plus redoutable que de vivre dans un système capitaliste avec des gens qui ne le sont pas» – pour saisir cette avidité, de l'ordre de la prédation.

Action directe apparaît alors telle une étrange comète, qui, au lieu d'éveiller les masses et de les embarquer dans un vaste mouvement révolutionnaire, les laisse plus ou moins indifférentes – même si certains ne partagent pas ce point de vue, affirmant que ses actions donnèrent de l'espoir et de la force à une partie de la classe ouvrière. Une organisation qui se replie sur elle-même, s'immergeant toujours plus profondément dans la clandestinité, là où le monde n'est qu'un lointain écho, de même que le monde avance et ne les entend pas. Ses membres refusent de se soumettre, se dressent contre leur temps, mus par la beauté du rêve, de l'utopie, la soif de justice. L'appellation même dit le geste, l'impulsion, la volonté d'agir, sans intermédiaire. S'ils écrivent des textes, ont déjà une trajectoire politique, un passé d'activistes, rien ne tient vraiment droit. Ceux qui les détestent, ou les combattent, les surnomment «les zombies», «les crétins d'AD».

L'organisation n'est pas, alors, la bande glacée que décrira ensuite la police et la presse – *la folie meurtrière, la fièvre assassine.* Ses membres constituent plutôt un groupe hétéroclite issu de l'autonomie, inspiré par l'Italie, et sont de formations diverses, Brigades internationales, Noyaux armés pour l'autonomie populaire, combattants antifranquistes des Groupes d'action révolutionnaires internationalistes et du Mouvement ibérique de libération. Lorsqu'ils commencent à discuter, fin 1977, de l'idée d'une coordination politique et militaire clandestine, ce sont des jeunes gens révoltés, aux terrains de lutte et aux pratiques différents. Ils sont sur tous les fronts, de la défense des travailleurs, des immigrés et des femmes, aux émeutes urbaines, en passant par les révoltes carcérales. Durant les deux premières années, ils sont nombreux, plusieurs dizaines, sans compter les sympathisants, les soutiens logistiques, qui fournissent des planques et des coups de main. Ils se partagent alors en deux formations, l'une semi-légale, composée de militants plus ou moins classiques, l'autre illégale, en charge des « opérations de financement » (les braquages et les casses), des attentats à la bombe et des mitraillages.

J'ignore si ces jeunes gens sont romantiques ou dangereux, rêveurs ou fous, à côté de la plaque ou au cœur du réel. Je ne sais d'où provient la violence, d'eux ou du système, je ne sais s'ils sont des résistants, des aventuriers, des Pieds Nickelés ou des gangsters. Peut-être sont-ils tout cela à la fois, peut-être rien de tout cela. Mais ce qui m'apparaît, et m'est étrangement familier, c'est le glissement. Cette ombre qui se déplace, de manière imperceptible, et les conduit dans un lieu solitaire, de plus en plus loin des autres, et d'eux-mêmes. Un mouvement qui les emporte à travers le temps et l'espace à la façon du courant d'une rivière, tandis que l'ombre les recouvre. Et soudain, ils sont là, plongés dans l'obscurité, et ils s'apprêtent à commettre l'irréparable.

Je ne me rappelle pas mon enfance à Genève, en particulier les années passées, entre 1974 et 1977, dans cet appartement moderne, confortable, tapissé de moquette et meublé dans un style typique des années 70, au 8e étage, sur l'avenue des Crêts-de-Champel. Je n'ai aucun souvenir de ma mère ni de mon père. Je les vois sur les photographies, ma présence est indiscutable à leurs côtés – en pyjama, sur les genoux de ma mère, levant les yeux sur son visage, n'en revenant pas d'être l'enfant de cette enfant, jouant avec ses longs cheveux blonds ; en T-shirt rose imprimé d'un chaton, blottie sous le bras de mon père, son sourire incertain, ses lunettes rectangulaires –, cela ne m'évoque rien. Comme si nous n'habitions pas le même univers, ou plutôt comme si, moi, j'avais vécu ailleurs. En observant les photos me reviennent des détails qui apparaissent dans le cadre – le canapé, recouvert d'un tissu granuleux, la plaque de verre de la table de la salle à manger, ses pieds arqués en acier, le couvre-lit de la chambre de mes parents. Je me rappelle le couvre-lit, sa matière froide et brillante, ainsi que le lit, sans pieds, large, mais je ne me souviens pas de mes parents.

Le soir, au plafond de ma chambre, je croyais voir s'agglutiner des nuées d'insectes, des millions de mouches noires – quelques-unes, éparses, au départ, puis si nombreuses qu'elles formaient un tapis luisant, une monstrueuse créature vrombissante. Dans mes cauchemars, où je basculais subitement, passant de la rêverie à la terreur sans m'en apercevoir, je glissais sur un toboggan suspendu au-dessus du vide, une longue chute dans un ciel inversé. J'imaginais qu'il y avait dans le mur une porte secrète, qui s'ouvrait sur une pièce cachée, ouvrant sur un corridor caché, ouvrant sur une pièce, ouvrant sur un corridor, ouvrant sur une pièce.

C'est là que je vivais, semble-t-il.

Il n'y a pas grand monde, lorsque j'y pense. Quelquefois, une silhouette apparaît, dans le coin externe de mon œil – la jeune fille au pair, un ami de mes parents –, jamais au centre. D'autres fois, mon œil fait le point sur mon petit frère alors qu'il surgit dans le couloir ou dans ma chambre, en pyjama de molleton jaune, à cheval sur son tricycle. Il apparaît tel un animal sortant du bois, sa présence est une onde qui pénètre directement mon univers, une inquiétude se diluant dans une inquiétude.

Dans mes souvenirs, mon frère grimpe sur son tricycle seulement la nuit, lorsque mes parents sont sortis – si je n'ai pas d'image de leur présence, j'ai en revanche la mémoire nette, physique, de leur absence, on dirait que l'absence, de la même façon que mon frère en pyjama jaune filant sur un vélo dans l'obscurité, appartient au territoire que j'habite. Faiblement éclairé par la lumière du corridor de l'entrée, il traîne une ombre derrière lui. Son visage est blême, son nez coule. La nuit par la fenêtre se reflète sur sa peau. Il ne me regarde pas, il pédale, fait le tour de ma chambre, puis disparaît dans le couloir. J'entends au loin le crissement des roues de caoutchouc, tandis qu'il continue son circuit, et ce bruit semble ne jamais cesser.

On m'a raconté que mes parents, rentrant d'un dîner – ce mot désignait un trou noir où ils étaient avalés, un arrière-plan sans matière, mais peut-être était-ce là qu'ils vivaient alors – ont trouvé mon frère dans l'entrée, endormi sur son tricycle, la lumière du plafonnier nimbant la scène d'un halo tragique. Son buste était couché sur le guidon, dans la position d'un homme abattu dans sa course d'une balle en pleine tête.

J'ai lu quelque part que le souvenir n'est pas le souvenir de l'instant T où l'événement a eu lieu, mais le souvenir de la dernière fois où le souvenir a surgi. Nos souvenirs sont des souvenirs de souvenirs de souvenirs.

Où vivons-nous ? J'ai le sentiment, pour ma part, d'avoir très peu vécu à l'endroit où mon corps se trouvait. J'ai passé la majeure partie de ma vie ailleurs, dans un espace blanc reculé. Il ressemble à l'écran que déroulait mon père pour y projeter les diapositives de notre vie familiale, la preuve qu'elle était bien réelle, des pièces à conviction dans une boîte en plastique. Ma mère et moi dans une luge, elle en manteau de fourrure, moi engoncée dans une combinaison de ski, mon père et moi jouant au ping-pong, mon frère et moi à la plage, brandissant une pelle.

Ces années-là, tout est noir ou métallique. Les pieds de table, les vide-poches, les valises, les téléphones, la bibliothèque, les appareils photo. Une modernité de Bakélite, où rien d'organique ne peut croître.

En France, fin 1986 et début 1987, après le meurtre de Georges Besse, on voyait partout, placardées sur les portes des magasins, les façades des écoles, dans le métro, les photos en noir et blanc de Nathalie Ménigon, la brune, et de Joëlle Aubron, la blonde. L'affiche indiquait, en caractères noirs et gras, dans une typographie typique des années 80 : *La police judiciaire recherche Nathalie Ménigon (29 ans, 1,70 mètre, corpulence mince, cheveux châtains mi-longs ou courts, yeux marron clair, teint clair) et Joëlle Aubron, épouse Schleicher (27 ans, 1,68 mètre environ, corpulence mince, yeux couleur vert orangé, cheveux châtains)*. Certains de mes amis n'ont jamais oublié. Ils étaient enfants, ou adolescents, c'est le premier et dernier avis de recherche qu'ils aient vu. Ils se rappellent la peur, mais aussi l'excitation, la fascination, que suscitaient ces filles, ennemies publiques numéro 1, ainsi que l'avait été Jacques Mesrine quelques années auparavant. Elles portaient des jeans et des blousons en cuir, semblaient libres et disaient des gros mots. Leurs portraits apparaissaient aussi le soir, au journal de 20 heures. Chaque jour, la menace surgissait : elles étaient là quelque part, vous pouviez les croiser dans la rue, l'escalier de votre immeuble, devant votre porte, vous pouviez recevoir une balle.

Sur les photographies, Nathalie Ménigon a une frange à la Sophie Marceau, un visage gracieux mais insaisissable. Joëlle Aubron sourit, cigarette entre les lèvres, elle dégage une énergie frontale, un je-ne-sais-quoi de buté. Elles ressemblent à n'importe quelle jeune fille des années 80. Étudiantes en lettres, vendeuses, employées de bureau, ouvrières, volontaires, rêveuses, moins affranchies qu'elles ne le paraissent. Et dans le même temps elles sont la mort, affichée comme un avertissement : dans notre monde s'en dissimule un autre, dangereux, effroyablement proche, au visage juvénile.

Sur l'avis de recherche on indique qu'une récompense allant jusqu'à un million de francs est proposée à tout individu apportant des renseignements qui permettraient leur arrestation. À la suite de sa diffusion, il y eut tellement d'appels, un si grand nombre de coups de fil fantaisistes, de canulars, mais surtout de personnes persuadées de les avoir vues ou de les connaître, que la police, lassée, finit par abandonner les vérifications.

Hormis celles imprimées sur l'avis de recherche, il existe très peu de photographies des filles. Ménigon, un œil fermé, qui tire au fusil dans une fête foraine. Immobilisée par les flics, rue Pergolèse, en 1980. Quelques Photomaton. Chemise d'homme, pull-over, col en V. Queue-de-cheval, yeux fermés, sweat-shirt. Aubron, souriante, clope glissée entre les doigts, dans ce qui s'apparente à une chambre d'étudiante. Veste en jean, foulard, cheveux roux, encadrée par des flics. Coquard sous l'œil, trace de l'affrontement qui vient d'avoir lieu, lors du coup de filet à Vitry-aux-Loges en 1987. J'agrandis les images. Je scrute les détails.

Les éléments biographiques sont maigres, eux aussi. Rien de déterminant n'apparaît, ni ne semble les réunir. Nathalie Ménigon est issue d'un milieu ouvrier, Joëlle Aubron d'une famille bourgeoise, catholique. Ménigon fut employée de banque, Aubron a raté son bac deux fois.

Elles ont vingt-sept et vingt-neuf ans quand elles assassinent, le soir du 17 novembre 1986, le patron de la régie Renault, en bas de chez lui, au 16 boulevard Edgar-Quinet dans le XIVe arrondissement. Elles l'atteignent de trois balles, une à la tête, une autre à la poitrine, la troisième à l'épaule, avant de s'enfuir, à pied, en direction du boulevard Raspail. C'est cette exécution qui a marqué les foules et m'a conduite à plonger dans cette histoire. Le groupe avait pourtant déjà commis, près de deux ans auparavant, un autre assassinat : celui du général Audran. Le 25 janvier 1985 au soir, il est abattu au volant de sa voiture, devant son domicile de La Celle-Saint-Cloud. Action directe revendique l'attentat mais il n'y a pas de témoins. C'est peut-être pour cela que l'affaire n'a pas imprimé nos mémoires, du moins pas de manière aussi nette : c'est un meurtre sans représentation. Pas d'images fixées sur nos rétines, puis rangées dans un compartiment de notre cerveau. Pas d'identification, pas d'affect. À moins qu'il ne s'agisse simplement de la roulette de la mémoire. J'ignore tout des détails de l'affaire Audran mais sans doute n'ai-je pas cherché avec la même obstination. L'attraction de l'autre meurtre agit tel un tourbillon qui m'entraîne vers les profondeurs, m'aspire dans les remous, à une vitesse croissante.

Dans son livre *Dix ans d'Action directe*, Jean-Marc Rouillan consacre plusieurs pages à l'assassinat de Georges Besse. Je les lis et les relis, j'essaie de visualiser la scène, je me fais mon cinéma.

Je vois Joëlle et Nathalie, assises côte à côte sur ce banc, qui attendent. C'est un lundi, il est près de 20 heures. Elles viennent là tous les lundis soir, depuis trois semaines maintenant. Elles se trouvent à une centaine de mètres de la porte d'entrée de l'immeuble où vit Georges Besse. Elles portent l'une une veste en jean, et l'autre un blouson. Elles ne dissimulent même pas leurs visages. Elles portent une arme – un Smith & Wesson, ou un 357 Magnum, caché quelque part.

Deux véhicules de protection sont garés un peu plus loin, le long du cimetière Montparnasse. À leur bord, des camarades – dont les noms n'apparaissent pas, qu'on ignore, encore aujourd'hui – guettent la présence d'une patrouille de police, ou de la Renault R 25 qui escorte parfois celle de Georges Besse.

Tous les soirs, son chauffeur dépose le patron de Renault à quelques pas de son domicile, sur le trottoir. Tous les soirs, il traverse la rue, fouille dans sa mallette de cuir noir, cherche ses clés. Depuis plusieurs semaines, des membres d'Action directe se relayent pour surveiller les lieux, assis dans un café au bout de la rue, ou patrouillent dans le quartier, cherchant la faille dans le système de sécurité. Une caméra tourne toute la journée, posée dans un couffin, dissimulée par des légumes sur la plage arrière d'une voiture garée devant le numéro 17.

La faille, ce sont ces quelques secondes durant lesquelles Georges Besse cherche ses clés dans la mallette de cuir noir, seul, vulnérable, en bas de chez lui. Le patron de Renault n'a pas de service de protection, pas de garde du corps, pas d'escorte. Dans *Faites entrer l'accusé*, en 2005, Françoise Besse, son épouse, affirme qu'il « avait le sentiment que c'était vain ».

Le premier lundi, elles attendent longtemps, assises sur le banc, en silence. Ce soir-là, Georges Besse n'apparaît pas. Le deuxième lundi, la Renault 25 surgit au bout de la rue, s'approche, elles se redressent. Mais Françoise Besse sort de l'immeuble en tenue de soirée, se dirige vers la voiture. Dans l'ombre, elles ne bougent pas, et le véhicule s'éloigne.

Le troisième lundi, elles sont tout juste installées que, déjà, la voiture apparaît. Georges Besse descend, traverse la rue. Elles se mettent en marche. Il est là, juste devant elles, courbé au-dessus de sa mallette. L'une des filles s'avance. Dans le texte de Rouillan, elle n'est pas nommée, il n'est jamais précisé qui fait quoi, s'il s'agit de Nathalie ou de Joëlle, et cela participe du secret, de ce qui, toujours, nous échappe.

« S'il vous plaît ? » lance-t-elle.

Georges Besse se redresse, elle tire, juste sous l'œil. L'homme s'écroule. Son arme s'enraye, l'autre fille veut prendre la relève mais perd son chargeur. Pendant qu'elle se penche pour le ramasser, la première fait feu à nouveau, à trois reprises.

Il est presque 20 heures. Interrogé par un journaliste, un riverain racontera avoir entendu les détonations pile au moment où, sur la télé de son salon, défilait le générique de *Cocoricocoboy*. Stéphane Collaro souriant, entouré de coco-girls en bodys noirs.

Il y a des témoins. Un passant, au bout de la rue, voit un homme en fuite – blouson clair, cheveux blonds, jamais identifié – et deux femmes, une brune, une blonde, près du corps étendu sur la chaussée. Un commerçant se retrouve, au moment où il ferme boutique, face à Nathalie Ménigon. Il se souvient de son regard, « un regard presque professionnel, presque indifférent », tandis qu'elle braque son arme sur lui, sans qu'un seul mot ne soit échangé. Il se rappelle son calme. « Il n'y avait pas d'agressivité à notre égard. Elle faisait ce qu'elle avait à faire », dira-t-il aux journalistes de *Faites entrer l'accusé*. Elle disparaît dans la nuit, en claudiquant – depuis un accident de voiture, en Belgique, en 1982, Nathalie Ménigon boite légèrement. L'image de la deuxième fille, juste derrière, l'homme inerte à ses pieds, est inscrite pour toujours dans sa mémoire.

Quelques minutes plus tard, les pompiers interviennent, tentent de réanimer Georges Besse, en vain – sur les photographies parues dans la presse, on voit, apposées sur le torse, entre les pans de sa chemise déboutonnée, les électrodes d'un défibrillateur. Son portefeuille en cuir noir repose contre la manche de sa veste. Sur un cliché, je remarque une tache, presque fluorescente, tel un petit parachute dans le caniveau où s'épanchent des rigoles de sang : un mouchoir en papier, blanc et froissé, déchirant de banalité.

Peu à peu, une foule s'agglutine, hommes en costumes sombres, policiers, brassards de plastique orange, journalistes, badauds. Sur les images tournées par la télévision, dans la lumière dramatique des projecteurs, on distingue Jacques Chirac, alors Premier ministre, Alain Madelin, ministre de l'Industrie, Robert Pandraud, ministre délégué à la Sécurité. La femme de Georges Besse et deux de leurs filles se tiennent là, hébétées, fixant la bâche en plastique dont on a recouvert le corps. Selon *Paris Match*, « la plus jeune, Cécile, s'assoit sur la marche du porche et prend la main de son père qui dépasse du linceul provisoire ».

Le lendemain, un tract portant la marque d'Action directe et signé « commando Pierre Overney », du nom d'un militant maoïste tué en 1972 par un vigile de la régie Renault, sera retrouvé sur les marches de la station de métro Raspail.

Jean-Marc Rouillan raconte l'assassinat, sa préparation, sa mise en œuvre, dans un chapitre intitulé : « L'exécution de Besse et sa réception ». Comme si les deux choses étaient équivalentes : un, l'exécution, deux, la réception. Son texte est technique, glacé. Même dans la mort, Georges Besse n'a pas de prénom. Rouillan évoque la brutalité d'un patron dont la mission consiste à faire pression sur les ateliers, remettre en cause les acquis sociaux et licencier en masse. Selon lui, l'industriel aurait, au cours de sa carrière à la tête de Pechiney, d'Alcatel et de Renault, mis au chômage près de 70 000 ouvriers.

« Les échos qui nous parvenaient des travailleurs ne laissaient aucun doute », écrit-il. « On pouvait en déduire qu'une partie au moins de la classe ouvrière avait saisi le sens de notre action. »

Rien ne semble pourtant conforter cette conclusion. Même s'il souligne le soutien exprimé, dans les assemblées et les ateliers de la régie Renault, par un certain nombre d'ouvriers, ou les incidents qui surgirent durant la minute de silence réclamée par la direction et les syndicats le jour des funérailles de Georges Besse, il apparaît surtout que la grande majorité de l'opinion, de la presse et des partis politiques, de l'extrême droite au Parti communiste, sans oublier les camarades d'autres groupuscules et les États étrangers, URSS en tête, condamne sans ambiguïté un acte « odieux », « insensé ».

J'essaie de comprendre où se trouve la vérité, et les foyers de la violence, entre la brutalité d'un système qui remet en cause une certaine idée de la gauche au profit de la rentabilité et du néolibéralisme, dans ces années 80 qui veulent enterrer la lutte des classes, et la mort d'un homme, lui-même issu d'un milieu modeste, fils d'un poseur de lignes des PTT, devenu grand patron, dévoué à la France, mari aimant et père de cinq enfants, sans aucun goût pour les paillettes, présenté comme coriace, parfois dur, mais toujours droit. Pour les uns, il est un serviteur aveugle de l'État, un liquidateur sans état d'âme, insensible à la détresse ouvrière, pour les autres un remarquable gestionnaire, un homme discret et courageux ayant su redresser une entreprise accusant 12 milliards de pertes. Selon *Paris Match* (un magazine qui va bientôt devenir ma bible, dont les articles d'époque – pour la plupart écrits avec un aplomb et un sens du tragique qui ne s'embarrassent pas de nuances – me permettent d'observer la vie au travers d'un miroir grossissant), Georges Besse, qui aimait faire son marché le samedi et avait lui-même récemment repeint ses volets, « incarnait une stabilité imperturbable que la terreur a voulu abattre ».

« À tout moment, Action directe s'attendait à ce que le conflit appelle la guérilla, qui pousserait les masses à la rupture avec le système, favorisant l'émergence d'une solidarité de tous les prolétaires », affirme Jean-Marc Rouillan. Cela n'est pas arrivé.

(Je ne peux m'empêcher de remarquer combien ces hommes campés sur les rives opposées d'un fleuve – les journalistes de *Paris Match* d'un côté, le leader d'AD de l'autre –, sans que l'on puisse comparer leurs langages ni ce qu'ils charrient, ne paraissent pas douter, ou s'interroger sur quoi que ce soit. Le réel, ils connaissent, il est constitué d'un seul bloc et ils vont nous l'expliquer.)

Dans le texte de Jean-Marc Rouillan, les assassins non plus n'ont pas de nom. « Deux femmes », « les camarades », « les tireuses ». On tue. On meurt. Ce n'est pas le sujet, l'essentiel serait ailleurs, dans une longue chaîne implacable de violence répondant à la violence, dans un mouvement qui devrait en appeler un autre, mais qui manque son coup, ajoutant la sensation de l'inutile, du ratage, à celle de la férocité. Les êtres humains disparaissent au profit du symbole, d'une idée plus importante que la vie, ou que l'acte d'y mettre fin. Aucune émotion ne transparaît. Comme si on avait retiré la chair et le sang de l'histoire, qu'il ne demeurait que sa peau.

Je tente de comprendre, je n'y parviens pas. Je ne vois que deux femmes qui s'approchent d'un homme pour le tuer. À quoi pensent-elles ? Que se passe-t-il, dans la tête de celle qui perd son chargeur, et ne peut faire feu ? Que se passe-t-il, surtout, dans la tête de l'autre, celle qui tire ? Qui est seule à décharger les trois balles que l'on retrouvera dans le crâne, l'épaule et le thorax de Georges Besse ? Celle dont le geste est celui qui donne la mort ? Comment vit-on avec cela ?

L'identité de la tueuse ne fut jamais établie. Devant la cour d'assises, l'exécution fut revendiquée collectivement. Nathalie

Ménigon, Joëlle Aubron, Jean-Marc Rouillan et Georges Cipriani refusèrent de répondre aux questions, ne donnèrent aucune explication. En janvier 1989, ils furent tous quatre condamnés à la réclusion à perpétuité. Après avoir été opérée d'une tumeur au cerveau, Joëlle Aubron fut libérée en juin 2004. Elle est morte moins de deux ans plus tard, à l'âge de quarante-six ans. De son côté, Nathalie Ménigon a retrouvé la liberté en août 2008, après avoir passé plus de vingt ans en prison. Elle vivrait aujourd'hui quelque part dans le Sud-Ouest, mais cela n'est pas certain.

Celle qui n'a pas tiré n'a jamais parlé. Celle qui a tiré ne l'a pas reconnu publiquement. Durant toutes ces années, elles ont gardé pour elles ce qu'elles avaient fait, ou pas fait, ce soir-là. Joëlle Aubron a emmené le secret dans la tombe. Nathalie Ménigon le porte toujours en elle. Le revolver qu'elle tenait dans sa main, le banc sur lequel elle était assise quelques minutes plus tôt, le corps allongé sur le trottoir. Ils sont là, vivants, ils se déplacent avec elle.

Je me souviens de Milan, de l'appartement où j'ai vécu jusqu'à l'âge de trois ans, entre 1971 et 1974. Le lit marin, en bois laqué, le tapis de bain rose à poils longs, la trouée dans le mur de la salle de bains, comme une meurtrière à travers laquelle on voyait les voitures circuler, huit étages plus bas. L'ascenseur, sa porte grillagée, les jetons de casino que j'étalais sur la moquette, les vêtements dans des housses. Les grilles que l'on tirait pour fermer les magasins, les kiosques à journaux, les distributeurs de chewing-gums.

Je ne me suis jamais demandé pourquoi nous avions vécu à Milan pendant ces trois années, pourquoi j'y étais née. Ma mère est italienne, ses parents y habitaient, mais il n'y avait aucun lien tangible avec mon père. Il était parisien, s'était installé à Genève pour travailler dans une agence des Nations unies. Personne n'a jamais évoqué cette période.

À Milan, le 3 mars 1972, les Brigades rouges réalisent leur premier enlèvement. Dans la matinée, Idalgo Macchiarini, responsable de production chez Sit-Siemens, est capturé devant son entreprise et jeté dans une camionnette. Il est photographié, deux P38 braqués sur le visage, un écriteau pendu autour du cou sur lequel on peut lire : *Mordi e fuggi ! Niente resterà impunito !*

Tutto il potere al popolo armato! (« Mordre et fuir! Rien ne restera impuni! Tout le pouvoir au peuple armé! ») L'image est envoyée à la presse. Après avoir été soumis à un interrogatoire, appelé « Procès prolétarien dans la prison du peuple », concernant le processus de restructuration en cours dans l'usine, Idalgo Macchiarini est relâché en fin de journée.

Ma mère n'a aucun souvenir de cet événement. Ses amis, la télévision, les journaux parlaient des Brigades rouges, de la révolution, des attentats, les gens étaient nerveux, exaltés ou terrorisés. Pas elle. De l'année 1972, ma mère, alors âgée de vingt ans, se rappelle une seule chose : la conviction que sa vie était finie.

Et moi, je suis happée par cette époque, comme si le vide dans la vie de ma mère devait se remplir dans la mienne. Je commence à me demander ce que je poursuis avec ce livre. Le réel s'adresse-t-il toujours à une part secrète, inconnue de nous, qui nous mène exactement là où elle le désire ? Serait-il possible que l'Histoire ne parle en vérité que de nous-mêmes ?

Je suis tombée, à l'âge de quinze ans, sur un certificat de naissance, dans le placard où mon père rangeait les cassettes vidéo. Je cherchais sans doute *Belle de jour*, que je visionnais en cachette, tandis que mes parents rejoignaient des dîners qui ressemblaient à ceux du film – bonne société, feutrée, brutale. Je revois ma position, à genoux, sur la moquette. L'écriture de mon père, au stylo feutre, sur les étiquettes. Les titres des cassettes, *Johnny Guitar, Le Mouton enragé, Ginger et Fred*. La rangée de miroirs, les arbres par la fenêtre, la poussière. J'ai lu : Monica, née à Milan, de père inconnu. Je n'ai pas ressenti quoi que ce soit.

Je me souviens d'un dîner, dans la salle à manger, table démesurée en Plexiglas, chaises tulipe, ou alors fauteuils en cuir. Il y avait un espace immense entre nous, mon père, ma mère, mon frère et moi. Ou alors mon frère n'était pas là. J'ai demandé pour quelle raison était inscrit « de père inconnu » sur cet acte de naissance. Mon père a évoqué, de façon très calme, sans même réfléchir, son précédent mariage. Il n'était pas encore divorcé, c'était compliqué de me reconnaître à ce moment-là. Puis, comme si cela n'était qu'une anecdote, et alors même que j'ignorais que mon père fût marié avant de rencontrer ma mère, la conversation dériva sur un autre sujet. Je ne me rappelle rien d'autre, juste l'éclat translucide de la table, nos jambes que l'on voyait en transparence.

Le Milan de mon enfance n'existe plus. Quand j'y suis retournée, à l'âge de vingt-sept ans, à la recherche de la vérité sur mes origines, la ville m'a semblé tout à fait inconnue. L'hôpital dans lequel je suis née a disparu. Les distributeurs de chewing-gums, leurs socles rouges et leurs globes transparents, se sont évaporés. J'ai cherché des grilles tirées sur des vitrines, en vain. On m'a dit plusieurs fois le nom de la rue dans laquelle se trouvait l'appartement de mes grands-parents, l'ascenseur grillagé, la lucarne du 8e étage par laquelle on voyait les voitures dont les modèles ne se font plus. On me répète le nom de la rue et je l'oublie aussitôt. Cet immeuble est quelque part, je pourrais passer devant sans le reconnaître. Je suis peut-être passée devant.

Dans *Brigate Rosse. Une histoire italienne*, Mario Moretti, principal dirigeant des Brigades rouges durant les années 70, décrit Milan, où il a passé la majeure partie de ces années, comme « une horrible et extraordinaire fourmilière, toujours emplie de brouillard ». Il évoque le froid et la brume, sur le chemin de l'usine. « Ceux qui disent aimer Milan mentent, ou ne savent pas ce que sont ses rues à 6 heures du matin par un jour de décembre ! »

Dans mes souvenirs, il fait presque toujours beau. C'est ensuite, lorsque j'ai quitté la ville, que se sont abattus le froid et la brume. Milan est en moi, en miniature, je la porte ainsi que nous portons des lieux engloutis. Sa version sombre et cruelle est en Mario Moretti. Leurs contours se désagrègent, alors que monte le niveau de la mer, et ces archipels s'en iront avec nous.

Les premiers temps, le projet de livre facile et efficace paraît mal parti. Je passe mes journées à tenter de saisir la fièvre contestataire des années 70, l'infinité de nuances et de ramifications des mouvements révolutionnaires, Gauche prolétarienne, Spontex, maoïstes, trotskistes, anars, autonomes, Brigades internationales, NAPAP, opéraïstes italiens, Potere Operaio, Lotta Continua, Prima Linea, Brigades rouges, Fraction armée rouge. Je fais de grands tableaux, je m'emmêle les pinceaux. Je commande des livres de flics et d'anciens numéros de *Paris Match*, je fume du matin au soir. J'essaie de recenser les membres du groupe, et c'est encore une autre paire de manches. Certains sont désignés par des noms de code, des diminutifs, d'autres apparaissent puis disparaissent au gré des divergences, des scissions, des incarcérations. Le secret est partout, tout est obscur, sublimé, inventé parfois.

La branche internationaliste d'AD, celle qui est restée dans les mémoires, se structure autour de Jean-Marc Rouillan, considéré comme le chef historique, même si l'organisation refuse l'idée d'un leader. C'est lui qui aujourd'hui écrit des livres, donne des interviews, participe à des rencontres, le seul qui ne semble pas s'être évanoui dans la nature. Je parcours ses ouvrages, ses déclarations dans la presse, pleins de certitudes. Originaire du Gers, il a, avant de fonder Action directe, participé aux mouvements de lutte armée antifranquistes des MIL et du GARI. Son meilleur ami, le combattant révolutionnaire Salvador Puig Antich, a été exécuté en 1974, à l'âge de vingt-cinq ans, par la dictature franquiste, garroté dans une prison à Barcelone. Pour Rouillan, c'est le drame fondateur, *le deuil de l'innocence*, ainsi qu'est titré le deuxième tome de ses Mémoires. Ce passé, cette précocité dans l'action, les trois années qu'il passe en prison pour des actions en Catalogne lui valent une petite légende, une aura dans les milieux d'extrême gauche parisiens où il débarque, avec sa jeunesse, son charisme, son romantisme de desperado et son accent du Sud-Ouest. Il a ses groupies, qui rêvent de le rejoindre dans la radicalité de son engagement, ses détracteurs aussi. Sur les photographies de l'époque, il apparaît toujours changeant : bonhomme et baraqué, ombrageux et patibulaire, mèche sur le côté, cheveux plaqués, courts, longs, lunettes carrées, montures rondes, sans lunettes, moustache, barbe, rasé de près. Désormais, il est bronzé, chauve, et dégage une énergie impérieuse.

J'ai l'impression qu'il prend toute la place, on n'entend que lui. À ses côtés se tiennent pourtant Nathalie Ménigon et Joëlle Aubron, dont les personnalités insaisissables me poursuivent. Parmi ceux qui m'intriguent, il y a aussi Georges Cipriani, ancien ouvrier spécialisé chez Renault, membre du quatuor final arrêté en 1987, qui, dit-on, perdit la raison en prison, et dont personne ne parle jamais. Et Régis Schleicher, arrêté en 1984, marié un temps à Joëlle, qui fut incarcéré plus de vingt-cinq ans, dont il n'existe aucune photo récente. La police le surnomme le Premier lieutenant, ou le Samouraï, en référence au film de Melville avec Alain Delon. On le décrit comme un être solitaire, froid et imprévisible, le plus dangereux, le plus monolithique de tous. Enfin, il y a Claude Halfen, qui a passé quatorze ans en prison pour vols à main armée, et que l'on peut voir dans un seul documentaire, pendant quelques minutes durant lesquelles transparaît, sous son béret et ses lunettes rondes d'intellectuel, un esprit rieur. Dans cette séquence, il raconte des souvenirs de braquages et de lutte avec un enthousiasme bonhomme, ce qui le rend tout à fait sympathique, même si on perçoit dans ses mots une prudence rusée, une volonté de maîtrise.

Aujourd'hui, ces hommes sont tous en liberté. Je cherche leurs traces, en vain. Ils se sont évaporés.

Je me suis fourrée dans un sacré merdier. Cette histoire est bien trop complexe, je n'arrive à me faire d'opinion ni sur les êtres ni sur leurs actes. Mon éditrice m'envoie des messages : *Tu écris ?* Mon téléphone s'allume sur la table, je m'éloigne furtivement. Depuis quelque temps, je ne me déplace plus que sur la pointe des pieds. Je me tiens entre la chambre à coucher et la cuisine, en chaussettes, une tasse de café à la main, lorsque j'envisage pour la première fois la possibilité d'un effondrement. Je fixe les lattes, en bougeant les orteils, et soudain, l'idée me saute à la figure : le sol pourrait céder. On m'a dit un jour que l'immeuble dans lequel je vis a été construit au XVIe siècle, et sur le coup, cela m'a émerveillée. À présent je perçois les fissures dans la pierre. Une pierre qui a soutenu tant d'êtres avant moi, des êtres qui sont d'ailleurs toujours là, dont les fantômes s'activent la nuit, poussant des poids morts pour des raisons qui leur appartiennent. Des blessures indécelables travaillent en secret, lézardant l'édifice, jusqu'à l'écroulement.

Un matin, je croise mon voisin dans le hall de l'immeuble, penché au-dessus des boîtes aux lettres. « Monsieur M., excusez-moi », dis-je, légèrement tremblante, alors qu'il se redresse, les mains pleines de prospectus. Il porte un pyjama sous son pardessus. « Vous savez, vous me réveillez la nuit, quand vous cognez contre le plafond avec ce balai – c'est un balai, n'est-ce pas ? » Il me dévisage sans la moindre expression :

« Vous aussi, vous me réveillez.

— Mais je dors, monsieur M. »

Il fait claquer la porte de la boîte aux lettres, agite les prospectus sous mon nez. Il arrêtera de cogner lorsque je cesserai de faire rouler des pierres, ou de tirer des chaînes au-dessus de sa tête. « J'ai tout enregistré, vous savez, pour la police scientifique. »

Quand je remonte dans l'appartement où plus rien n'est digne de confiance, ni le sol ni le plafond d'où peuvent se déverser des torrents, je suis en proie au doute. Avons-nous la moindre idée de ce que nous faisons la nuit ? Pourquoi, après tout, ne me lèverais-je pas pour faire rouler des pierres ou traîner des chaînes ? Je voudrais m'entretenir avec la police scientifique. Ma maison ressemble au monde à la fin des années 70. Un lieu froid où se promène un être qui a enterré ses rêves, incapable d'envisager un avenir, et qui ne sait plus très bien ce qu'il fait, ou ne fait pas. La nuit, dans l'obscurité, des coups de balai retentissent contre les parois et résonnent dans ma tête.

Je suis aspirée dans une matrice qui me ramène vers le passé. Je songe à Nathalie Ménigon et Joëlle Aubron, je veux savoir qui elles sont. D'une façon imperceptible, quelque chose se met à bouger en moi. Des forces souterraines sont à l'œuvre. Si je devais enrouler un bout de papier sur la patte d'un pigeon voyageur, et choisir une question, ce serait la suivante : *Pour quelle raison ont-elles fait ça ? Que cherchaient-elles ?* Je ne réalise pas, alors, que la véritable question est : *Qu'est-ce que, moi, je cherche vraiment ?*

Sur une photographie, la seule où elles apparaissent ensemble, Joëlle et Nathalie se tiennent debout, contre une table, leurs épaules se touchent. Elles sont très jeunes, leurs cheveux sont encore longs, leurs joues rebondies. Nathalie porte un T-shirt noir, Joëlle un pull noué sur les épaules. Leurs jeans sont délavés. Elles ont l'air de deux lycéennes. Elles posent, chacune à sa manière.

Nathalie arbore un sourire franc et bien élevé, une figure innocente, presque tendre. Ses mains sont sur ses cuisses, comme si elle ne savait pas quoi en faire. Elle me fait penser à moi au même âge, ce visage lisse, ouvert, constamment souriant, essayant à tout prix d'avoir l'air d'une jeune fille bien, sans trop savoir ce que cela signifie. Adolescente, je n'ai d'autre objectif, d'autre désir, que celui-là : paraître gentille, innocente, insoupçonnable. Je travaille, je ne fais pas le mur, je lis. Je passe mes cours à tous mes amis – des années plus tard ils retrouveront des notes à moi dans leurs affaires. Je n'aime pas trop sortir le soir, je parle peu, ne danse jamais, ne prends pas de drogue. Je suis gauche, réservée, invisible. Je contemple les autres, ceux de ma bande qui achètent des barrettes de shit, ou les couples enlacés que j'enjambe, le soir, sur la moquette, dans des appartements vides – jamais d'adultes, nulle part. Je suis seule dans un univers parallèle, mais rien ne pourra m'être reproché. Je suis terrifiée à l'idée que l'on puisse lire dans mon cœur, entrevoir ce qui le constitue, ce qui n'a pas de nom, pas de contours, mais que je porte en permanence, tel un animal endormi. Je suis aux aguets, un petit spectre concentré, c'est épuisant, mais j'ignore que je suis fatiguée. Je me demande ce que cache Nathalie derrière ce sourire trop parfait, si elle aussi, cela la consume.

Joëlle, quant à elle, ne sourit pas. Menton levé, mains dans les poches, jambes croisées. Son regard est celui d'une dure à cuire, du moins s'applique-t-elle à en avoir l'air. Je dirais qu'elle se protège, la fureur étant encore le meilleur moyen de lutter contre la peur. Ou qu'elle essaye d'être quelqu'un d'autre, n'importe qui, mais pas cette fille-là.

Ces jeunes filles, je ne les retrouve pas sur les photographies plus tardives, elles ont disparu. Les années suivantes, leurs visages se creuseront, leurs traits se feront moins brouillons, moins touchants. Pour l'instant, un voile les recouvre, celui du désarroi et de l'enfance qui cherche à se dissimuler. Elles ont l'air beaucoup moins tristes que ma mère sur ses portraits de jeunesse. Mais dans le secret de leur cœur à elles aussi, quelque chose est à l'œuvre, quelque chose qui attend son heure.

Cette photographie est au centre d'un collage réalisé par Joëlle Aubron. En prison, elle en a conçu toute une collection, où l'on voit des femmes armées, des flamants roses, des combattants palestiniens, des ciels turquoise, un éléphant en cage, un sigle anarchiste, une colombe. On dirait l'œuvre d'une lycéenne des années 80, un mélange de pub Fiorucci et de propagande, l'imagerie pop dont on recouvre ses cahiers de texte. Je l'imagine, découpant des magazines, plaquant les illustrations les unes sur les autres. Sur ce collage-ci, les deux adolescentes sont posées sur un champ de pavots. Une fleur rouge, immense, se déploie dans le dos de Nathalie, à la façon d'un parasol ; un portrait de Lénine, portant son chat, est collé contre l'épaule de Joëlle. Derrière elles, le ciel est envahi de pélicans.

D'anciens camarades de classe, au lycée Balzac, porte de Clichy, se souviennent de Joëlle comme d'une adolescente discrète, sensible aux injustices. Des années plus tard, elle racontera que c'est là, dans ce quartier où se côtoient deux mondes, celui de la bourgeoisie traditionnelle et celui des foyers populaires qui ne partent pas en vacances, qu'elle a découvert la violence des inégalités sociales. Nathalie Ménigon a grandi là, elle aussi, à peine quelques rues plus loin, du côté de ceux qui ne partent pas en vacances.

C'est aussi au lycée Balzac, où l'on croise une jeunesse stylée, autonome, anarchiste ou punk, que se rencontrent fin 1976 les membres du groupe Taxi Girl. Joëlle y vit sa première histoire d'amour avec Laurent Sinclair, le clavier, jeune homme charismatique et rebelle, amateur de garage et de punk, viré du lycée depuis la quatrième, mais qui continue d'y traîner tous les jours. Il composera avec Daniel Darc, deux ans plus tard, « Cherchez le garçon », bande-son magnétique de l'époque. J'essaie de me figurer Joëlle auprès d'eux, dans les grèves étudiantes, ou sautillant dans les concerts au Rose bonbon, Mirwais à la guitare, en T-shirt Staline, Darc qui se tranche les veines sur scène, ces moments d'adolescence sauvage où ils sont encore, d'après ce qu'on raconte, défoncés, bastonneurs et splendides. Je n'y parviens pas. Mais peut-être n'était-elle même pas là.

Car il y a aussi Joëlle la jeune fille de bonne famille qui passe ses étés dans le château familial, dans l'Yonne, une propriété de vingt-six pièces et vingt-cinq hectares. Là-bas, elle joue au tennis, assiste aux mariages de ses cousins et cousines, accompagne ses parents, très croyants, à la messe. Elle a trois sœurs, elle est l'aînée. Je me les représente toutes les quatre, la peau et les cheveux pâles, dans des robes blanches ouvragées qui n'ont probablement jamais existé. J'ignore combien d'années les séparent, quelles sont leurs personnalités, qui occupe quelle place dans la famille. Y a-t-il celle qui réussit tout, celle qui fait le clown, celle, fragile, pour qui l'on s'inquiète, celle, irrésistible, à qui l'on pardonne ses excès ? Y a-t-il une préférée ? Du poison circule-t-il dans leurs veines, une ombre mystérieuse, ou est-ce dans le cœur d'une seule, dans son corps ?

Certains évoquent un conflit entre Joëlle et son père, d'autres parlent au contraire d'une famille unie, de liens qui ne seront jamais coupés, des parents qui la soutiendront jusqu'au bout. À nouveau, j'ai le sentiment qu'il y a là un secret, mais peut-être n'existe-t-il qu'à l'intérieur de moi. Quoi qu'il en soit, en 1978, à dix-neuf ans, Joëlle part de chez elle, s'installe dans un squat à Belleville. Elle a raté son bac – deux fois, comme le répètent à peu près toutes les notices biographiques –, traîne dans les assemblées où les autonomes rêvent à d'autres possibles, une vie qui ressemblerait à la liberté. Elle ne veut pas suivre le parcours des bourgeoises qui, d'après elle, s'inscrivent à la fac pour rencontrer un mari. Elle prend des cours de cinéma à Vincennes, l'université expérimentale ouverte aux non-bacheliers, aux ouvriers, aux étrangers, sans limite d'âge. Là-bas, au milieu du bois, dans un bâtiment défoncé et couvert de slogans, perdure l'esprit de 68. L'université, qui fut construite en trois mois à peine, sur d'anciennes pelouses militaires, à la demande du ministre de l'Éducation Edgar Faure, constitue une réponse symbolique au malaise étudiant, une promesse d'ouverture et de modernité. Elle permet, surtout, de concentrer en un seul lieu la jeunesse contestataire parisienne, de la garder à portée de vue, de surveiller son grondement. Là-bas, on écoute Gilles Deleuze ou Roland Barthes, on prend la parole à tort et à travers, on croit encore à la révolution. On se rassemble dans l'immense cafétéria, au mobilier blanc Eames seventies, devant des tables jonchées de tracts, de cendriers pleins, de bouteilles de bière dans lesquelles on a glissé des brins de muguet. On ne quitte pas ses lunettes de soleil, on joue de la guitare sur des pelouses pelées, on assiste aux cours de théâtre – « nécessité politique, certainement pas esthétique », disent les slogans –, en slip, seins nus, clope au bec. Sur le sol du bassin central, que personne ne songea jamais à remplir d'eau, on a peint une faucille et un marteau et l'on s'assoit, fesses sur le béton, pour écouter les harangues exaltées de maoïstes en loden, écharpes au vent.

Le centre universitaire expérimental de Vincennes est cet espace de liberté, de savoir, d'avant-garde, bouillonnant de vie, de transgression aussi : on peut y apprendre à monter des engins explosifs, y trouver à peu près n'importe quelle drogue – au mitan des années 70, les toxicos errent autour du marché aux puces installé dans le hall d'entrée, appelé « le souk », où l'on deale, trafique, où l'on se bat parfois.

Il ne reste rien, aujourd'hui, de l'université de Vincennes : elle fut rasée en 1980, aussi rapidement qu'elle avait été édifiée, par un pouvoir effrayé de la créature trop libre, trop dangereuse, qu'il avait laissée croître à la façon d'une herbe folle.

40 000 mètres carrés de bâtiments détruits dans la précipitation, à coups de pelleteuses, sous la protection d'une centaine de policiers. Il ne reste rien, pas même une plaque commémorative, juste une prairie, quelque part dans le bois. Pourtant, son existence me semble plus palpable que celle de l'étudiante Aubron. Je ne l'imagine pas menant cette double vie, bourgeoise, rangée, d'un côté, souterraine, dangereuse, de l'autre. Je ne la vois pas assise dans des salles de cours aux vitres brisées, traînant avec les plus radicaux des étudiants, ou à moitié nue, l'air détachée et furieuse, dans une session de cinéma expérimental.

Mais peut-être n'est-elle jamais allée à Vincennes, de la même façon que ma mère n'a peut-être pas fréquenté la faculté des Beaux-Arts à Milan, cette université dont pas une fois elle ne m'a parlé. Aucun détail, aucun souvenir, juste la réponse mécanique, vaguement suspecte, qu'elle donne quand on lui demande où elle a fait ses études. Elles sont toutes deux sur le côté, en lisière du réel, à l'orée d'une forêt, ou d'une grotte. Le décor est plus net que ses habitantes, ces jeunes filles faites de fumée.

De son côté, Nathalie est précoce et rebelle. Elle vit près de la porte de Saint-Ouen, sa mère est vendeuse aux Galeries Lafayette, ou concierge, son père chef de chantier, ou chaudronnier (les versions diffèrent), souvent absent. Elle a une sœur, et un frère dont je ne sais rien, hormis que celui-ci est dispensé de faire la vaisselle, parce qu'il est un garçon. Elle gardera ce détail au fond d'elle, comme le premier souvenir de l'injustice, si bien qu'il sera mentionné lors du procès d'Action directe, en 1988, et fera ricaner certains journalistes. À quatorze ans, en classe de seconde, elle se lève et chante *L'Internationale*, ce qui entraîne son exclusion. Elle se tient debout devant sa table, l'air plus jeune qu'elle ne l'est. Je me demande si elle a peur, ou si au contraire son regard ne cille pas, si les autres l'envisagent avec perplexité ou admiration. Pourquoi fait-elle ça ? Elle est renvoyée de plusieurs établissements, tous, en réalité, les uns après les autres. Je ne sais comment elle s'y prend pour être ainsi chassée à chaque fois, si elle voudrait que quelqu'un fasse quelque chose, la serre dans ses bras, contienne ce qui grandit en elle, ou si elle s'en fout, si elle est juste adolescente.

À cette époque, sa mère tombe malade d'un cancer contre lequel elle va lutter durant cinq ans. Je tente de percevoir le gouffre dans son cœur, mais rien n'apparaît, nulle part. Elle rentre après l'école, ou après avoir séché les cours et traîné avec ses copines à qui elle ne parle pas. Elle fait mine de sourire, ou fonce dans sa chambre, un Walkman sur les oreilles, et cette peur nichée au fond d'elle, cette promesse de déflagration qui attend. Sa mère meurt l'année de ses dix-huit ans. Nathalie Ménigon ne passe pas son bac (l'a-t-elle raté ? A-t-elle simplement renoncé à essayer ?). Quelques mois plus tard, elle travaille déjà à la BNP, à Saint-Denis. Bientôt, Action directe réalisera un nombre insensé de hold-up, appelés « opérations de financement », et choisira de préférence, en hommage à Nathalie dit-on, des agences de la BNP – mais sans doute la légende est-elle trop belle. À la banque, on se rappelle une employée sympathique, réservée, très appréciée des clients. Rien ne transparaît. En 1977, elle participe à la grande grève des informaticiens qui bloque la BNP durant des semaines. Avec des membres des syndicats, elle occupe le siège central de la banque, à Barbès. Dans les notes de la direction, après avoir été qualifiée d'« élément sérieux et travailleur », on l'accuse d'adopter une « attitude provocatrice et ironique ». Elle s'engage au sein du mouvement autonome, auprès du groupe Camarades, inspiré des mouvements autonomes italiens. Apparemment, elle se brouille avec son père, qui s'oppose à son combat radical. Mais là encore, rien n'est dit, tout juste perçoit-on le sentiment de solitude, la révolte qui croît à la façon d'une plante aux feuilles luisantes, aussi coupante qu'une lame.

Dans *Dix ans d'Action directe*, Jean-Marc Rouillan évoque Nathalie à cette période. Il l'observe de loin, sans la connaître. Elle fait du skate dans la rue Saint-Maur, devant le bar où tout le monde se retrouve, à quelques mètres du local de Camarades, en jean, bottes camarguaises et veste de velours vert bouteille. Je la vois, moi aussi, mais comme l'adolescente que j'étais pouvait contempler une fille au loin, qui fait du skate, inabordable, vaguement fascinante, essayant de trouver ce qui nous relie, sans y parvenir.

Je me souviens du jour où ma mère m'a dit que mon père n'était pas mon père. Nous sommes dans sa cuisine, il est 11 heures du matin. J'ai vingt-sept ans. Plus de dix ans se sont écoulés depuis l'épisode du certificat de naissance italien, depuis que j'ai vu inscrite en lettres noires, tapées à la machine, la mention « *di padre ignoto* », que j'ai interprétée comme « de père ignoble », avant de comprendre ce que cela signifiait. Et de ne plus y penser. Jamais, pas une seule fois.

Ce jour-là, il est 11 heures du matin, et ma mère a sorti une bouteille de vin blanc. Elle a posé deux verres sur la table.

« J'ai quelque chose à te dire. »

J'ai l'impression de plonger dans un lac, une eau claire et froide. Sa voix me parvient, lointaine, on dirait qu'elle me parle depuis la rive, penchée au-dessus de la surface.

Elle parle en regardant ses mains, posées à plat sur la table, comme si elle ne les avait jamais vues. J'entends sa voix, depuis les profondeurs, les mots qu'elle prononce sont stupéfiants et familiers à la fois. Ils rejoignent un endroit inconnu en moi, où tout est déjà là. Elle ne m'apprend rien. Elle ouvre simplement une porte, en glissant une clé à l'intérieur de mon cœur.

Ma mère rencontre Alessandro F. en 1969, sur un court de tennis, à Forte dei Marmi, ou peut-être sur un canapé, dans un appartement bourgeois milanais. Il tient une raquette en bois blanc, ou une guitare. Il a des cheveux ondulés, un sourire irrésistible, déclame des vers en latin, joue au tennis et des chansons à la mode. Les filles le regardent.

Elle a dix-huit ans, de longs cheveux blonds, des chaussettes qui lui montent au-dessus des genoux. Elle vient de quitter le pensionnat suisse où elle a passé près de la totalité de son existence et où elle fut incroyablement malheureuse. Elle a peu de souvenirs de ces années. Des religieuses, sadiques, terrifiantes, des week-ends passés seule dans un grand bâtiment froid, tandis que ses camarades grimpaient dans les voitures de luxe venues les chercher. Un stylo plume que lui avaient offert mes grands-parents pour son anniversaire. Une autre pensionnaire en avait égaré un semblable – bordeaux, de la marque Waterman – et il fut déclaré que ma mère l'avait volé. Elle avait écrit à ses parents, désespérée par l'injustice. Il n'y eut pas de réponse, du moins pas à ce sujet. Ou alors elle n'a rien raconté, elle n'est plus sûre, sans doute savait-elle confusément que cela ne servirait à rien, que personne n'interviendrait.

Maintenant, elle a quitté sa prison, et la vie est fabuleuse. Son corps s'est déployé subitement, comme si on avait ôté le filet qui le contenait durant toutes ces années, ralentissant son métabolisme, maintenant la vie à son niveau le plus faible. Sa taille s'est affinée, ses seins tirent sous le coton de son T-shirt, ses cheveux tombent jusque dans le bas de son dos. Quand je songe à elle à cette époque, elle m'apparaît telle une bombe qui se promène, menaçant d'exploser à chaque instant. Cette beauté qui a surgi, d'un seul coup, à la façon d'une fleur tropicale après la pluie. Elle a tellement changé depuis l'été dernier que, sur la plage, les copains de son frère ne la reconnaissent pas. Ils lui demandent qui est cette fille aux cheveux irréels, aux yeux mélancoliques qui donnent envie de la protéger et de lui faire mal à la fois.

Au même moment, dans le pays, la révolte gronde. Des grèves essaiment dans des centaines d'usines, où les travailleurs se révoltent contre l'autoritarisme et les inégalités salariales qui règnent dans une industrie en pleine explosion, au sein d'une société qui change à toute vitesse. Soutenus par les mouvements ouvriers, emmenés par une avant-garde contestataire, les étudiants occupent les universités, organisent des assemblées et des manifestations spectaculaires. Le système d'éducation est envisagé comme un outil d'exploitation et de domination, au service du capital. L'État est corrompu, archaïque. Une pulsation, une fièvre circulent dans le sang de la jeunesse, avide de justice sociale et d'un monde entièrement neuf. Des adolescents, les cheveux en bataille, campent devant les universités, avec des provisions et de grandes ambitions. Ils manifestent contre la guerre du Vietnam, rêvent de Cuba et de la Révolution culturelle chinoise, pleurent la disparition de Che Guevara. Défilent en brandissant des banderoles où est inscrit « *Vogliamo pensare* ». Chargent les forces de l'ordre, un foulard noué autour du visage, renversent les voitures de police, en bandes, à mains nues.

À Milan l'air est électrique, la violence partout, dans les rues, les usines, où s'élèvent la fumée et les cris. Les grandes bourgeoises portent leur manteau de vison à l'envers pour éviter d'être aspergées de peinture, les anarchistes se retrouvent dans des caves où ils préparent la lutte armée, un jeune policier est tué lors d'une manifestation, une barre en acier dans la tête. En avril, deux bombes explosent à la Foire de Milan, en septembre, une vague de grève dans tout le pays mobilise plus d'un million d'ouvriers. En décembre, un attentat fait 17 morts et 88 blessés à la Banca Nazionale dell'Agricoltura sur la Piazza Fontana, dans le centre-ville. Un voile de sidération et de chagrin recouvre le pays, de même que les couronnes de fleurs recouvrent les cercueils des victimes. Le 15 décembre 1969, la procession silencieuse réunit des dizaines de milliers de personnes, sous la brume et le vol sinistre des oiseaux. Devant la cathédrale, sur laquelle est affiché en lettres capitales « *Milano s'inchina alle vittime innocenti e prega pace* », se tient une foule compacte, jeunes gens graves, lunettes noires, pardessus sombres, jeunes filles gantées, pleurant sous leur foulard, ou évacuées dans les bras d'un gendarme, évanouies. Mais pas ma mère. Je n'ai aucune idée de l'endroit où elle se trouve ce jour-là, ni de ce qu'elle ressent, elle n'a jamais évoqué cette journée. Quand j'observe les images en noir et blanc de ces funérailles nationales, je ne peux m'empêcher de la chercher, dans la foule agglutinée au pied de la statue de Victor Emmanuel II, suivant le cortège, penchée en avant, sur le bord de la chaussée. Je guette son visage dans le flot de visages, même si j'ai conscience que c'est absurde, qu'il n'y a aucune chance de la trouver là. Elle est ailleurs.

Les étudiants vibrent, rêvent, frappent, ont peur ou des convictions politiques, mais pas ma mère. Ma mère vit dans une bulle, sur une plage ou un court de tennis. Elle se souvient de la confusion, des explosions, des attentats, mais ainsi qu'on se remémore un rêve flou, vaguement inquiétant. Elle aurait pu, elle aussi, attacher un mouchoir sous ses yeux trop maquillés, et tout foutre en l'air, c'était même pile ce qu'il y avait à faire. Elle est sensible, instable, débordant d'émotions et de rage, pareille à une coupelle pleine d'eau. Mais elle ne pense qu'à l'amour. Et son énergie n'est consacrée qu'à un seul objectif : ne pas s'effondrer. Jusque-là, elle a traversé la vie telle une ombre, dans une antichambre froide et solitaire. Ses parents mènent une existence lointaine, et chargée. Issu d'une famille ouvrière, son père est doté d'un sens des affaires qui tient du génie. Flamboyant, irrésistible, et terriblement vivant, il est capable de vendre n'importe quoi à n'importe qui, des frigos, des voitures américaines, des diamants, qu'il cache dans le lustre de la salle à manger. Sa mère, beauté plantureuse et déterminée, fille d'agriculteurs de la région de Parme, a fait des études à l'université de Naples, à une époque où les Italiennes ne faisaient pas ce genre de chose, encore moins loin de chez elles. Elle voulait être actrice à Hollywood, est finalement devenue l'une des premières femmes à vendre des pierres précieuses en Europe dans les années 50, sans doute même la première. Leur réussite est spectaculaire, ils ne la doivent qu'à eux-mêmes. Sur les photographies, ils se promènent sur des allées ensoleillées, elle, renversante, boucles blondes, lèvres rouges, robes insensées, lui, costume blanc, cheveux plaqués, sourire à tomber. La politique, le sort du monde, cela leur passe au-dessus de la tête.

En 1969, ma mère est inscrite aux Beaux-Arts de Milan, du moins c'est ce qu'elle dit. Sans doute l'université était-elle occupée par les étudiants, sans doute fut-elle le théâtre d'assemblées lyriques et d'affrontements qu'on se raconte encore, aujourd'hui, dans certaines familles italiennes, dont la légende se transmet, d'une génération à l'autre. Pas dans la nôtre. Ma mère vivait dans un pays qui n'existe pas. Son Italie est un territoire imaginaire, peuplé de brouillard et de rêveries sentimentales.

Mais à cela, je n'avais jamais songé avant ce jour, dans cette cuisine, devant ces verres de vin. Jamais je n'avais réalisé qu'il y avait un trou dans le parcours de ma mère, un grand vide dont personne ne parlait, mais qui, en réalité, occupait tout l'espace. Un grand vide correspondant aux trois premières années de ma vie, à Milan.

Quand elle rencontre Alessandro F., ma mère a déjà eu plusieurs petits amis. Elle en a même eu pas mal, depuis qu'elle est devenue cette plante exotique soudainement éclose. Voilà encore un fait dont personne ne m'a parlé, mais une fois encore, le passé a resurgi, telle une marée charriant des débris de coquillages. D'anciens amoureux se sont mis à apparaître. Je découvre des photos de ma mère à dix-sept ans, dans un chalet à Crans-Montana. Elle se tient au côté d'un garçon qui joue au ping-pong en manteau de fourrure sur la table d'une salle à manger. C'est un Italien de Tripoli, beau et ombrageux. Sur une autre photographie, il la tient par la taille, elle regarde au loin. Ses cheveux recouvrent son buste à la façon d'un châle. J'apprends par un de ses anciens camarades que, dans la station de ski, elle était alors une sorte de légende, mélancolique, insaisissable, qui adorait aller au cinéma. On la voyait, pelotonnée contre un garçon, ses yeux miroitant les images sur l'écran. À cette période éclate en Italie le scandale de *La Zanzara*, journal tenu par les élèves du lycée Parini, l'établissement favori de la bonne société milanaise. On peut y lire une enquête intitulée : « À quoi pensent les jeunes filles d'aujourd'hui ? » Les réponses des lycéennes, évoquant la liberté sexuelle, la passion, le désir, secouent le pays, entraînant une enquête judiciaire et l'inculpation des trois auteurs de l'article. « Quand il y a de l'amour, il ne doit pas y avoir de limite », affirme l'une des adolescentes interrogées. J'ai l'impression d'entendre la voix de ma mère, de la voir avec ses grandes chaussettes, son sourire enfantin, un paquet de cigarettes Muratti caché quelque part.

Et puis il y a cet homme, grand, suisse, élégant qui, il y a quelques années, nous tombe dessus dans la rue et me dit, devant elle, que ma mère était son premier grand amour : ils sont sortis ensemble quand ils avaient dix-huit ans. Nous nous tournons vers elle, lui ému, moi amusée. Elle est gênée, balance nerveusement ses sacs de course. Par la suite, pendant des années, il surgira, sans prévenir, lors de rencontres littéraires auxquelles je participe, chargé d'un disque, d'un livre, d'une lettre à son attention. La première fois, lorsque j'ai remis à ma mère l'enveloppe contenant sa mystérieuse offrande, elle l'a jetée dans son sac, les lèvres serrées. Depuis, je range les présents de l'amoureux dans un tiroir, chez moi. Je ne les ouvre pas, je n'en parle à personne, ils s'accumulent ainsi que leurs messages, dont la destinataire, une adolescente en kilt aux yeux tristes, a disparu. Désormais, tout se passe entre lui et moi. Quand j'aperçois sa mince silhouette, en général au fond d'une librairie genevoise, avec son blouson d'aviateur et son regard fiévreux, peut-être ceux de l'époque, je me crispe, comme si j'étais devenue elle. Je prends le paquet en souriant poliment, je le pose sur la table, le plus loin possible. Il me dit : « Comment va ta mère ? », mais il n'attend pas la réponse et s'éloigne à grands pas.

Tout cela pèse peu face au cataclysme provoqué par la rencontre de ma mère et d'Alessandro F., durant l'été, ou l'automne 69. Elle le voit, et quelque chose se met à vibrer, une chose qui d'une certaine façon vibre encore quand elle prononce son prénom en ma présence pour la première fois, dans cette cuisine, avant de vider son verre et de s'en resservir un aussitôt. Je dis « pour la première fois », mais en réalité, elle ne l'a, depuis, plus jamais prononcé. Durant cet été ou cet automne 69, à Forte dei Marmi ou à Milan, il s'approche, lui raconte une blague, ou peut-être qu'il ne dit rien, qu'il prétend ne pas la voir en continuant de parler à une autre fille – il y en avait toujours dans les parages, apparemment.

Il a vingt et un ans, une femme et une enfant de deux ans. Je sais aussi – il m'a fallu du temps pour le réaliser, près d'une dizaine d'années, alors qu'il s'agissait du calcul le plus simple du monde, de ceux que l'on fait en comptant sur ses doigts – qu'au moment où ma mère et lui sont amoureux, son épouse, très jeune elle aussi, tombe enceinte de leur deuxième enfant. Mais cela n'existe pas dans l'esprit de ma mère, ni même dans celui d'Alessandro F., sans doute est-ce un grondement lointain, qui se tient dans le même lieu reculé que celui de la révolte des étudiants et des ouvriers, des bombes et des morts.

Alessandro F. est issu d'une famille aristocratique, « l'une des plus anciennes », aime-t-il répéter, « mille cinq cents ans d'histoire. Mes ancêtres recevaient dans leurs châteaux les rois de France », raconte-t-il crânement. Mais il aime aussi dire que ses meilleurs amis sont tous à la Lotta Continua, qui rêve d'insurrection ouvrière. Il a surtout l'air léger, charmeur, terriblement jeune et inconséquent. Il mène une double vie étrange, entre une vie de famille dont je ne sais rien, et une autre clandestine, passionnée, avec ma mère, dont je ne sais pas grand-chose non plus. Ils décident de s'enfuir en Fiat, par l'autoroute, pour une destination inconnue, mais ils sont contraints de renoncer, presque à la sortie de Milan, à court d'essence et d'argent. Ils partent en Angleterre, où ils se cachent, aidés par un prêtre, mais tout cela est si rocambolesque qu'il s'agit probablement d'un mythe, peut-être l'ai-je inventé, même si je suis convaincue d'avoir entendu ces mots – sans avoir la moindre idée de qui les a prononcés : « Un homme d'Église leur apportait des vivres. » Ils habitent ensemble, durant quelque temps, dans un appartement milanais insalubre. Il y avait des puces, ils avaient faim (quelqu'un m'a raconté que ma grand-mère leur apportait des pâtes, et des gâteaux secs, ou était-ce un homme d'Église ? Mais qui m'a dit ça, bon sang ?), le scandale était terrible.

D'une certaine façon, leur histoire suit celle de l'extrême gauche italienne, mais à la manière décalée d'un drame romantique, d'une *telenovela* de la RAI. Succédant aux années du « mai rampant », version transalpine du Mai 68 français, plus souterrain, mais bien plus étendu dans le temps, durant lequel le désir bouillonne dans le cœur de ma mère, puis à l'« *autunno caldo* », l'automne chaud de 1969, durant lequel les grèves embrasent le pays tandis que ma mère brûle, la fièvre monte encore d'un cran, avec la période de la « stratégie de la tension ». Celle-ci consiste pour l'extrême droite à multiplier les actions violentes, et ainsi contraindre le pouvoir à plus de rigueur, plus de répression encore, jusqu'à faire émerger la nécessité d'un État autoritaire. Dépassée, terrifiée sans doute, la démocratie chrétienne cherche, arc-boutée sur elle-même, à contenir la force de vie sauvage, indomptable, des ouvriers soumis à la violence d'un processus de production toujours plus brutal et qui aspirent désespérément à une vie décente, des femmes qui veulent se réapproprier leur corps, d'une jeunesse aspirant à la passion et à l'insurrection.

Alors que mes grands-parents tentent par tous les moyens de la raisonner (larmes, intimidation, évocation dramatique de sa vie ruinée), dans une Italie catholique où le divorce est encore interdit, ma mère vit l'année la plus heureuse de son existence. J'essaie de me la représenter, je n'y arrive pas, ou alors seulement en négatif, à la mesure du désespoir dans lequel elle a plongé ensuite. J'apprends que certaines photos d'elle, des portraits que je connais depuis toujours, ont été prises par Alessandro F. Elle porte un pull en V, une chemise d'homme et une jupe écossaise. Une mèche de ses cheveux est retenue par une barrette d'enfant. Elle fixe l'objectif, on voit ses taches de rousseur en gros plan, ses yeux sont d'une transparence d'eau. Elle n'a pas l'air gaie. Il paraît qu'il existait aussi des portraits de lui, pris par elle le même jour. Ma mère me raconte que celui qui est désormais officiellement mon père, Yves S., les a brûlés, de rage, au cours d'une violente dispute. Quand je lui pose la question, plus tard, il m'observe comme si j'étais folle : il n'a jamais vu ces photos, elles n'existent pas.

J'ignore à quoi ressemblait Alessandro F. à cet âge. Sur certains tirages de la même série, ma mère porte une veste en tweed, je me demande si elle lui appartient, à lui. Peut-être suis-je déjà là, minuscule, peut-être mon cœur bat-il, à l'intérieur du corps de ma mère, cachée sous sa peau, cachée sous le tweed, peut-être ne le sait-elle pas encore. Vingt-sept ans plus tard, dans cette cuisine, elle me raconte avoir réalisé avec stupéfaction qu'elle était enceinte. Quand elle l'a découvert, un soir, dans l'appartement milanais insalubre, elle a eu la sensation de tomber dans un trou. Apparemment, elle n'avait pas pensé que cela pouvait arriver. Elle me dit, d'une voix de plus en plus tremblante, qu'elle était heureuse, que lui aussi, il a ouvert une bouteille de vin pétillant. Elle dit également – à cet instant, elle se mord les lèvres, on dirait qu'une blessure, dissimulée sous son chemisier, s'est remise à saigner – qu'il y avait d'autres filles, qu'il la laissait seule, trop souvent, trop longtemps.

Finalement, il est parti. Au printemps 1971, Alessandro F. est rentré chez lui, auprès de sa femme, qui venait d'accoucher d'un garçon. Ma mère avait vingt ans, elle était enceinte de six mois. « Ce jour-là, je suis morte », dit-elle, d'une voix que je ne connais pas. Je l'entends de très loin, je dérive sous l'eau.

Je réalise bientôt qu'il y a un autre problème, dans cette enquête que je mène avec les moyens du bord. Je dois faire face à plusieurs difficultés – les sources, le secret, l'idéologie –, mais la principale, apparemment, est l'enquêtrice elle-même.

Dans un texte sur lequel je tombe au cours de mes recherches sur Internet, avant de ne plus le retrouver, Jean-Marc Rouillan se souvient de sa première rencontre avec Joëlle Aubron. C'est le mois d'avril 1980, boulevard de Charonne, ils ont rendez-vous. La jeune femme attend, adossée à la vitrine d'un magasin. Elle porte un imperméable, il pleut. Elle est trempée, vulnérable.

Jean-Marc Rouillan n'utilise pas cet adjectif, vulnérable, c'est moi qui l'imagine, le visage et les cheveux mouillés, toute seule et toute petite dans cet imperméable à la ceinture bien serrée, exposée aux éléments, aux blessures et aux coups. Sans doute est-ce ma mère que je vois, sous la pluie, toute seule et toute petite. Dans cet imperméable qu'elle portait aussi, sur ses photographies de jeunesse à Milan, avec ses chaussures plates, ses yeux inquiets, son air de coupable.

Quelques semaines plus tard, je retrouve par hasard le texte égaré, en feuilletant *Infinitif présent*, un livre écrit en détention par Jean-Marc Rouillan, mélange de chroniques carcérales, de souvenirs et d'analyses politiques. Je le parcours, sidérée : je ne reconnais rien, ou presque, des lignes que j'avais lues sur Internet, c'est comme un autre récit. Le leader d'Action directe ne décrit pas du tout Joëlle Aubron comme petite, démunie ou vulnérable, elle n'est pas habillée comme je le croyais (elle ne porte pas un trench ceinturé, mais une parka bordeaux). C'est vrai, il pleut, mais il n'est pas question de cheveux trempés, ni d'une silhouette ruisselante. Pourtant, elle est là, devant mes yeux : son imperméable, tellement serré qu'elle doit avoir du mal à respirer, sa tête de renard, ses cheveux dégoulinant sur sa poitrine. Je m'en souviens, précisément. Et pourtant, cela n'a jamais été. J'ai lu ce passage il y a quelques semaines, et ce temps m'a suffi pour réinventer le réel, lui donner une nouvelle forme, en faire une fiction. Je ne peux pas me faire confiance, je raconte n'importe quoi.

Jean-Marc Rouillan a probablement lui-même écrit quelque chose qui n'a pas été, ou pas tout à fait. Si elle était vivante, Joëlle Aubron raconterait sans doute encore autre chose – et cela ne serait pas nécessairement plus juste, concernant la vérité des faits. Ce qui reste, ce sont nos mémoires, et nous racontons, tous autant que nous sommes, n'importe quoi.

Dans les premières pages d'*Infinitif présent*, je tombe sur ces vers d'Aragon.

Toute mémoire est une eau trouble.
Que voulez-vous que l'on y voie.
Si lentement que l'on s'y noie…

Ce jour d'avril 1980, quand Jean-Marc Rouillan l'aperçoit pour la première fois, Joëlle n'est pas du tout une jeune fille fragile sous la pluie.

Jean-Marc Rouillan, Nathalie Ménigon et deux camarades,

dits Mémé et Le Tos, à bord d'une Chrysler vert pomme, se garent près du cimetière du Père-Lachaise : ils doivent rencontrer les membres d'un groupe autonome. C'est Claude Halfen, dit Casquette – l'homme aux yeux rieurs du documentaire –, qui a parlé d'eux à Rouillan. Ils sont jeunes, naïfs, mais ils ont déjà braqué des banques – beaucoup, même –, affronté la police lors de fusillades, bricolé des attentats. Ils pourraient filer un coup de main.

Elle est là, sur le trottoir. Une gamine, dans une parka bordeaux, rousse, « l'air d'avoir seize ans à peine ». Sans hésitation, elle se dirige vers la Chrysler, dont le pare-brise est couvert de buée, et se penche sur la vitre baissée. Le garçon qui l'accompagne est resté derrière, appuyé contre la vitrine. Il regarde par-dessus son épaule, inquiet. Joëlle, quant à elle, n'a pas peur. « Je suis Léo », dit-elle en souriant. Elle a posé ses doigts sur la vitre de la Chrysler, erreur de débutant, pense Rouillan, jamais on ne laisse ses empreintes sur le véhicule d'un clandestin. Dans la voiture, Nathalie ne dit rien, elle observe. C'est la première fois qu'elles se voient.

Quelques semaines plus tard, ils vont attaquer une banque ensemble, une agence du Crédit lyonnais, dans le XVe arrondissement. Deux véhicules, celui de l'équipe devant, celui de protection derrière. À son bord, Nathalie Ménigon au volant, Joëlle Aubron sur le siège passager et, à l'arrière, Rouillan qui tient un pistolet-mitrailleur. Un fourgon de police passe par hasard au moment même où les braqueurs sortent de la banque, chargés de sacs en plastique remplis de billets. Nathalie démarre, coupe la route du car de police qui tente de poursuivre la voiture dans laquelle se sont engouffrés les braqueurs. Rouillan tire sur le fourgon, fait exploser le pare-brise, les policiers s'enfuient par la portière arrière. Nathalie redémarre, efficace, concentrée, elle disparaît dans la circulation, Joëlle trépigne et sautille. « C'est la première fois que je tire sur des policiers ! » Elle n'a pas vraiment tiré mais, apparemment, aurait adoré le faire. Elle est tout excitée.

Cet été-là, Jean-Marc Rouillan, Nathalie Ménigon, Joëlle Aubron et son compagnon, Samuel Azeroual, le garçon appuyé contre la vitrine lors du premier rendez-vous, s'installent dans un meublé loué par Joëlle sous un faux nom dans le XIVe arrondissement – « près de l'immeuble où Lénine vécut son exil parisien », précise Rouillan. Joëlle est joyeuse, enthousiaste, débordante d'énergie. Elle se promène nue, pas Nathalie. Joëlle porte des T-shirts sans soutien-gorge, un colt 45 à la ceinture, un chargeur dans chaque poche arrière. Réservée, secrète, Nathalie est dans son coin, écoute la police à la radio à l'aide d'un casque qui la protège et l'extrait. Ce qu'elle préfère, c'est conduire les voitures et semer la police, à ce jeu-là, elle est la meilleure. Ce ne sont pas des amies, plutôt un tandem militaire.

Je fantasme leur vie, dans l'espace circonscrit de cet appartement. Sont-elles si différentes des filles de leur âge ? Comment leur monde intérieur se range-t-il entre la politique, l'amour, l'avenir ? Rendent-elles visite à leurs parents ? À quoi rêvent-elles le soir, allongées dans le noir ?

Ce sont d'autres personnes que celles du collage sur fond de champ de pavots, d'autres encore que celles des avis de recherche. Elles m'évoquent les poupées en carton qu'enfant j'adorais habiller. Elles ont toute une panoplie de tenues en papier, imperméables, cols roulés, bottes de cuir, on les fixe sur leur silhouette à l'aide de languettes à replier, mais, une fois dépouillées de leurs accessoires, uniquement vêtues d'une culotte fleurie, elles semblent vous dire, avec leur sourire énigmatique : *Qui suis-je ?*

Au printemps 1971, ma mère enceinte de six mois retourne vivre chez ses parents. Elle entre, avec sa valise, dans la cabine de l'ascenseur grillagé qui monte vers l'appartement milanais de mon enfance. Ses yeux sont si tristes qu'ils ont changé de couleur. Ses cheveux ont toujours cet éclat irréel, comme la trace d'un été glorieux, mais, pour le reste, la jeune fille menue, aux os minuscules, a disparu. Désormais son ventre prend toute la place : sur les quelques photos que j'ai retrouvées, on ne voit que lui. Alessandro F. s'est volatilisé, mes grands-parents sont mortifiés, l'avenir de ma mère anéanti. Elle a juste vingt ans. Qui a eu l'idée de sortir un appareil photo ? Qui a souhaité immortaliser son visage pâle, ce ventre démesuré qui la précède, la recouvre presque, à la manière d'un crime auquel on ne peut échapper ?

On m'a raconté que mes grands-parents se sont rendus chez les parents d'Alessandro F., qu'ils sont restés debout dans le salon, sans même ôter leur manteau. Je perçois le sentiment d'humiliation, la brûlure qui fait encore rougir ma grand-mère quand elle en parle, près de cinquante ans plus tard. Le père d'Alessandro est un professeur d'université, il tient une cigarette ou un cigare. Mais c'est surtout la fumée dont se souvient ma grand-mère, ce nuage sale qui s'élève dans la pièce, l'impression qu'il lui crache au visage. Le professeur ne semble pas concerné, son épouse n'ouvre pas la bouche. Mes grands-parents sont repartis, presque aussitôt. Plus tard, ils ont attaqué Alessandro F. en justice pour détournement de mineure. Ils ont perdu leur procès, les jurés estimant que tout le monde était si jeune, dans cette affaire, qu'il ne pouvait y avoir de coupable.

Ma mère a accouché seule, dans un hôpital dont j'ai oublié le nom, qui a été détruit depuis. Il ne reste rien de l'université de Vincennes, rien non plus de ce bâtiment-ci. Mais je suis persuadée que l'air est marqué de l'empreinte de ces bébés, et de celle de leurs mères. Leurs émotions flottent dans le ciel, comme elles flottent à l'intérieur de ma mère, et de moi. De même que l'air autour de l'appartement des parents d'Alessandro F. est chargé de la honte de ma grand-mère, et que l'atmosphère, quelque part dans le bois de Vincennes, est plus dense, plus vibrante. Le passé est là, mais personne ne peut l'atteindre, il se balance dans un filet invisible.

Il existe une photo de moi à l'hôpital, un Polaroid : je suis posée au bout du lit, à la façon d'un paquet dont on ne sait trop quoi faire. Je suis si maigre que je ressemble à un poulet, c'est à peu près tout ce dont ma mère se souvient. Et aussi qu'elle essaie de compter mes doigts de mains et de pieds, qu'elle s'y reprend à plusieurs fois tant elle est épuisée, pour s'assurer que je suis entière. Sur d'autres photos, assise dans son lit d'hôpital, elle me tient dans ses bras en souriant bravement. On dirait une adolescente incrédule dont la vie aurait pris un cours irréel, un cours qu'elle n'arrive pas vraiment à concevoir. Mais elle paraît contente, émue, malgré tout, de tenir son petit poulet dans ses bras.

Ensuite, c'est le blanc.

Trois ans plus tard, dans une robe verte à pois qui se confond avec la pelouse, ma mère épouse Yves S., un diplomate français travaillant pour le Bureau international du travail, une agence de l'ONU, à Genève, au bord du lac Léman. Le même jour, il me reconnaît : il signe les papiers du mariage, et ceux de mon existence. Officiellement, je suis son enfant. Je ne suis pas présente à la cérémonie (*où suis-je ?*), mais tout le monde – les amis d'Yves S., la famille – sait que la mariée a une fille, ils m'ont vue, dans les semaines qui ont précédé, une sorte de prolongement blond de la jeune fiancée blonde, qu'elle tient par la main, et au sujet de qui personne ne pose de questions.

C'est ainsi que commence ma vie clandestine, ma légende. Je suis désormais la fille d'Yves S., je vis à Genève, en Suisse, je m'exprime en français. C'est ma nouvelle identité. J'ignore quel fut son processus de création (m'a-t-on dit : « ce monsieur est ton papa, et voici ta maison » ?) mais il est remarquablement efficace, car tout disparaît de ma mémoire, pendant près de trente ans. Ou plutôt se range dans un lieu verrouillé qui ne s'ouvre que la nuit, dans des rêves durant lesquels j'arpente sans fin les couloirs d'un appartement inconnu et familier à la fois. Je sais seulement que j'ai quitté Milan et mes grands-parents, qu'on ne me parle plus italien. Mais même cela, je n'en ai pas conscience : je suis persuadée d'avoir vécu en Suisse depuis ma naissance, avec ma mère et mon père, dans cet appartement, avenue des Crêts-de-Champel, à Genève, là où, bientôt, j'aurai un frère, dans cet immeuble où je me promène, rendant visite aux locataires des étages en prétendant m'appeler Olivia, du nom d'une voisine qui me subjugue. Ma langue natale s'efface, même si, encore aujourd'hui, face à un interlocuteur qui s'adresse à moi en italien, des mots surgissent, n'importe comment, des phrases incohérentes, et, chaque fois, la gêne me submerge, le sentiment d'un double fond dans une valise.

À l'inverse des espions classiques, qui savent ce que leur entourage ignore, j'ignore tout de ma véritable identité, alors que ma famille ainsi que leurs amis la connaissent. Personne ne m'en parlera jamais. Même quand, adolescente, je deviens si maigre que la meilleure amie de ma mère me prend à part, les sourcils froncés, et m'intime de me ressaisir, j'ai l'air d'un squelette. Sans doute pensent-ils que c'est mieux ainsi, ou que cela n'a pas d'importance. Peut-être n'y songent-ils même pas. Ils sont loyaux, fidèles, la vérité ne leur appartient pas.

Dans son album de mariage, ma mère a dessiné des oiseaux, des fleurs et des ballons autour des photographies. De son chignon s'échappent quelques mèches, elle porte à ses oreilles des perles d'un blanc luisant. Elle paraît un peu absente. J'observe la silhouette chic d'Yves S., sa jeunesse blême, presque timide. Sur certaines images, il a ôté ses lunettes à montures noires rectangulaires, typiques des années 70, il est évident qu'il ne voit rien. Il lève les yeux vers ma mère, il sourit. Leurs profils se frôlent. Ils ont l'air amoureux.

Enfant, j'adorais feuilleter cet album, orné des dessins de ma mère. Les étoiles coloriées en jaune, le soleil auquel deux cœurs écarlates sont suspendus, au-dessus de mes parents qui se promènent sur une pelouse, les ballons légers, enfantins, croqués en haut de la page où mon père dépose un baiser sur le front de ma mère. Les oiseaux encerclant un portrait de mon grand-père, qui plaque sur ses yeux un mouchoir en tissu, les fleurs aux pétales multicolores autour de celui de ma grand-mère, son brushing bouffant, sa robe longue, à imprimés géométriques, qui me semble si italienne, sans que je sache trop pourquoi. Je les contemple aujourd'hui et je devine leur soulagement : la vie va pouvoir reprendre, désormais.

J'étais intriguée, surtout, par les dessins des autres pages. Ils évoquaient un autre aspect – caché, terrifiant, fascinant – de la personnalité de ma mère. Sur la série consacrée à l'échange des consentements à la mairie, elle a collé un pistolet automatique, découpé dans un magazine, contre la tempe de mon père. Sur une autre image, mon père lève la tête vers un élément hors du cadre. En haut de la page, ma mère a dessiné les jambes d'une femme, pendue (elle tient un carton « adieu » dans la main, ses pieds sont suspendus dans le vide, au-dessus d'une chaise). Enfin, il y a le dessin de la dernière page. À l'encre de Chine, ma mère a caricaturé Yves S., appuyé nonchalamment contre un mur, un voile de mariée posé sur le bras, une hache ensanglantée dans la main. Il affiche un moignon en bois à la place d'un pied, trempant dans une flaque rouge vif. Je regarde le dessin, hypnotisée. J'ai cinq ou six ans, je suis assise sur le grand canapé beige, dans le salon des Crêts-de-Champel, l'album sur mes genoux. Il s'agit d'un dessin humoristique, mais il dit autre chose, un message que l'on aperçoit en transparence, tel le visage de la mariée derrière son voile. J'interroge ma mère, pourquoi a-t-elle fait ça ? Je me souviens très bien de mon angoisse, à cet instant-là. Elle répond qu'elle trouvait les photos sinistres, c'était pour rire. Je hoche la tête, comme si je comprenais très bien.

Je réalise à présent que, sur la page de garde de l'album en cuir blanc, ma mère a écrit, avec la même encre de Chine, la date et le lieu de la cérémonie : *Le 13 août, à Genève*. Mais l'année n'est pas précisée. Soudain, je ne perçois plus que cela, ce vide sur la page. Je me demande si elle l'a omis à dessein, dans cette volonté de brouiller les pistes, si là, dans ce blanc, réside le début du mensonge. Quand je feuilletais cet album, enfant, assise sur le grand canapé beige du salon, j'étais persuadée qu'au moment où avaient été prises ces photos, je n'étais pas née. Je n'existais pas. Peut-être ont-ils fini par le croire, eux aussi ?

À l'instar de ces espions de la guerre froide, qui pouvaient passer une dizaine d'années « en sommeil », mes parents ont mené dès lors une existence de fiction, dans laquelle, comme c'est le cas pour tous les agents du renseignement, se mêlent le vrai et le faux, des sentiments réels et une autre histoire, enfouie. Il a fallu attendre de longues années avant que tout explose, à la façon d'une bombe dont le minuteur aurait été lancé au début des années 70.

II

LA VRAIE VIE

En 1980, six ans avant le meurtre de Georges Besse, la police ne partage pas la bienveillance relative des médias et de l'opinion à l'égard d'Action directe. Elle est convaincue que les gestes symboliques vont dériver vers des actes plus sombres, que, bientôt, le sang va couler. Les attentats se succèdent : bombe posée devant l'inspection du travail, attentat contre une société de rénovation urbaine et les locaux de la DST, attaques au bazooka contre le ministère des Transports et la direction de la Sécurité routière. Le 18 mars, à Paris, Nathalie Ménigon et Jean-Marc Rouillan arrosent la façade du ministère de la Coopération au fusil-mitrailleur. Le bureau du ministre Robert Galley est criblé de balles 9 mm, l'une d'elles a transpercé son fauteuil. L'homme était absent, il n'y a eu aucun blessé, mais aux Renseignements généraux, on pense que ce n'est qu'une question de chance, et de temps.

Rien ne se recoupe jamais tout à fait, avec Action directe. C'est sans doute ce qui donne à son histoire cet éclat, celui de la mémoire dérivante, et du roman. Jean-Pierre Pochon, commissaire à la tête de la section Recherche des Renseignements généraux au début des années 1980, et Serge Savoie, nommé par le premier à la direction d'un groupe opérationnel consacré à l'ultragauche, racontent dans leurs ouvrages respectifs, *Les Stores rouges* et *RG, la traque d'Action directe*, les mêmes faits, vécus l'un à côté de l'autre. Ils retracent l'histoire avec la précision que leur confère leur passé professionnel, pourtant, leurs récits diffèrent, un détail, une voiture, un personnage, une heure. Les comptes rendus ne se recoupent pas, ce sont deux calques légèrement dissemblables, entre lesquels se faufile le mystère.

Ces livres ont été rédigés vingt-cinq et trente ans après les faits. J'ai l'impression, en les lisant et les relisant dans une obsession maniaque, qu'un être fantôme se tient derrière les auteurs. Nous nous racontons une histoire, puis nous la réécrivons, au fil du temps. Ce spectre fantasque s'appelle la mémoire. Le souvenir est un organisme vivant, un corps autonome, qui s'autogénère. Personne ne ment, le spectre a juste pris la main. Ce qui complique encore les choses, dans cette affaire, c'est la fiction : elle est là depuis le début, elle en est même l'origine. Au moment où tout commence, ses protagonistes sont déjà à côté du réel, dans un espace imaginaire.

C'est le temps de l'invention, de l'instinct, et de la débrouille. Une époque sans téléphones portables, sans GPS, presque sans ordinateurs. Pochon et ses hommes planquent autour des squats, des bars, des cimetières, connus pour être des lieux de rendez-vous. Bidouillent des Walkman pour les liaisons radio durant les filatures. Cherchent des intermédiaires, un fil qui les mènerait au groupe. Ils mettent sur écoute des militants, les suivent, essayent de les « retourner », c'est-à-dire de les faire changer de camp pour obtenir des informations. Ils paraissent eux-mêmes vivre en clandestinité, comme ces cibles qu'ils traquent sans jamais les voir, dont ils ne savent rien ou presque, dont les photographies sont prises de si loin qu'on ne distingue que des silhouettes qu'ils ne reconnaîtraient pas s'ils les croisaient dans la rue. Ils les cherchent, ainsi que moi je les cherche, mus par une force qui n'a pas de nom.

Pour les arrêter, le commissaire a une idée rocambolesque : jouer la carte Carlos. Le terroriste vénézuélien, combattant de la cause palestinienne, auteur d'attentats spectaculaires et meurtriers, tel celui du Drugstore Publicis à Paris en 1974, ou la prise d'otages au siège de l'OPEP à Vienne en 1975, est un mythe, recherché par toutes les polices de la planète. Misant sur le désir de notoriété du groupe, son ambition internationale, Jean-Pierre Pochon décide de faire croire au leader d'Action directe que des émissaires d'un pays arabe associés à la star du terrorisme mondial souhaiteraient le rencontrer. Le piège sera tendu par l'intermédiaire d'un indic, que l'on appelle délicatement, au sein des RG, « source humaine », chargé de passer le message. Les versions diffèrent sur ce point : certains prétendent que l'émissaire devait proposer à Jean-Marc Rouillan et ses complices de faire sauter le barrage d'Assouan, en Égypte, d'autres qu'il s'agissait de lui proposer des armes et des financements – selon eux, Rouillan n'aurait jamais été suffisamment naïf pour croire à la première version.

L'équipe de Pochon finit par trouver un contact : Gabriel Chahine, peintre et réalisateur égyptien d'origine libanaise, proche de l'extrême gauche, personnage énigmatique, sorte d'étrange aventurier, flamboyant, loser, aux motivations mystérieuses. Il porte des chemises déboutonnées, une épaisse chaîne en or à laquelle sont suspendus une dent de requin et un crucifix, un manteau de vison, long, féminin. Il est provocant, indéchiffrable. Il boite, raconte qu'il a pris une rafale de pistolet-mitrailleur au niveau de la hanche, dans son passé de combattant révolutionnaire propalestinien.

Les conditions de son recrutement demeurent troubles. Quelques années plus tôt, Gabriel Chahine a commencé par collaborer avec les RG à Toulouse, où il fréquentait les milieux underground, parmi lesquels des membres des GARI, auxquels appartenait Jean-Marc Rouillan. Désormais, il vit à Paris et son atelier d'artiste, verrière et mezzanine, près du Père-Lachaise, est l'un des lieux de rassemblement des militants d'ultragauche, où l'on croise parfois des membres d'AD.

Quand Pochon lui propose de jouer l'intermédiaire, Gabriel Chahine est emballé, et rien ne permet de comprendre les raisons de cet enthousiasme. Est-ce par goût de l'aventure, l'idée de tenir un rôle, d'être le plus malin ? S'agit-il de cette force qui les entraîne tous, les uns après les autres, dans cette histoire ? Il ne paraît même pas vraiment intéressé par l'argent – quoique, à ce sujet, les opinions diffèrent.

Pourquoi faisons-nous ce que nous faisons ? Peut-être n'en avons-nous pas la moindre idée.

Je n'ai trouvé aucune photographie de Chahine. Seulement un film expérimental, *Cinématon*, réunissant des portraits de personnalités du spectacle, mis bout à bout et réalisés par le cinéaste Gérard Courant, toujours selon les mêmes règles : un plan-séquence fixe et muet d'environ quatre minutes durant lequel « le sujet filmé propose un grand moment de vérité sur son être ». Le numéro 20, tourné le 15 juin 1978, est consacré à Gabriel Chahine. Il y apparaît, mal coiffé et moustachu, chemise bleue échancrée, pantalon blanc, un bras posé négligemment sur le dossier d'un canapé. Il tient un fume-cigarette et parle à la caméra – des mots muets, pour toujours inconnus. À la minute 2'50, il se lève, baisse son pantalon, et montre son cul.

Quelles traces demeureront de nous, comment savoir ce qui sera retenu ?

Au mois d'août 1980, le Libanais passe le message avec succès : les membres d'AD acceptent de rencontrer les « amis de Carlos ». Le rendez-vous est organisé. Une maison est louée par les RG à Villerville, près de Deauville, pour recevoir l'émissaire du groupe. Des voitures sont empruntées (Mercedes grise, ou Peugeot 604, selon les versions), auxquelles on accole des plaques diplomatiques. Une dizaine de revolvers et trois pistolets-mitrailleurs sont entreposés dans une caisse en bois, pour faire sérieux.

Le 6 septembre 1980, Gabriel Chahine, accompagné d'un commissaire d'origine algérienne, d'habitude préposé au service des écoutes mais enrôlé pour l'occasion afin d'incarner l'attaché d'ambassade du Moyen-Orient, et deux flics dans le rôle des gardes du corps attendent, dans la villa normande. Quelqu'un se rappelle les glycines, les meubles en bois massif, un jardin qui s'achève dans la mer. Serge Savoie évoque aussi un extra, un barman embauché la veille à l'ANPE locale, en livrée blanche, pour servir des rafraîchissements et incarner l'élégance diplomatique. Dans les rues avoisinantes, le reste de l'équipe patiente, dans des voitures, à moto, ou caché dans une camionnette. Jean-Pierre Pochon est garé sur les hauteurs, juste à côté d'une cabine téléphonique. Aucune liaison radio, aucun contact ne sera établi avant le départ du « visiteur ». L'équipe de la villa téléphonera dès que l'émissaire d'Action directe aura quitté les lieux. Pendant tout ce temps, ils ne sauront rien, ils espéreront, en fumant des cigarettes, vitre baissée, qu'un téléphone sonne. Il est possible que personne ne se présente. Si quelqu'un vient, cela peut mal tourner. Peut-être qu'un homme sera tué.

À 10 h 30, ou à 14 h 55 – les versions diffèrent –, quelqu'un sonne.

Le souvenir est un souvenir de souvenir. C'est le matin, ou alors l'après-midi. Y a-t-il un extra en veste blanche qui prépare des cocktails ou du thé à la menthe, pendant que les flics attendent, en démontant et remontant leur arme ? Gabriel

Chahine fait-il des blagues, sa compagne est-elle là, à l'étage, comme on le raconte, ou bien est-elle ailleurs ?

Gabriel Chahine s'approche de la porte en claudiquant, les autres se tiennent prêts, le commissaire sur le canapé, en costume élégant, dans son rôle d'attaché d'ambassade, les autres debout, le revolver coincé dans un étui, sous l'aisselle.

Sur le perron se présente une très jeune fille. Elle est frêle, en jean et T-shirt, à peu près vingt ans. Des cheveux longs, blond vénitien. Elle porte un trench Burberry, un foulard, ou alors une écharpe, large, marron. Elle a le regard sombre, inquiet. Elle est encore inconnue des services de police. C'est seulement deux ans plus tard qu'ils l'identifieront, après son arrestation devant un parking où sont entreposés deux fusils à pompe, cinq pistolets-mitrailleurs et sept pistolets automatiques : il s'agit de Joëlle Aubron. Pour l'heure, la quasi-adolescente se tient là, droite, silencieuse, son sac à dos sagement posé sur les genoux.

L'attaché d'ambassade s'adresse à elle en arabe, Gabriel traduit. Il se prétend contrarié que l'émissaire d'Action directe soit une femme. Il veut connaître son nom, elle répond sèchement que cela n'a pas d'importance. Elle n'a pas quitté son imperméable. Il lui assure que Carlos souhaite leur proposer une collaboration, mais il veut rencontrer les dirigeants du groupe, discuter avec eux. Elle acquiesce, transmettra la requête. On lui montre le coffre rempli d'armes. Elle saisit un pistolet-mitrailleur Uzi, le soupèse en souriant.

Je me demande ce qu'ils ressentent. Gabriel Chahine qui mène la conversation, en grand réalisateur d'un film taré et génial ; les deux policiers, en cols roulés et lunettes noires de gardes du corps ; le commissaire préposé aux écoutes, qui n'a pas dû mettre un pied sur le terrain depuis des lustres, et sûrement jamais pour incarner un terroriste ; la jeune fille au sac à dos et au courage buté ; Jean-Pierre Pochon, garé dans cette voiture, en haut de la colline, la portière ouverte à côté de cette cabine téléphonique. Je me demande s'ils ne font pas tout cela pour les mêmes raisons, qui n'ont pas grand-chose à voir avec la révolution, ni avec la loi.

L'entretien ne dure que quelques minutes. L'émissaire parle peu. En quittant les lieux, elle adresse à l'attaché d'ambassade un signe de la main. Dans le train du retour, entre Deauville et la gare Saint-Lazare, la policière qui la suit, assise juste derrière, voit qu'elle se plonge dans la lecture du *Rouge et le Noir*. À Paris, alors que les flics qui l'attendent tentent de la prendre en filature, elle emprunte, dans les couloirs du métro, une direction puis une autre, accélère, revient sur ses pas, s'évapore.

Quelques jours après le rendez-vous de Villerville, Gabriel Chahine appelle les RG, triomphant : ça a marché, les leaders d'AD veulent rencontrer Carlos, ils sont enthousiastes. Sûr de lui, excité, le Libanais propose d'organiser le prochain rendez-vous sans attendre. Jean-Pierre Pochon, qui a développé une affection inattendue pour sa source, et passe son temps à se ronger les sangs pour ce type qui ne prend aucune précaution, accepte de monter le piège en quelques jours. C'est reparti pour les rendez-vous téléphoniques, les repérages et la bricole.

Cette fois, l'équipe des RG choisit une adresse dans le XVIe arrondissement, rue Pergolèse. L'immeuble est élégant, doté d'un grand hall d'entrée, de corridors où se cacher, et, juste en face, d'un parking souterrain permettant d'abriter une partie de l'équipe. D'après les noms inscrits sur les boîtes aux lettres, un certain M. Mitsuko vit au quatrième étage. Jean-Pierre Pochon continue d'écrire sa fiction : il décide que M. Mitsuko est un membre de l'Armée rouge japonaise, groupe armé d'extrême gauche, qui se fait passer pour un artiste peintre, et héberge Carlos. M. Mitsuko ne sera pas tenu au courant de son rôle dans le scénario, il ne sera même pas contacté. La mission consistera à arrêter les leaders d'Action directe avant qu'ils atteignent l'appartement. Le rendez-vous se tiendra le 13 septembre 1980, soit une semaine après celui de Villerville. Le roman se dessine, un monde parallèle dans lequel on pénètre par une porte minuscule, celle d'une boîte aux lettres, ouvrant sur un autre univers, plus vivant que la vie.

La section Recherche décide d'agir seule, sans en informer la police judiciaire, pourtant plus aguerrie : les RG n'ont pas l'habitude de ce genre d'intervention en pleine rue, c'est dangereux, imprudent diront certains, mais c'est le temps de la guerre des services. On dirait surtout que la section ne veut pas partager, qu'elle sait, sans le formuler, que tout cela n'est pas raisonnable. Ce qui se joue désormais est de l'ordre de la passion inavouable.

En ce samedi 13 septembre 1980, à Paris, il y a tous ceux qui vont traverser la journée sans que rien s'inscrive dans leur mémoire, et puis il y a ceux qui se souviendront des vêtements qu'ils portaient et de la couleur du ciel – le temps est gris, et frais, indique le commissaire dans son livre. Les flics et le groupe armé se meuvent dans le même espace, séparés des autres, derrière une vitre.

À 16 heures, Jean-Pierre Pochon et son équipe sont en place. Trois personnes dans le parking souterrain, quatre dans la loge de la concierge, deux dans un coude du corridor menant à l'appartement de M. Mitsuko. Deux groupes sont planqués dans la rue, pour assurer la sécurité des équipes d'intervention, protéger leurs arrières.

Nathalie Ménigon conduit une 604 grise. Sur le siège passager, en saharienne beige, Jean-Marc Rouillan cache un colt 45 et une grenade. Ménigon se gare dans une rue adjacente.

Jean-Marc Rouillan descend de la voiture, remonte la rue sans hésiter. Il s'engouffre dans l'immeuble, à grands pas, prend les escaliers. Personne n'a eu le temps d'annoncer son arrivée, et le flic qui le voit entrer ne le reconnaît pas. Comment les scénarios nous échappent-ils ? Qui préside à la mise en scène de nos vies ? Rouillan est rapide, il grimpe dans l'obscurité, tandis que les différentes équipes mettent quelques secondes à réaliser que leur cible est déjà là, quelques secondes qui permettent à Rouillan d'atteindre les étages, et de sonner à la porte de M. Mitsuko, qui est, à cet instant et par la volonté du destin, chez lui. Ce dernier ouvre, provoquant ainsi la collision des deux mondes, celui de la fiction et celui de la réalité, mais peut-être M. Mitsuko rêvait-il lui aussi d'une société plus juste, ou de tout faire sauter, ou simplement d'aventure ? Rien ne demeure, au sujet de cet homme, ni son âge, ni son allure, ni les pensées qui l'ont traversé. Juste avant que les policiers interviennent, Jean-Marc Rouillan et M. Mitsuko échangent quelques mots, dont nul n'aura jamais connaissance, des mots que l'on voudrait entendre, ceux d'une scène dangereuse et burlesque. Qu'a ressenti M. Mitsuko, à l'instant où les flics ont surgi, brandissant leurs armes, de quelle manière le souvenir de cette journée s'est-il inscrit en lui ? L'a-t-il raconté à d'autres ? Ses enfants, ses petits-enfants racontent-ils à leur tour le souvenir du souvenir, légèrement modifié, chacun y apportant une émotion, un détail qui lui appartient, créant une légende, qui continue de se répandre et de se transformer, à Paris, à Tokyo, ou ailleurs ?

Pendant ce temps, Jean-Pierre Pochon et deux collègues rattrapent Nathalie Ménigon avenue Foch. Des coups de feu éclatent. Dans la confusion, deux jeunes hommes sont blessés. Ils circulaient dans la rue, exactement à cet instant, à bord d'une Porsche blanche, ou grise – dans cette affaire, la couleur des voitures est, de toute évidence, l'angle mort du souvenir. Une balle dans la joue pour l'un, une dans le bras pour l'autre. Les policiers ont cru que Nathalie Ménigon était montée à bord de leur véhicule, qu'ils étaient complices. Les deux garçons sont âgés respectivement de vingt-trois et vingt-quatre ans. Ils ne porteront pas plainte. On raconte qu'ils auraient été largement indemnisés. Pour la blessure au visage du conducteur, on évoque une opération de chirurgie esthétique aux frais du ministère de l'Intérieur. L'homme en conserve sans doute la cicatrice, comme la trace du jeune homme qu'il était alors. Quels que soient le souvenir qu'il garde de ce jour, l'histoire qu'il se raconte, ou voudrait oublier, il reste cette empreinte sur sa peau, inaltérable.

Exactement au même instant, des paparazzi, en planque, guettent le retour de Caroline de Monaco qui vit dans un appartement tout proche. Le scénario se décale, une fois encore. Par l'étrange imprévisibilité de l'existence, les photographes se trouvent à cet endroit-là, à ce moment-là, comme M. Mitsuko, et deux jeunes gens dans une voiture de sport. C'est au photographe Pierre Villard que l'on doit le cliché de l'arrestation de Nathalie Ménigon, qui paraîtra en double page dans *Paris Match*, avant de faire le tour de la planète. Cet instant-là demeure, la trace d'une seconde, contrairement à celles qui l'ont précédée et suivie. D'autres clichés ont sans doute été pris, mais ils ont disparu. Peut-être racontent-ils autre chose. On ne sait rien non plus des émotions du photographe, comment a-t-il eu ce réflexe, shooter la scène, alors que Jean-Pierre Pochon braque une arme sur lui, que des jeunes gens ensanglantés s'extraient d'une Porsche accidentée, que le désordre règne. On ne sait rien des sentiments de personne, on ne sait rien de ce qu'éprouve, à cet instant, Nathalie Ménigon.

Sur l'image, elle ressemble à une étudiante inoffensive, chemise à carreaux, jean retroussé. Un policier, regard fixé sur l'objectif, passe le bras autour de son cou. Il tient un revolver dans la main. Sa main à elle agrippe le poignet qui enserre sa gorge, de loin on pourrait presque croire à un geste amoureux. Sa bouche est ouverte, dans une expression de surprise, à moins qu'elle ne crie « Nous sommes Action directe ! », la phrase que, selon les témoins, elle a hurlé à plusieurs reprises. Elle est si menue, sous ce bras qui la maintient. « C'était Nathalie la furie », titrera *Paris Match*, précisant qu'elle a fait feu sur les policiers sans les atteindre, avant de les griffer et les mordre. Il a fallu que trois d'entre eux unissent leurs forces pour réussir à la maîtriser.

À gauche sur l'image, Jean-Pierre Pochon, blouson de cuir, lunettes rondes à montures de fer, baskets blanches, braque son arme sur le photographe. Sa main gauche agrippe le poignet de Nathalie Ménigon, mais de loin, on dirait qu'elle a tendu le bras derrière elle, comme pour chercher du réconfort, et qu'il y répond en pressant sa main. À droite, un troisième policier brandit un talkie-walkie dans les airs. Lui aussi a l'air de crier.

Après leur arrestation, le 13 septembre 1980, Nathalie Ménigon et Jean-Marc Rouillan sont transférés au siège de la brigade criminelle, 36, quai des Orfèvres. Jean-Pierre Pochon s'y rend, de son côté, pour un compte rendu de l'opération. En début de soirée, alors qu'il s'apprête à repartir, le jeune commissaire s'arrête quelques instants dans les bureaux où sont interrogés les deux membres d'Action directe. Les locaux sont aussi délabrés que ceux des RG, rue des Saussaies, les murs verdâtres, la lumière des néons, les tables envahies de papiers, gobelets, cendriers, casques de moto. Cela fait des mois qu'il enquête sur eux, qu'ils sont présents à son esprit, probablement plus que n'importe qui, et c'est la première fois qu'il les rencontre. Nathalie Ménigon lui semblerait presque fragile, s'il ne se souvenait de la détermination dont elle a fait preuve, arme à la main, l'après-midi même. À quoi pense-t-elle, assise sur cette chaise en plastique, face aux hommes sur lesquels elle a tiré quelques heures plus tôt, et qui maintenant badinent, installés en équilibre sur un coin de table, légèrement en surplomb ? Jean-Marc Rouillan lui paraît éteint, sonné par l'arrestation. Pochon les observe tous les deux, un sentiment étrange le traverse, qui évoque la perte.

Il ne les reverra plus.

Dans *Les Stores rouges*, il écrit : « L'aventure extraordinaire que nous avons vécue tous ensemble s'achève », et ce « tous ensemble » désigne son équipe, Serge Savoie ainsi que tous ceux de la section Recherche, mais sans doute aussi Nathalie Ménigon, Jean-Marc Rouillan, la fille de Villerville, Gabriel Chahine. Il songe : « Plus rien ne sera comme avant. »

Lors de la deuxième séance avec ma thérapeute, je suis assaillie par une odeur de désinfectant qui évoque l'hôpital. Elle a subi, quelques jours auparavant, une opération de la jambe, une plaie s'est infectée. Elle hausse les épaules quand je manifeste mon inquiétude, me demande d'un ton impatient si j'ai bien apporté les albums photo de mon enfance. Je jette à ses pieds le sac de sport noir que nous observons sans rien dire, comme s'il s'agissait du butin d'un braquage. Elle me fait signe de m'asseoir à ses côtés, en tapotant sur un fauteuil en velours, identique au sien. Elle a mauvaise mine. Nous feuilletons les quatre albums recouverts de tissu bleu, ainsi que l'autre, celui à la couverture orange, celui de la période qui n'a pas existé. Elle approche parfois son visage tout près, comme si elle voulait respirer le parfum du papier, de la colle, et du temps. Elle veut que nous examinions tout, en ayant bien en tête la vérité. Que je nettoie ma mémoire du mensonge. Elle s'attarde sur chaque page, pour faire remonter en moi mon histoire, comme on remplit une carafe, très lentement, avec un filet d'eau. Je la regarde, sa mine épouvantable, ses cheveux qui m'évoquent un buisson. Elle a l'air en aussi mauvais état que moi.

Nous inspectons les photographies, tels deux archéologues

découvrant les vestiges d'une civilisation disparue. Nous nous arrêtons surtout sur celles du premier album, celui à la couverture orange : il est évident que ces images, rangées dans cet album en plastique, bon marché, évoquant le goût d'une lycéenne, n'ont pas été prises par la même personne que celles de la période suivante, celle des albums bleus, adultes, bourgeois, luxueux. Mon père, passionné de photographie, s'offrait des appareils de plus en plus sophistiqués, et nous faisait poser indéfiniment, ma mère, mon frère et moi, son objectif hors de prix braqué sur nos visages, en gros plan. Les albums bleus sont remplis de portraits de moi, entre trois et treize ans, plus les années passent, moins on me photographie, mais les clichés sont toujours soigneusement disposés. Ceux de l'album orange sont flous, ou pris de travers, collés n'importe comment. On y voit ma mère qui me tient dans ses bras, elle porte un pull-over tricoté et des chaussettes de ski. Ma grand-mère, en robe longue, imprimé à fleurs marron et jaune, qui me tend une cuillère en plastique, sur une terrasse baignée de soleil, pendant que j'essaie de m'enfuir d'une chaise haute, en pyjama. Mon grand-père, en maillot de bain, un sourire de vainqueur, qui me porte sur ses épaules, toute nue, une charlotte sur la tête. Tout le monde est radieux, éclaboussé de lumière, ou plongé dans l'ombre (le photographe est souvent à contre-jour). Il y a des balcons, des palmiers dans le lointain, quelquefois des sapins et des montagnes enneigées. On dirait que nous sommes toujours en vacances, ou en cavale.

Lorsque ma mère est rentrée avec moi, quelques jours après l'accouchement, mon grand-père a refusé de me voir. La honte était trop grande, la colère et le chagrin aussi. Il sortait jouer aux cartes ou s'enfermait dans son bureau, penché sur ses diamants, qu'il pouvait tailler et contenir dans sa main, se tenant aussi loin que possible de mon lit, et de cette forme vivante à l'intérieur, comme si, à force de l'ignorer, elle allait finir par disparaître, repartir d'où elle venait. En feuilletant l'album, je réalise qu'en effet, sur les premières photos, mon grand-père n'apparaît pas, ou alors, dans un coin, presque hors cadre, comme s'il essayait de s'échapper. Mais, en avançant dans les pages et le temps, le voilà qui surgit. Il me tient dans ses bras, debout dans une piscine. Il est agenouillé à côté de ma poussette, me protégeant de la lumière en tendant la main juste au-dessus de ma tête. Nous marchons sur une piste de ski, côte à côte, moi engoncée dans une combinaison rouge qui me donne l'air d'un cosmonaute, lui dans un caban bleu marine d'acteur américain. Nous sourions jusqu'aux oreilles, nous portons toutes sortes de chapeaux, à large bord, tricotés, bobs, bérets, panamas. Les photos de lui et de moi sont si nombreuses que quelqu'un en a glissé un tas dans les dernières pages. Dès qu'on le manipule, elles s'échappent de l'album, s'éparpillant en une constellation de carrés à bordure blanche.

Ces photographies me chavirent, comme celle où ma grand-mère, ma mère et moi, âgée de un an, sommes assises sur une chaise longue, moi entre les cuisses de ma mère, en T-shirt et culotte, ma grand-mère, contre l'épaule de sa fille, en équilibre précaire, dans un pantalon rouge que je caresse avec un air concentré. Je suis fascinée par le chemin qu'elles ont parcouru, en une année seulement, ma mère et son cœur en miettes, ma grand-mère partie « se reposer sur la Côte d'Azur » au moment même où sa fille entrait, seule, à l'hôpital pour accoucher. Nul doute que c'est mon grand-père qui se tient derrière l'objectif, il donne des consignes, leur fait signe de s'approcher l'une de l'autre. Au même moment, en Italie, on compte un attentat tous les deux jours, l'extrême droite pose des bombes dans des poubelles, fait sauter des voitures, des trains, des gares, l'extrême gauche bloque les usines, séquestre des patrons, mais nous avons d'autres combats à mener, d'autres bombes à désamorcer. Notre petite bande, contre l'humanité entière. Nous ne savons pas encore que cette douceur va bientôt s'évaporer.

Nathalie Ménigon et Jean-Marc Rouillan reconnaissent être les auteurs de onze attentats et mitraillages perpétrés à Paris, depuis le 1er mai 1979. Le 19 septembre, ils sont écroués devant la Cour de sûreté de l'État. Le même jour, la façade de l'École militaire est mitraillée au fusil automatique. Au cours de l'année 1979, une trentaine de militants du groupe sont arrêtés et incarcérés à Fleury-Mérogis, Fresnes et la Santé.

En décembre, un communiqué annonce qu'Action directe, dans le cadre de la campagne présidentielle, suspend ses opérations violentes.

Dans les milieux de l'extrême gauche, un mouvement de soutien aux prisonniers politiques se met en place. En prison, les membres d'Action directe dénoncent les conditions inhumaines de leur détention, la répression aveugle de l'État, et entament des grèves de la faim. Le pouvoir craint le retournement de l'opinion.

Le 10 mai 1981, François Mitterrand est élu. La France est à gauche, désormais, elle doit envoyer de nouveaux signaux. Le 4 août, une loi amnistiant les prisonniers politiques est votée. Le 5, Jean-Marc Rouillan est libéré. Nathalie Ménigon, dont les charges sont plus graves car elle a tiré sur des policiers, sera relâchée un peu plus tard. Dans les locaux des RG, l'atmosphère se crispe, de nouvelles têtes apparaissent. Les priorités changent, on craint les mouvements violents de l'extrême droite.

Pochon avait raison : plus rien ne sera comme avant.

Aux RG, au sein de la section Recherche, de nouveaux fonctionnaires, proches du pouvoir, ont rejoint l'équipe du commissaire, sans que personne lui ait demandé son avis. La traque d'Action directe ne lui vaut plus, comme hier, l'admiration ou les félicitations de ses supérieurs, désormais elle suscite la suspicion. On le soupçonne de s'acharner, d'en faire une affaire personnelle, ce serait même une faute. À présent, les moyens alloués pour combattre les réseaux d'extrême gauche sont réduits, il faut passer à autre chose. Les membres d'Action directe sont libres, Jean-Pierre Pochon et son équipe sont convaincus que la trêve ne durera pas, qu'ils préparent de nouvelles actions, plus violentes encore, mais personne ne s'en préoccupe. Seules sont autorisées quelques écoutes téléphoniques. Dans la section, les anciens sont découragés. Deux années de travail, de passion, de lutte, jour et nuit, pour rien.

De son côté, Jean-Marc Rouillan est persuadé que Jean-Pierre Pochon le traque. Il déclare dans *Libération* que la section Recherche veut le piéger, qu'elle pourrait très bien donner son adresse à des tueurs d'extrême droite, pour le neutraliser « sans se salir les mains ». Dans la transmission d'une écoute téléphonique, on l'entend déclarer : « Il me faut la tête de Pochon, il le faut commissaire en Guyane. » À l'Élysée, une cellule de dissuasion est chargée de mener une politique antiterroriste d'un nouveau genre : il s'agit de rencontrer les militants tout juste libérés, d'essayer de les convaincre d'abandonner la lutte armée. On leur propose de l'argent, une nouvelle identité, une nouvelle vie à l'étranger. Dans une étrange volonté de complicité, les fonctionnaires de la cellule parlent aux militants. Des confidences sont faites, des noms sont donnés, on raconte que celui de Gabriel Chahine est prononcé.

Le 13 février 1982, ou peut-être est-ce le 13 mars, vers 19 h 45, un homme en bleu de travail se présente au domicile du peintre, 5, rue des Pruniers, dans le XXe arrondissement. Peut-être est-il déguisé en facteur et prétend-il avoir un télégramme à délivrer. Gabriel Chahine ouvre. Il est abattu au fusil de chasse, deux décharges de chevrotine, tandis que sa compagne, à l'étage, est en train de mettre au lit leur bébé, âgé de quelques mois. Le fusil est ensuite balancé dans une bouche d'égout, en contrebas.

En apprenant la nouvelle au téléphone, Jean-Pierre Pochon fond en larmes. De son côté, Serge Savoie est accablé. Action directe n'a jamais revendiqué le meurtre, mais, d'après eux, l'acte est signé. Tous deux savent qu'il a eu lieu le 13 du mois, tous deux se souviennent que l'arrestation de la rue Pergolèse a eu lieu un samedi 13, ce n'est pas un hasard. Avec le temps, en repensant à l'exécution, l'un d'entre eux la situera au mois de février, l'autre au mois de mars. Tout glisse, dans l'existence, même la mémoire des instants les plus tranchants, ceux qui nous poursuivent jusqu'à la fin de nos jours, et pourtant, ils n'ont pas eu lieu, ou alors pas de cette manière, pas à ce moment-là.

Je me souviens de mon aquarium. Il est installé sur un socle de bois blanc entre le lit et la fenêtre. C'est un bac de luxe, il mesure un mètre de long, le socle a été conçu sur mesure. Le système d'alimentation, dissimulé à l'intérieur, ronronne tel un cœur électrique.

On a disposé deux chaises d'enfant à ses pieds, comme devant une télévision, ou une porte ouvrant sur un jardin exotique.

C'est ma plus grande joie : un écosystème constitué d'eau et de lumière à l'intérieur d'un autre écosystème, fait de meubles en osier et de rêves de petite fille. Dans la nuit, il luit au centre de la chambre. Allongée dans l'ombre, sur mon lit blanc, je vois passer les poissons. On dirait des rubans, ou des fleurs déployées dans l'eau.

Le matin, très tôt, je m'installe sur une chaise. Je contemple leurs nageoires orange, bleues, argentées. Les plantes aquatiques, frémissantes sous un léger courant. Les escargots qui glissent le long des vitres. Un alevin, minuscule et transparent, sous une feuille. Son œil me fixe.

Mon père me rejoint. Il s'installe sur la chaise à côté de moi, bien trop petite pour son grand corps. Nous restons là, devant l'aquarium, sa lumière violente, et celle du jour, plus douce, par la fenêtre. Le monde extérieur paraît lointain. Cette scène se reproduit plusieurs fois par semaine, ou chaque matin. Mon père aime les poissons presque autant que moi. Nous allons les choisir ensemble, dans une animalerie du centre-ville, dont je me souviens mieux que de notre appartement. Dès l'aube, je l'attends, en chemise de nuit, les mains sur mes cuisses, peut-être suis-je tendue, peut-être mon cœur est-il serré, je ne sais pas. J'ignore s'il est en pyjama, ou déjà habillé. Je ne sais pas ce qu'exprime son visage, ni s'il parle ou se tait. Mais je sens encore sa présence. Elle est aussi tangible qu'une pierre froide sous ma main. Nous sommes côte à côte, nous regardons devant nous. L'univers est figé, seuls les poissons et les algues sont vivants, dans l'éclairage électrique.

Je n'aime pas quand papa vient me voir, le matin.

J'ai prononcé cette phrase, exactement celle-là. C'est le matin, je m'adresse à ma mère, mon père est parti rejoindre ce lieu mystérieux où il travaille. Nous nous tenons dans son dressing, devant l'enfilade de miroirs, mais je ne perçois pas notre reflet. Seulement la moquette beige, et le mur blanc, comme si nous étions des apparitions. Seuls mes mots se détachent dans le vide. Je ne me rappelle pas sa réponse, ni même si elle répond, je n'ai aucun souvenir de sa voix. Je sais seulement qu'elle s'éloigne, je ressens encore le mouvement de son corps. Je revois l'enfilade de miroirs, son ombre passant de l'un à l'autre, et la poussière en suspension.

Quand je parle à Jean-Pierre Pochon, au téléphone, près de quarante ans se sont écoulés depuis l'arrestation de la rue Pergolèse, mais on dirait qu'il y retourne simplement en fermant les yeux. Quelque chose vibre dans ses mots, sa respiration, à l'autre bout du fil, une chose qui n'a pas de nom mais que je reconnais.

Quelques semaines plus tôt, j'ai obtenu son adresse auprès de son éditeur. Je lui ai écrit, une longue lettre évoquant mon projet de livre sur Action directe, les filles du groupe, en particulier. Je lui confie que j'y pense en permanence, sans préciser que cette lettre est tout ce que j'ai été capable d'écrire depuis plusieurs mois maintenant. Je ne dis pas non plus que j'ai le sentiment de m'adresser à un personnage de fiction, ni que je voudrais le rejoindre, dans cet endroit où j'imagine qu'il vit, à l'intérieur d'un roman. Je demande si je peux lui téléphoner.

Il me répond, par mail. Il est très occupé, mais il me donne son numéro et m'invite à l'appeler. Pendant des semaines, je ne le fais pas. Dans une notice biographique, j'apprends qu'après les années Action directe, Jean-Pierre Pochon a été chef du contre-espionnage des pays satellites de l'URSS à la DST – « il fit imploser les services de renseignements tchécoslovaques » – puis directeur des RG de la préfecture de police de Paris durant l'époque des attentats islamistes du GIA, et enfin directeur du renseignement à la DGSE durant les attentats du 11-Septembre. Sur la photo, il a l'air d'un haut fonctionnaire, costume anthracite, lunettes austères, chauve, bien loin du jeune flic en jean moulant des années 80. Je me remémore la photographie de *Paris Match*, sa main qui tient le poignet de Nathalie Ménigon, un pistolet braqué vers l'objectif, ses cheveux fous, ses baskets. C'est devenu quelqu'un d'autre. Va savoir comment s'adresser à un homme qui a occupé les plus hautes fonctions au sein des RG, la DST, la DGSE. Un homme qui a fait imploser les services secrets tchécoslovaques. Le soir, dans mon lit, à l'aide d'une lampe de poche, je lis *Sonate pour un espion*, le roman qu'il a écrit trois ans après *Les Stores rouges*, et dont le héros est un agent double tchèque. Sur la quatrième de couverture, quelqu'un a choisi cet extrait : « "Trahir" est un mot tabou dans les services. Il se souvenait d'avoir lu, dans un roman d'espionnage, toute une déclinaison des raisons qui peuvent conduire un homme à la trahison : la révolte, l'argent, l'ego, le jeu, l'aventure ou la tentation suicidaire. »

À cette période, j'ai des altercations téléphoniques avec mon voisin. À l'autre bout du fil, monsieur M. fait des bruits de grincements et de roulements, pour bien me faire comprendre ce qu'il endure *par ma faute*. Sa grosse voix me terrifie. Je suis fragile face aux hommes plus âgés que moi, ou, pour le dire plus justement, face aux hommes qui ont l'âge d'être mon père. Je deviens cette personne craintive et dysfonctionnelle qui doute de tout, alors que mon interlocuteur, en général, ne doute de rien. Monsieur M. finit par me proposer de venir chez lui, pour entendre le vacarme par moi-même. Je ne lui fais pas remarquer que si je suis à côté de lui dans son appartement, je ne pourrai pas, dans le même temps, pousser des pierres au-dessus de sa tête. Je dis : « D'accord, bonne idée. »

À 23 heures ce soir-là, je sonne à sa porte. Monsieur M. s'écarte pour me laisser passer, en peignoir, plus austère et raide que jamais. Il traîne deux chaises depuis la cuisine jusqu'à sa chambre à coucher. Il les dispose dans l'espace exigu entre le mur et le lit, me fait signe de m'asseoir. Les parois sont tapissées de papier peint recouvert de fleurs exotiques. J'ai l'impression d'être dans une serre, ou un sarcophage. « Vous pouvez fumer, si vous voulez. » Je lui adresse un sourire qu'il ne me rend pas. Il est près de minuit, nous sommes assis sur des chaises, face à face, dans cet espace minuscule, à l'intérieur d'une chambre à coucher aussi faiblement éclairée qu'une crypte. Je fume, il tient le cendrier, nous regardons le plafond. Nous regardons le plafond, comme si nous attendions un signe de l'au-delà. Nous écoutons. Longtemps. Très longtemps.

Rien ne se passe. Silence total.

Pendant quelques jours, je crois que mon voisin et moi sommes désormais du même bord. Après la soirée passée à écouter le plafond, nous formons une équipe, unis contre le mystère et l'adversité. Sur le palier de son appartement, j'ai remonté la fermeture éclair de mon blouson, tel un agent s'apprêtant à partir en mission dans la nuit, et il a longuement tenu ma main dans la sienne. Nous n'avons plus besoin de mots pour nous comprendre. Il a resserré la ceinture de sa robe de chambre, sans rien dire, je l'ai salué en remuant les doigts. Mais quelques jours plus tard, nouveau coup de fil : monsieur M. hurle dans le combiné. « Je sais que c'est vous ! C'est forcément vous ! » Je me défends en balbutiant, mais mon désarroi ressemble à celui d'une coupable.

Est-ce parce que je commence à envisager sérieusement que je suis un agent double, est-ce le fait qu'il ait l'âge, lui aussi, d'être mon père, mais un père rêveur et bienveillant ? Alors que monsieur M. vient de me raccrocher au nez, sans réfléchir, je compose le numéro de Jean-Pierre Pochon.

À l'autre bout du fil, la voix est chaleureuse. « Je me suis renseigné à votre sujet, vous savez ? lance-t-il, en riant. — Déformation professionnelle, je suppose, dis-je d'une voix faible. — Que puis-je faire pour vous ? » Je songe : « Oh, si vous saviez. » Je voudrais savoir ce qu'il pense de la trahison, ce sujet qui paraît l'occuper. Lui demander s'il lui arrive, à lui aussi, d'agir sans en avoir conscience. Qu'il me raconte qui étaient Nathalie Ménigon et Joëlle Aubron. Qu'il m'explique pourquoi nous les cherchons avec tant de passion, lui hier, moi aujourd'hui. Je voudrais aussi savoir s'il a réussi à se débarrasser de la rage et du regret. Je songe à sa tristesse lorsque, quelques semaines après le meurtre de Gabriel Chahine, il a accepté le poste de directeur départemental des Renseignements généraux à la Martinique. Durant les deux années qu'il a passées là-bas, il a suivi, dans la presse, les faits d'armes d'Action directe, leur glissement meurtrier. Je l'ai imaginé dans un bureau climatisé à Fort-de-France, un journal entre les mains, cette pression dans sa poitrine. J'aimerais lui demander comment on fait pour vivre hors de la fiction, pour habiter le réel et le présent. Comment faire en particulier quand, dans un mouvement irrépressible, le passé se met à remonter à la surface à la façon d'un cadavre gonflé d'eau.

Mais je ne lui demande rien de tout cela. Je m'embrouille, j'allume une cigarette, puis la laisse se consumer sur le bord du lavabo. Je l'interroge en bafouillant sur les deux années durant lesquelles il a traqué Action directe, il répond d'une voix calme, précise. J'oublie aussitôt presque tout ce qu'il me dit. Ne me reste que la sensation d'entendre battre son cœur pendant qu'il déroule ses souvenirs, sans même que j'aie besoin de le relancer. On dirait qu'il parle d'amour, ou de littérature. De ce point qui brille, là-bas au loin dans l'obscurité, un lieu où l'on serait à la fois compris, aimé, et vivant. Alors que j'essaie de me le représenter – est-il assis dans un fauteuil en cuir, devant un bureau d'homme important, ou debout dans une cuisine, fixant l'évier, en pyjama ? –, il parle d'euphorie et de système D, d'imagination et d'aventure. Il évoque la jeunesse, la sienne, celle de son équipe, et celle des autres, en face. Il dit *l'autre côté du miroir* pour évoquer Ménigon ou Rouillan. Il se souvient que Joëlle Aubron fut identifiée quelques jours à peine avant son départ pour la Martinique. En cherchant sa trace dans différentes affaires, les Renseignements généraux ont fini par la reconnaître sur des photographies prises par un témoin, lors d'un braquage en avril 81, durant lequel un gardien de la paix a été abattu d'une balle en pleine tête. Il se souvient de Nathalie Ménigon, « une jolie brune à qui on aurait donné le bon Dieu sans confession », mais ne l'a vue qu'une fois. Il est surpris quand je lui annonce qu'elle est toujours vivante. Il n'a jamais cherché à savoir ce que ces gens étaient devenus. Cela ne l'intéresse pas. En revanche, il voudrait me montrer une photographie de Gabriel Chahine que ce dernier lui a donnée. Quand il prononce son prénom, une douceur se glisse dans sa phrase. « Après, tout a changé, j'ai mis deux ans à m'en remettre. Avec lui, c'était la vraie vie. »

C'est alors que je pose cette question, la seule qui demeurera, et dont je note fiévreusement la réponse sur une feuille volante.

« Comment le saviez-vous ?

— Pardon ?

— Comment sait-on que c'est la vraie vie ? »

Il marque un temps. J'entends son souffle, et le mien. Il reprend, en baissant d'un ton, comme si nous partagions un secret. Deux inconnus ayant soudain pris conscience qu'ils ont les mêmes tourments, qu'ils sont habités, par les mêmes questions dont ils ne parlent à personne.

« Ah, mais on ne le sait pas. On le comprend ensuite, quand

ce n’est plus le cas. Sur le moment, on ne se rend compte de rien. »

Il répète, tandis que je note ses mots, et les entoure d’un grand cercle noir : « Absolument rien. »

En octobre 1981, après un an d'incarcération et plusieurs semaines de grève de la faim, Nathalie Ménigon est enfin libérée. Elle a vingt-quatre ans, perdu des forces, et le monde a bougé autour d'elle. Est-elle consciente du glissement qui s'opère, de cette solitude qui s'amorce, de l'essoufflement des troupes ? Perçoit-elle le mouvement de cette France qui va bientôt se mettre à rêver de fric, devant la télévision où des patrons en bras de chemise parlent d'argent avec un sourire sexuel, où des nymphettes en minirobes caressent des voitures et des canapés ?

À sa sortie de prison, elle est pâle, efflanquée, le soleil l'éblouit. Peut-être aurait-elle voulu que sa mère vienne la chercher, la prenne dans ses bras. Elle a envie de pleurer, se demande ce qu'elle fout là. Elle se sent seule, perdue dans son jean qui flotte, sa chemise trop légère pour la saison, et la ville autour. Mais sans doute est-ce mon chagrin que je plaque sur son cœur, mon désarroi, le vertige de ces années-là, de cette vie qui avance et creuse son sillon avant même que l'on ait eu le temps de s'interroger sur ce que l'on voulait en faire, avant même d'avoir la moindre idée de qui l'on est. Sa bande l'attend, les fidèles d'AD, les mains dans les poches, l'air un peu émus, ou faisant les pitres sur le trottoir d'en face. Ils se comptent sur les doigts d'une main, mais cela suffit, c'est le nombre idéal pour constituer une famille.

Sans doute est-elle plus combative que jamais, prête à rejoindre la campagne de libération des derniers prisonniers politiques. Tous les soirs, une action joyeuse, foutraque, est improvisée : occupation des locaux de l'AFP, de journaux, radios, où l'on finit quelquefois par boire des coups tous ensemble, occupants et occupés refaisant le monde, passablement bourrés – on raconte que, dans une rédaction, Nathalie a passé une soirée à réconforter un journaliste qui avait l'alcool triste. Elle est prête, aussi, à rallier le comité d'accueil des copains en grève de la faim passant par l'hôpital avant d'être relaxés, troupe rigolarde dans le hall de Cochin, une bouteille de champagne planquée sous la veste. Leur joie est d'être à nouveau réunis, après l'isolement de la prison, mais aussi de lutter pour les autres, ceux qui y sont encore, de signer leurs opérations « NOUS », tel un seul corps vibrant.

Je me demande si son cœur bat à l'idée de retrouver Jean-Marc Rouillan, si la vraie vie pour elle consiste avant tout à être avec lui. Personne ne parle d'amour, dans la lutte révolutionnaire, pourtant il croît dans les interstices, comme une fleur discrète entre les pavés. Ménigon et Rouillan sont inséparables dans les actions, les cavales, les braquages, les planques. Ils se marieront en prison en 1999, ce qui leur vaudra une heure de parloir. Le jour de la cérémonie, à Fleury-Mérogis, ils ne se sont pas vus depuis cinq ans. Joëlle Aubron se mariera à Régis Schleicher, en prison également. Régis Schleicher, un peu plus tard, amoureux d'une combattante italienne, fondra en larmes dans la rue en découvrant, dans le journal, qu'elle vient d'être arrêtée. La romance, dans la lutte armée, ressemble à un amour de vacances : on vit ensemble quelques semaines, quelques mois dans le meilleur des cas, et puis la vie vous sépare – un coup de filet, une cavale, la mort.

Nathalie Ménigon a toujours refusé d'évoquer sa vie sentimentale, elle ne parle pas, de toute façon, elle est un mystère. Il n'existe pas d'individu dans l'histoire d'Action directe, rien qui puisse jeter une ombre sur le collectif, l'engagement, le geste politique. Il y a quelque chose de flamboyant à disparaître derrière la cause, à ne pas s'exprimer sur son propre sort, mais dans le même temps, je ne peux m'empêcher d'y voir un mensonge, une posture qui voudrait nous faire croire que rien n'est jamais de l'ordre du personnel, que l'on n'existe pas. Je me demande si Nathalie Ménigon est aussi rapide dans les mouvements de son cœur que dans l'action, si elle est tombée amoureuse de Jean-Marc Rouillan sur-le-champ. Si elle s'est jetée à son cou, ou a commencé par l'écouter, de loin, prendre la parole en fin d'assemblée, séduite par son assurance. Ses joues la brûlent-elles, tandis qu'elle pose sur ses genoux la bande dessinée qu'elle feuillette dans un coin, elle qui n'aime pas s'exprimer, persuadée qu'elle n'est pas une intellectuelle ? Est-ce cela que j'essaie de me faire croire, qu'elle n'est pas entièrement dévouée à la cause, qu'elle n'a pas sacrifié tout ce qu'elle est dans la beauté et la glace du collectif ? Faut-il que toutes les jeunes filles de la terre soient sentimentales ?

Je l'imagine auprès de Jean-Marc Rouillan, en ce jour d'octobre 1981. Elle est assise sur ses genoux, les bras autour de son cou. Il lui parle à l'oreille, elle sourit, ils s'embrassent, et soudain, je réalise que c'est ma mère que je vois. Je m'approche, le visage de Nathalie s'efface derrière celui de ma mère à vingt ans, puis, comme dans un rêve qui se déplace, le visage de ma mère devient le mien. L'attente que je crois percevoir dans le regard rêveur, avide, de Ménigon à sa sortie de prison, est la mienne. Je l'observe debout, en plein soleil, mais c'est mon ombre projetée qui m'apparaît.

À treize ans, j'embrasse un garçon pour la première fois. Cela se passe lors d'une fête d'anniversaire, celui d'une fille qui porte un blouson en cuir dont le dos est zébré d'un éclair. Elle reçoit l'après-midi dans l'appartement bourgeois, immense, de ses parents où l'on a dressé des tables, dégoulinantes de jus de fruit et de pains surprises. Ses paupières sont bleu électrique, son jean si serré que je crains que son sang ne circule plus, qu'elle tombe raide morte sur la piste de danse. Je porte un chemisier en soie, et un nœud en velours dans les cheveux. Elle me regarde avec désapprobation. Nous avons le même âge, mais elle est déjà une femme.

Un garçon à la chevelure bouclée invite Carole, ma meilleure amie, à danser un slow. Elle refuse. Elle est habillée à peu près comme moi, des ballerines et un nœud dans les cheveux. Finalement, c'est moi qui accepte. Je passe mes bras autour du cou du garçon aux cheveux sauvages, et, aussitôt, mon cœur se met à battre.

Je nourris la même conviction que ma mère : l'amour est la seule chose intéressante à vivre, la seule qui puisse nous sauver. J'ai compris cela, brutalement, à l'âge de sept ans, en vacances en Guadeloupe. Là-bas, un garçon lumineux, sûr de lui, âgé d'un an de plus que moi, m'avait enfermée dans la salle de bains de la chambre d'hôtel où nous logions mon frère et moi. Appuyé contre la porte verrouillée, il m'avait lancé d'une voix d'homme : « Embrasse-moi, ou tu ne sortiras pas d'ici. » J'étais stupéfaite, j'avais la sensation d'être constituée d'eau tiède, et qu'elle se vidait sous mes pieds. Je m'étais approchée, dans un état second, proche de la transe, ou de la terreur. Je ne me rappelle pas son visage, ni la couleur de ses cheveux, s'il était grand ou petit, en maillot de bain ou habillé pour le dîner, juste le carrelage rose fané, un lointain parfum d'algues, et mes lèvres qui effleurent les siennes.

De retour à Genève, et pendant plusieurs mois, j'avais reçu des lettres, rédigées au crayon sur des feuilles quadrillées arrachées d'un cahier. À chaque fois, il écrivait « embrasse tes parents et cache bien tes lettres », ce qui me plongeait dans une paralysie anxieuse. Je n'en parlais à personne, j'étais convaincue qu'il fallait dissimuler cette chose grave, illégale et dégoûtante qui grandissait dans nos cœurs. Un matin, à la table du petit déjeuner, persuadée d'être illisible, j'avais lancé à ma mère : « Il ne faut pas tomber amoureuse, ça fait trop mal. » À quoi a-t-elle pensé, à cet instant, dans cette cuisine, devant le café noir qu'elle préparait avant toute chose le matin, dans cette ville et ce pays où elle menait une vie parallèle, face à cette enfant en chemise de nuit dont les traits rappelaient de façon saisissante, ainsi que me l'avoua ma grand-mère vingt-cinq ans plus tard, ceux de l'homme qui avait réduit son cœur en poussière ? Dans mon souvenir, elle ne me répond pas, ne restent que les tabourets en plastique orange sur lesquels nous sommes assises, et la table, blanche et ronde, aussi neutre que les mots que nous échangeons.

En réalité, les années suivantes, je suis tombée amoureuse, tout le temps. D'un élève de ma classe, d'un inconnu dans le bus, d'un garçon au bord de la mer. Je ne leur adressais jamais la parole, je me contentais de rêver d'eux, dans ma chambre, dans mon lit, dans la cour de récréation où les autres, leur assurance, leur naturel, me faisaient peur. Je conservais cela au fond de moi, j'inventais des histoires – ils me tenaient la main ou nous courions côte à côte, c'est à peu près tout, mais ils m'aimaient, follement, ils ne me quitteraient jamais. Je m'échappais. L'amour était ce lieu clandestin où je me promenais seule. Cela me semblait suffisant pour vivre, plus prudent aussi.

Mais cette fois, j'ai treize ans, mes bras sont serrés autour de la nuque d'un garçon, pour de vrai, et nous nous dandinons sur *The Power of Love* de Frankie Goes to Hollywood. Je ne me demande pas s'il me plaît, l'idée que je puisse lui plaire suffit à me bouleverser, et gonfle ma poitrine de gratitude. Ma poitrine qui est déjà bien trop développée, j'en ai honte, je suis la seule de ma classe à porter un soutien-gorge, de ceux que portent nos mères. Je suis dans ses bras, il me sourit, peut-être que tout ira bien désormais. Il finit par m'embrasser, en me poussant dans un coin de la pièce. Il glisse sa langue dans ma bouche, tel un animal visqueux. Je me concentre pour suivre le mouvement, tourner, changer de sens, j'ai à l'esprit l'expression « faire la machine à laver ». Ses doigts soulèvent la soie de mon chemisier, juste en bas de mon dos. Finalement, le garçon me relâche et s'écarte en souriant. Il passe une main dans ses cheveux encore plus ébouriffés qu'auparavant, et s'éloigne, me laissant là, contre le mur, dégoûtée, paniquée et heureuse. J'ai l'impression de m'être glissée à l'intérieur de ma peau comme on enfile une combinaison dont il aurait remonté la fermeture éclair.

Je ne le reverrai plus ensuite, mais penserai à lui jusqu'à la fin de l'année scolaire. Je suis vivante, mon cœur bat, mes joues sont roses. Je rêve, bien à l'abri dans mon monde. Les années suivantes, je sortirai avec d'autres garçons, qui ont en commun une sorte de timidité, de réserve et, à mon égard, un respect proche de la tétanie qui les rend inoffensifs, ou presque. J'aime les embrasser, mais dès que leurs doigts s'aventurent sur ma peau, ou sur mes fesses à travers mon jean, je me raidis, quelque chose me submerge.

À la maison, l'ambiance est étrange, quelque chose glisse, là aussi. Un mouvement imperceptible mais inéluctable, pareil à celui des plaques océaniques. C'est l'époque des dîners spectaculaires, de l'argent, toujours plus abondant, des fêtes déguisées dans un nouvel appartement, au cœur de la vieille ville, près du parc des Bastions, où les invités ne cessent de me répéter, une coupe de champagne à la main, quelle chance j'ai d'avoir une famille aussi extraordinaire. Pendant les dîners, des hommes bronzés en chemise de coton parlent de la France, du mandat « catastrophique » de François Mitterrand, qu'ils prononcent « Mittrrand » en appuyant sur les *r*. Ils m'évoquent Bernard Tapie, que mon père regarde à la télévision, sur Antenne 2, dans des émissions intitulées « Vive la crise », ou « La saga des faiseurs de fric », et qu'il affirme avoir rencontré, à plusieurs reprises, ce qui visiblement impressionne ses amis. Mon père a le même sourire que lui, et aussi qu'Alain Delon ou Jean-Marie Le Pen, un sourire horizontal sur de toutes petites dents carnivores. Encore aujourd'hui, quand surgit ce sourire sur un plateau télé, cette fente sensuelle, autoritaire, qui s'étire sur leur visage, je sens cette chose, dans mon ventre, de l'ordre de la menace.

Alors que j'entre dans l'adolescence, et que croît le danger, le péril du rapprochement des corps, mon père, lui, est au sommet de son assurance, de son charisme, hermétique au doute. Il a toujours l'air de savoir ce qu'il fait, ce qu'il dit, mais aussi ce que font les autres, les erreurs qu'ils commettent. Mitterrand se plante sur toute la ligne, même Bernard Tapie pourrait mieux faire, s'enrichir plus encore – les moyens de cette réussite, en revanche, ne sont jamais évoqués, et encore moins l'idée qu'il puisse s'agir de détruire des entreprises, de licencier des hommes. La misère, le chômage, cela n'existe pas dans notre maison.

Il y a quelque temps, j'ai cherché en quoi consistait la mission du Bureau international du travail, l'organisme qui employait mon père. Cet organisme, ai-je découvert, a pour vocation la promotion du droit au travail ainsi que celle des droits de l'homme. Elle œuvre pour la justice sociale, « indispensable à une paix durable et universelle ». En lisant cela, je suis restée un instant décontenancée. À mes yeux, le travail de mon père consistait essentiellement à partir en traînant derrière lui une valise Samsonite, noire et dure, verrouillée par un code à cinq chiffres, semblable à celle d'un agent secret. Il se rendait en Côte d'Ivoire, au Gabon, au Sénégal, et quelquefois, je devais saluer poliment les ministres de ces pays, assis dans notre salon, tandis que mon père racontait des anecdotes, jambes écartées, un cigare à la main. Il y avait des verres à whisky sur la table, et des mallettes en cuir. Ensuite, il emmenait ses hôtes au Griffin's, boîte de nuit genevoise tapissée de miroirs où l'on voyait bouger des filles en robes moulantes Alaïa, call-girls, princesses friquées, camées somptueuses, nimbées de fumée de cigarette, dont le reflet se répercutait à l'infini. Je ne sais pas ce que cela signifiait, en quoi exactement consistait sa fonction durant ces années diplomatiques, mais j'ai du mal à concevoir que cela puisse être lié à l'idée d'une paix durable et universelle, ou encore au droit du travail.

Une fois, pendant les vacances scolaires, nous l'accompagnons à Abidjan, ma mère, mon frère et moi. Il ne me reste rien de ce voyage, hormis cette chambre d'hôtel, au dernier étage d'une tour climatisée, dans laquelle mon frère et moi assistons, à travers la baie vitrée encadrée de rideaux, au passage des chauves-souris. Chaque soir à la même heure, des milliers d'entre elles, aussi grosses que des chats, volent à toute allure, en rangs serrés, lancées dans la même direction, tel un flot de voitures à la sortie des bureaux. Il fait encore jour, je me demande où elles vont. Les chauves-souris sont comme mon père, elles passent en force, tendues vers leur destination, une forêt brumeuse, une grotte profonde, un lieu réservé aux créatures de l'ombre que ni mon frère ni moi ne pourrons jamais rejoindre. Nous les regardons, puis d'un seul coup, comme si l'on jetait un drap sur la terre, la nuit tombe et le ciel est vide.

Ma mère n'a aucune idée non plus de ce en quoi consistait le travail d'Yves S., durant ces années-là. Elle l'accompagnait souvent dans ses voyages, mais il ne disait rien. Il en profitait pour faire des affaires, plus ou moins louches, dont elle pressentait que son employeur ignorait tout. Une fois, mon père avait vendu des bureaux d'écoliers à un intermédiaire au Sénégal, des milliers de tables en bois avec leurs chaises d'enfants, qu'elle avait vues dans le port de Dakar, abandonnées, sous la pluie. Personne ne les a jamais récupérées. Elles sont restées là, détrempées, pourrissantes, durant de longs mois, une immense classe fantôme, à perte de vue.

Il y a quelque temps, j'ai rencontré une écrivaine suisse, dont le père travaillait au BIT à la même période, lorsque son siège était encore situé à l'entrée de Genève, au bord du lac Léman. Il s'agissait d'un bâtiment imposant, derrière une haute grille en cuivre doré. Je me souviens de la moquette, des salons de réunion aussi vastes que des salles de bal, des fauteuils de cuir noir, d'un téléphone posé quelque part, au milieu du vide, sous les hauts plafonds. Il n'y avait jamais personne, dans ces couloirs infinis, ces bureaux désertés, pas un dossier, rien de vivant. J'ai demandé à cette écrivaine si elle savait ce que faisait son père dans ce bâtiment qui évoquait une administration prospère ou les services secrets. Elle m'a répondu qu'elle l'ignorait, mais se souvenait qu'il partait lui aussi pour d'étranges destinations, les îles du Cap-Vert ou la Guinée-Bissau. Elle regrettait de ne jamais l'avoir interrogé, maintenant c'était trop tard, il était mort. Peut-être que ce grand bâtiment des années 20 n'était rien d'autre que cela, un lieu qui avalait nos pères et que des fillettes rêveuses contemplaient de loin, depuis la route, sur la banquette arrière d'une voiture, en entrant à Genève.

Même si Yves S., tout comme Bernard Tapie, est issu d'une famille modeste, prolétaire, on dirait que ce passé lui permet seulement de contempler l'éclat de sa réussite, de la déposer, telle une offrande, aux pieds de ses parents. Ma grand-mère, sa jeunesse de couturière, mon grand-père, ancien cuisinier dans une cantine scolaire, que je revois debout, dans un restaurant prétentieux, leur manteau sur le bras. Quand je pense à Yves S. durant ses années de faste, je me dis désormais qu'il n'a, en réalité, aucune idée de ce qu'il fait, ni de là où il va. Mais il y va, à toute allure, tout son être est lancé vers ce lieu où l'attendent, cachés derrière une montagne de fric baignée de lumière, le vide et la désolation.

C'est l'époque des voitures de sport, des bijoux, des manteaux de vison, du caviar dans des pots de un kilo, humide, obscène. Ma mère suit le mouvement. Elle se change, parfois plusieurs fois dans la même soirée, parée de diamants qui lancent des éclats si semblables au désir qu'une de ses amies m'avoue avoir, en sortant de chez nous, ordonné à son mari de l'emmener chez Cartier. Alors que quelque chose se déploie, de l'ordre d'une beauté funèbre, que ma mère et ses amies se déguisent en filles de saloon, body bustier de velours débordant de billets de banque, je suis de plus en plus effacée, polie, souriante. Je porte encore une tresse et des jupes à carreaux. J'ai treize ans, je m'agrippe à mon enfance, je voudrais rentrer à l'intérieur de moi-même.

Dans la voiture de mon père, rapide, tapageuse, Rolls Royce gris-bleu au cuir assorti, puis Lamborghini en forme de squale, mon frère et moi nous penchons au feu rouge pour faire nos lacets, et ainsi échapper aux regards des passants, des passagers des autres voitures, normales, dans lesquelles nous donnerions tout pour être assis.

Mon père a subitement quitté le BIT pour se consacrer aux affaires, il a des associés, banquiers décontractés, conquérants. Il est souvent absent, il part encore plus fréquemment qu'à l'époque africaine. Ma mère non plus n'est pas souvent là. Mon frère et moi passons nos fins de journée devant la télévision, blottis contre la jeune fille qui s'occupe de nous et qui me dira, des années plus tard, alors qu'elle et moi serons devenues des adultes : « Ta mère avait tellement de choses à faire », sans que nous sachions ni elle ni moi en quoi consistaient ces choses. Je perçois dans ses yeux une sorte d'adoration, cette fascination que partagent alors tous ceux qui la côtoient. Aujourd'hui, dans les salons littéraires, à Genève, il arrive très souvent qu'une ancienne connaissance s'approche, en général une femme que je ne remets pas, et s'adresse à moi en chuchotant : « Je me rappelle très bien vos parents, vous savez », ou : « Votre mère était la plus belle femme que j'aie jamais vue. » À chaque fois, je me crispe, la panique m'envahit, la peur irrationnelle qu'une chose terrible me soit révélée par cette inconnue qui veut à tout prix me faire part de ses souvenirs. Dans ces moments-là, j'ai le sentiment d'être un agent double interpellé par un individu surgi du passé, un inconscient qui ruine sa couverture, et le met, sans le savoir, en danger de mort. J'ignore ce que cette femme penchée vers moi, beaucoup trop près, a perçu, dans cet appartement où mes parents menaient leur vie de fête et d'apparat, avec leurs soirées costumées où infusaient les années 80, comme si la vie n'était qu'un épisode léger et factice, un long rêve inconséquent dont, au matin, il ne restera rien. Sur une photographie prise au cours d'une « fête africaine », ma mère porte une chemise déchirée et une chaîne d'esclave en plastique autour du cou. À ses côtés, mon père, habillé en chasseur de fauves, brandit un fusil. Une lectrice m'en a parlé, un jour. Lors de cette soirée, j'arborais, paraît-il, un masque de lion au-dessus d'une chemise de nuit fleurie.

Et puis, insidieusement, quelque chose se défait. Il y a moins de fêtes, moins de dîners, et, quand ils ont lieu, chacun joue un rôle : ma mère rit, très fort, mon père brandit des bouteilles de vins rares aux étiquettes couvertes de poussière. Ils sont prisonniers de leur mythe, celui du couple superbe à qui tout réussit. Les affaires de mon père se compliquent. J'entends des discussions au téléphone, ses associés ne viennent plus le chercher pour aller jouer au golf. Je surprends ma mère en sanglots dans ses bras. Mes parents sont debout, étrangement postés dans un coin du salon, comme s'ils cherchaient une porte cachée dans le mur, un passage secret. Mon père me lancera ensuite que ma mère « est malade », avec une sorte d'impatience, sans rien ajouter. Je songe : *elle va mourir*, je me prépare depuis toujours à cet instant, celui où le mal sans nom qui la ronge la tuera.

Tout laisse penser que mon père nous en veut, à mon frère et à moi, nous sommes des enfants décevants. Nous nous déplaçons comme des ombres, nous sommes si discrets que notre présence s'efface. Lors des réceptions, nous zigzaguons en pyjama dans le salon, dans l'indifférence générale. Je suis première de ma classe, je ne sors jamais, je souris tout le temps, mais nous savons, mon père et moi, que je suis coupable. J'ai peur, en rentrant de l'école. Quand je glisse la clé dans la porte, mes mains sont froides. J'appréhende ce que je vais trouver dans cet appartement dont le mobilier moderne, design, est toujours parfaitement disposé, où ma mère a du mal à quitter son lit, où mon père rôde, à la tombée du jour, un verre de whisky à la main. Je navigue, prudente, entre ma chambre et la porte d'entrée, redoutant la traversée de ce territoire dangereux, sorte de carrefour ouvrant sur d'autres territoires, des pièces d'où peut surgir, sans prévenir, l'ennemi.

À cette période, nous abandonnons peu à peu nos visites de l'animalerie du centre-ville, l'aquarium devient sale, presque boueux. Les parois se couvrent d'algues noires, les poissons meurent ou se dévorent entre eux. Cet aquarium est notre famille en miniature : un milieu trouble, à l'abandon. Une vitrine que l'on a entretenue pendant quelque temps avec un soin maniaque, l'exposant fièrement aux regards, mais qui nécessite une telle énergie, pour imiter le réel, que finalement, on lâche tout, d'un seul coup, exténué. L'aquarium est là sous nos yeux, mais on ignore ce qui s'y déroule, derrière le rideau d'algues. Personne n'y prête plus attention.

À quinze ans, en vacances, je sors avec un Australien de vingt-cinq ans, un surfeur au physique d'homme, brun et sexy, mais dont la maturité est proche de la mienne, soit celle d'un enfant. Nous nous promenons sur la plage, en évoquant notre passion pour l'océan et les poissons. Nous nous glissons dans mon lit, dans ma chambre d'hôtel, tout habillés, en jean, et nous restons là, côte à côte sous les draps, dans l'obscurité. Nous nous embrassons, mais il y a toujours ce moment où sa main va trop loin, c'est une brûlure, elle nous brûle tous les deux, et nous nous écartons précipitamment. Alors nous demeurons immobiles, sur le dos, à écouter nos respirations, pendant que la nuit dehors se remplit d'étoiles. Je me demande aujourd'hui ce qu'il cachait, lui aussi, à quelle menace il essayait d'échapper, en passant ses journées à tenir la main d'une adolescente verrouillée âgée de dix ans de moins que lui.

Je suis toujours la même, souriante, sage, je pars nager, loin, très loin, oubliant tout, je voyage dans le cosmos, sous la surface, je lis dans ma chambre, mais il y a désormais, à côté de moi, un garçon qui m'entoure de son bras protecteur quand nous marchons sur le sable et m'escorte dans mes aventures sous-marines, un Australien dont les palmes, immenses, puissantes, battent au même rythme que les miennes.

Mon père devient fou. Il hurle, demande si je veux « me faire sauter par la terre entière », je suis une pute, une menteuse.

Je résiste, me révolte, prompte à lutter pour l'amour et l'équité. À cette époque, je crois encore que le pouvoir va de pair avec l'intégrité, la justice et le courage. Je ne conçois pas qu'il puisse être corrompu. Or mon père est celui qui détient le pouvoir. Il n'y a rien d'autre à faire que de le convaincre. Je suis debout, dans la cuisine, devant le frigidaire, face à Yves S., plein de colère, et de force. Dans mon souvenir, je me tiens là, presque tous les jours, devant ce frigidaire high-tech équipé d'un distributeur de glaçons, comme devant un garde du corps silencieux. Presque tous les jours, nous nous disputons, il dit ces mots qui me dégoûtent, il tient la lettre que l'Australien m'a écrite et qu'il a ouverte, il l'agite près de mon visage comme s'il voulait s'en servir pour me gifler. Je répète : « Mais je n'ai rien fait ! », et, au fond, je sais que ce n'est pas vrai. Nous parlons de l'Australien, mais aussi d'autre chose, nous parlons de cette faute, indicible, que j'ai commise, et qui, à la manière d'un mouchoir suspendu à un fil, s'échappe à l'instant même où mes doigts la saisissent.

Je n'écris pas, ou alors je renonce après de brèves tentatives. Quand j'entreprends de décrire les filles, ou l'une de mes scènes originelles – Villerville, la rue Pergolèse, l'assassinat de Georges Besse –, quand j'essaie de retranscrire ce qui s'apparente de plus en plus à une présence, un esprit dans une maison, tout me glisse entre les mains. Je fais des recherches sur Internet, je commande des livres, d'autres *Paris Match* des années 80, dont je lis tous les articles (« Jackie et Caroline ont oublié leur amoureux pour revivre avec le clan », « Seul le PC peut sauver Manufrance », « Il n'était pas le père idéal alors ils l'ont tué ! », « Lady Di, ce sera un fils »). Je tape des noms du matin au soir, ceux de militants ou de membres de leurs familles, ceux de policiers, d'hommes politiques, je scrute des photographies. Quelquefois, je sors les albums de mon enfance et celui du mariage de ma mère, je les feuillette, cherchant désespérément une réponse. Je les range dans le sac de sport, puis je range le sac de sport dans un placard. Ils ne peuvent être là, physiques, visibles, ils doivent rester dans le noir. Je ne veux croiser personne, les gens me dérangent, je suis terriblement occupée.

Je lis les récentes déclarations de Jean-Marc Rouillan dans la presse, elles m'apparaissent pleines de certitudes. L'histoire appartient aux êtres qui parlent fort, effaçant ceux dont la parole est plus modeste ou plus fragile. Ceux qui doutent, craignent de blesser ou de trahir, ceux qui n'ont pas les mots, ceux qui ne savent pas. Ceux qui ont des regrets, des remords, ceux qui se sentent coupables et que l'on n'entend pas. Ce sont eux que je cherche, parce qu'ils me ressemblent.

C'est à cette période que je commence à m'intéresser à une autre femme : Hellyette Bess, une militante anarchiste dont le nom apparaît dans divers témoignages, retranscriptions d'écoutes téléphoniques, livres, groupes de soutien aux prisonniers politiques. Au départ, je n'y fais pas attention : présentée comme un agent de liaison et un appui logistique, elle n'a pas l'air d'être une figure centrale, plutôt une présence périphérique, ainsi qu'il en surgit des dizaines dans la trajectoire d'AD, une quantité de noms qui apparaissent puis disparaissent, et que je ne retiens pas. Sans doute est-ce le fait de mon imaginaire, ce lieu bizarre, électif, qui écrit sa fiction en laissant dans l'ombre ce qu'il décide. Des personnages sont là, invisibles dans l'obscurité, puis soudain quelqu'un se déplace, fait un pas dans la lumière, et la vie nous rappelle que l'histoire n'est pas exactement celle que nous nous racontons.

Au hasard de mes lectures, je tombe sur cette déclaration : « Je me suis toujours occupée de ceux qui sont en prison ou en fuite, c'est la tâche que je me suis assignée. Même si je ne suis pas d'accord avec eux sur tout ce qu'ils ont fait, je les aide. » Le faisceau se déplace. Est-ce parce que c'est la première fois qu'un membre de cette affaire paraît faire preuve de miséricorde ? Est-ce parce que c'est une femme ? Parce qu'elle veille sur les plus vulnérables ? Ou est-ce, une fois encore, cette force mystérieuse qui m'emmène là où elle veut ? Quoi qu'il en soit, Hellyette Bess sort brusquement de l'ombre. À présent, quand je lis son nom, les lettres se détachent sur la page et mon cœur se contracte. Cela se passe ainsi avec ces gens. Ils s'adressent à moi, ils me font signe. Dès qu'une nouvelle anecdote surgit au détour d'une phrase (Régis Schleicher est arrêté à Avignon en compagnie d'Hellyette Bess, Hellyette Bess souffre de troubles nerveux, Hellyette Bess certifie au téléphone que Gabriel Chahine est celui qui a monté le piège de Villerville), je sursaute, je consigne, j'accumule les pièces à conviction. J'ai un carnet noirci de notes, inscrites précipitamment, au crayon à papier, comme si j'étais en filature, en pleine nuit, dans la rue, et qu'il fallait tout consigner, tout de suite. Comme si, un jour, l'affaire (mais laquelle ?) allait se résoudre à l'aide de l'un de ces « détails sans importance », ainsi que disent les inspecteurs dans les films, en tendant leur carte de visite – *Appelez-moi si vous vous souvenez de la moindre chose, même un détail sans importance* –, un détail dont la signification serait révélée à la façon d'une photographie que l'on sort d'un bain.

Je vis avec eux, dans un univers parallèle, enfin pas vraiment avec eux, ils sont derrière une glace, mais ils se déplacent, ils agissent, ils sont vivants, même lorsqu'ils sont morts. Et, alors même que je ne sors plus de chez moi, que je cherche, recense, empile les magazines, visionne des archives de l'INA, tape leurs noms à l'infini sur le clavier de mon ordinateur, alors même que je ne réponds plus au téléphone, que je m'efface du réel en conservant, à côté de moi, ce carnet qui enfle, enfle, ce carnet dont je ne fais rien, j'ai l'impression étrange de me déplacer, d'agir, de revivre.

Hellyette Bess est bien plus qu'un agent de liaison et un appui logistique : elle est partout, et, à partir de 1981, de plain-pied avec Action directe. Dans la presse, on la surnomme « la Mamma », car elle est plus âgée que les autres, et proche de combattants italiens. Elle a fondé, avec son compagnon, les Jeunes Libertaires, été membre de la Fédération anarchiste et participé aux actions des GARI. Pendant plus de vingt ans, elle a pratiqué des avortements clandestins, qu'elle qualifie d'« objection de conscience de la femme, l'illégalité au féminin ». Elle tient Le Jargon libre, une librairie anarchiste où se retrouvent les militants d'extrême gauche, dans le XIIIe arrondissement. Elle a créé le Comité unitaire pour la libération des prisonniers politiques, dont les actions ont contribué à la libération, entre autres, de membres d'Action directe en septembre 1981. Elle connaît tout le monde, militants espagnols, italiens, allemands, braqueurs, mais aussi politiques, journalistes, avocats, listés dans un précieux répertoire que les flics surnomment le « Bottin mondain ». En 1983, elle est interpellée en possession de 10 000 dollars, destinés, selon elle, à une caisse d'entraide aux prisonniers politiques. En 1984, arrêtée à Avignon en compagnie de Régis Schleicher, elle est accusée d'association de malfaiteurs, faux et usage de faux, recel de vol et de faux documents administratifs. Elle passe cinq ans en prison. La première année, c'est Joëlle Aubron qui la remplace à la librairie. Elle est incarcérée pendant la période où Action directe pratique les assassinats politiques. Elle est contre les exécutions. Elle a « un problème avec la mort ».

Je ne sais pas comment j'ai pu la manquer. Ne pas réaliser qu'elle vivait dans la même ville que moi, à la même époque. Qu'il suffisait de pousser une porte en verre pour rencontrer un membre d'Action directe dans cette vie-là, celle que l'on appelle la vie réelle. Mais sans doute est-ce parce qu'eux aussi l'ont quittée, et que je les imagine dans les souterrains du monde, un lieu dont ils ne seraient jamais revenus, un réseau de tunnels déployé dans un autre espace-temps.

Ce jour-là, je tape « Jargon libre » distraitement, mais cette fois surgit ce à quoi je ne m'attends pas une seconde : une adresse, un numéro de téléphone, des horaires d'ouverture. Et puis, alors qu'elle n'était jamais apparue, une vidéo s'affiche, tout en haut de l'écran : dans ce qui s'apparente à un local poussiéreux envahi de livres, une dame minuscule, cheveux blancs ébouriffés, poncho à pompons, discute en souriant avec un garçon qui l'interroge sur son parcours. Il l'appelle « Hellyette ». La scène a été tournée moins d'un an plus tôt. Désormais, Le Jargon libre est établi à Ménilmontant, dans le XXe arrondissement.

Alors je prends le métro. Dans mon sac, mon carnet noir. Je suis agitée. Je répète un discours, j'ai mal au ventre. Je constate mon état avec une certaine perplexité, c'est celui d'une amoureuse qui joue le tout pour le tout. Dans la rue, je marche à côté de moi-même, je dois faire une pause à une terrasse de café pour prendre des forces. De l'autre côté du trottoir se tient la vitrine du Jargon libre. Elle est tapissée d'affiches. Sur l'enseigne turquoise, on a peint en lettres rondes : *Lieu d'archives, d'étude, et de conspiration*. Tout me paraît chargé de messages, de réponses cachées. Je bois mon café en oubliant d'y mettre du sucre, je fume une cigarette qui achève de me vider de mon énergie. Je finis par me lever en jetant des regards suspicieux alentour. Je ne tiens pas à me faire repérer. J'ai plongé dans l'illégalité, je pourrais avoir des problèmes avec la police, ou d'autres hors-la-loi. J'ai quelque chose à me reprocher. J'ai l'air louche, ou cinglée.

Je photographie les affiches, la vitrine, les plantes mourantes qu'on distingue à l'intérieur, très vite, comme si on allait m'arrêter. Leur présence, leur existence même, me sidère. En contrebas se trouve un tronçon de la voie ferrée désaffectée de la Petite Ceinture, envahie par la végétation. Des bancs en béton sont posés là, entre les bouches des tunnels condamnés depuis la fin des années 70. Des adolescents fument, jouent au foot, rigolent. Survêtements, vélos couchés dans les buissons, skateboards, tags sur les pierres, fleurs sauvages. Sur le site de la municipalité, il est indiqué que la Petite Ceinture du XXe réunit des habitats naturels variés tels que le boisement, la prairie, la friche, la lisière forestière, la végétation pionnière des ballasts et des murs, que chacun de ces milieux accueille différentes espèces animales.

Je pousse la porte, je franchis la lisière.

Elle est là, dans le poncho à pompons de la vidéo, et un pantalon violet. Assise dans un coin, à côté d'un chauffage électrique contre lequel sont posés ses pieds, glissés dans des espèces de chaussons en cuir. Des livres jusqu'au plafond, classés par thèmes : Prison, Lutte armée, Anarchisme, Fascisme. Elle est minuscule, la tête (une bonne tête) rentrée dans les épaules, un sourire franc.

« Salut ! » lance-t-elle. On dirait qu'elle m'attend depuis toujours.

Je m'assois sur une chaise, de l'autre côté du chauffage électrique, comme autour d'un feu, une nuit au fond d'un bois. Je sors mon carnet. Elle le toise avec méfiance, je le remets dans mon sac. Je lui dis que j'écris un roman, elle désigne un carton, rempli de livres d'occasion, un peu plus loin sur le sol, sur lequel est inscrit « tout à 1 euro ». Quelqu'un semble l'avoir balancé là en lui filant un coup de pied. « Voilà où je les mets, les romans. Je ne lis que des livres politiques et de la poésie. »

Je souris poliment. Ça commence bien.

Mais elle répond à mes questions. Je ne suis pas la première à venir ici pour l'interroger, il y en a même eu beaucoup d'autres avant moi, étudiants en histoire ou en cinéma, journalistes, militants, curieux, groupies. « On me visite comme un musée », dit-elle en riant. Je suis intimidée, flottante. Elle se met à raconter une série d'anecdotes, en regardant au loin, vers un passé qui s'anime, si bien que je finis par ressortir mon carnet, l'air de rien. J'écris, fébrile – tout en prétendant que cette main qui griffonne mène une vie indépendante, qu'elle appartient à quelqu'un d'autre –, sans jamais cesser de fixer mon interlocutrice, ni de hocher la tête. Je réaliserai ensuite que l'intégralité de ce que cette main a noté est illisible, des pages remplies de gribouillis mystérieux, comme si ce qui avait été dit ne pouvait être conservé, et devait demeurer secret, jusqu'à la fin des temps.

Je suis là, je n'en reviens pas d'entendre prononcer les prénoms « Nathalie », « Joëlle », « Jean-Marc », de la facilité avec laquelle Hellyette Bess parle d'eux, de l'époque, de sa vie. (Je constaterai plus tard combien elle était en réalité en maîtrise, à ce moment-là, dans son rôle de gardienne du temple dispensant une parole officielle.) Elle ne se souvient d'aucune date. Elle dit souvent : « j'ai oublié », ou : « non, je ne le connaissais pas », en serrant les lèvres, et ses poings sur ses cuisses. Je souris, elle sourit. Ses yeux sont limpides. Je pressens qu'elle ment, ou omet ce qui l'arrange, mais il y a chez elle une humanité et une fantaisie qui me donnent envie de tripoter son bras et de l'embrasser.

J'ai presque tout oublié de cette conversation, qui a pourtant duré près de quatre heures. Ne demeure que cette tendresse étrange, le sentiment que je comprends, d'un point de vue sensible, et même moral, tout ce qu'elle dit. Restent aussi quelques anecdotes. Son premier braquage, à vingt-cinq ans, seule, avenue des Champs-Élysées, dans une entreprise dont elle refuse de donner le nom, à l'aide d'un pistolet vide (« Je ne sais pas si j'aurais pu tirer, même sur un salaud »). Ses visites aux prisonniers politiques, pendant plus de vingt ans, les faux billets de train qu'elle imprimait pour ses trajets, trop onéreux, vers les divers établissements pénitentiaires où étaient incarcérés des amis, aux quatre coins du pays. Le jour où, dans le box des accusés, lors du procès d'AD en 1988, Nathalie Ménigon, Joëlle Aubron, Régis Schleicher, Jean-Marc Rouillan et elle-même s'échangent discrètement des objets personnels – une montre, un foulard – pour garder des souvenirs les uns des autres.

Elle s'applique, dans chacun de ses récits, à faire apparaître ses anciens camarades sous leur meilleur jour, et ce, même lorsqu'elle ne partage pas leurs positions. Je sais, pour l'avoir lu à plusieurs reprises, qu'elle était opposée aux assassinats. Je n'apprends pas grand-chose sur Nathalie Ménigon et Joëlle Aubron, qui elles sont, ce qu'elles ressentent. Je pose des questions, mais les réponses d'Hellyette au sujet des filles sont comme de l'eau, transparentes, informes. Je l'interroge, a-t-elle des photos ? Elle me dévisage avec l'air las qu'on prend face à quelqu'un qui ne comprend rien, un abruti à côté de la plaque : « Les photos, ce sont les flics qui les ont. » Elle conserve ses archives – coupures de presse, lettres, procès-verbaux – à la cave, juste sous nos pieds, mais ne me propose pas d'y descendre.

La fois suivante, je tente une autre méthode. Je ne sors pas mon carnet, je me concentre pour tout mémoriser. Puis, juste après avoir quitté Hellyette, qui ferme la librairie à l'aide d'une clé accrochée à un morceau de cuir où est écrit « Bon pour la révolution », je me précipite, un peu plus bas dans la rue de Ménilmontant, à l'intérieur d'un café où, debout contre le bar, je retranscris ses propos à toute vitesse. Mais, sur le trajet, en une ou deux minutes à peine, je perds une quantité ahurissante d'éléments, des pans entiers de notre conversation. Je suis un récipient qui fuit, les mots d'Hellyette s'écoulent de moi dans la descente vers le boulevard. Je n'ai presque pas de notes, je me débats avec celles que j'ai réussi à collecter.

Étrangement, certains de ses mots me reviennent quand je suis loin d'elle. Hellyette crée en moi un court-circuit, elle est trop vivante, trop réelle. C'est seulement avec le recul, après plusieurs jours, que ses paroles se remettent à circuler, et que je perçois ce à quoi je ne m'attendais pas : la douceur, l'élan des débuts d'Action directe. Cette chose qui ressemble encore à l'innocence et qui, dans sa bouche, paraît dater d'hier, comme si, ensuite, personne n'était mort. À l'automne 1981, après sa première libération, Nathalie Ménigon s'installe au Jargon libre, alors situé rue de la Reine-Blanche, dans le XIIIe arrondissement, en compagnie de Jean-Marc Rouillan, mais aussi de Régis Schleicher – un garçon sensible et attentionné, ajoute Hellyette, avec une affection manifeste. Elle me décrit des personnes qui n'ont rien à voir avec celles que traquait la section Recherche des Renseignements généraux. D'après elle, ces quelques mois passés à la librairie sont incroyablement heureux, ils évoquent le joyeux camping d'une colocation étudiante.

Durant cette période, ils luttent tous ensemble pour la libération des derniers prisonniers politiques incarcérés, en particulier les « copains » auteurs du hold-up de Condé-sur-l'Escaut, en 1979, au cours duquel ont été raflés 16 millions de francs. Une énergie émane d'eux, peut-être pour la dernière fois, une légèreté où transparaît la jeunesse. Alors que début 1982, l'un d'eux, au cours d'une dispute, tirera une balle dans l'épaule d'un camarade, que Gabriel Chahine sera abattu à coups de chevrotine, pour l'instant la vie et l'espérance circulent dans cette librairie, où ils boivent, débattent et dorment à même le sol, tels des adolescents rêveurs. La journée, à Barbès, ils sont dans les squats au côté des travailleurs étrangers et des militants révolutionnaires turcs en exil, bataillant pour défendre leur statut, mais la nuit, ils vont, dans un genre d'activisme situationniste, décapiter un buste de Saint-Louis ou kidnapper la statue de François Mitterrand au musée Grévin, avant d'envoyer à la presse une photo de l'« otage », accompagnée d'une liste de revendications. En signe de soutien à leurs camarades emprisonnés, ils se rassemblent devant l'Élysée ou saccagent le restaurant La Tour d'Argent. Il y a aussi les attentats bricolés, ratés, au charme bancal, presque comique, comme lorsqu'ils déposent à l'AFP un tract annonçant un attentat contre le ministère du Travail, attentat qui sera finalement commis avec trois jours de retard devant un autre ministère, par un militant étourdi. Un geste qui n'a aucun sens et ne sera, du coup, jamais revendiqué par le groupe. Il y a encore les valises que déposent devant le Jargon libre, en signe de solidarité, des voleurs à la tire opérant gare d'Austerlitz, contenant des vêtements et des papiers d'identité, et que deux militants paranoïaques chargeront précautionneusement dans le coffre de leur voiture sous le regard ahuri d'Hellyette, avant d'aller les balancer dans la Seine, convaincus qu'elles sont piégées. Ou encore les armes enterrées à la va-vite, dans des jardins de pavillons de banlieue, alors que s'apprête à débarquer la police, des pistolets-mitrailleurs, des colts 45, des 9 mm, qui dorment aujourd'hui encore, sous des parterres de fleurs, en des lieux oubliés tout autour de Paris.

En repensant à cela, j'aimerais m'asseoir à côté d'elle et lui poser d'autres questions. Je voudrais comprendre. Savoir de quelle façon, ensuite, cela a dérapé. Qu'elle me dise si on voit ces choses-là arriver, ou si elles surgissent, sans que l'on puisse ni les prévenir ni les arrêter. Se sent-elle responsable, quelquefois, des fautes qu'elle n'a pas commises ?

Mais Hellyette disparaît.

J'envoie des messages au numéro du téléphone portable préhistorique qu'elle a toujours sur elle, quelque part sous son poncho. Elle répond brièvement, ce n'est pas le bon moment, elle ne se sent pas bien. Je prends de ses nouvelles, je lui souhaite une bonne année, en me demandant si cela se fait, dans le milieu de la révolution, elle dit : « Merci. À plus. » Je l'appelle, elle m'informe d'une voix lointaine qu'elle est en virée dans le Sud. Elle ne sait pas quand elle rentrera. Je ressens un pincement, comme un point de côté. Je me fais semer par une dame de quatre-vingt-neuf ans qui se promène dans toute la France munie de faux billets de train. Ou qui est peut-être assise dans sa librairie, tous les après-midi, en chaussons de cuir, à quelques stations de métro. Je n'ose même pas aller voir. Je suis un espion timide. Ma cible braque le grand capital, dans un ascenseur, avec un pistolet vide. J'écris et réécris des SMS que je renonce à lui envoyer. Il y a, semble-t-il, un déséquilibre dans le rapport de forces. Je traîne dans la ville, éplorée.

J'ai dix-sept ans quand, en rentrant du lycée, je bute sur une valise posée devant la porte d'entrée. Je demande qui s'en va en vacances, mon père hurle de l'autre côté du couloir : « Ta mère se tire, cette pute. » Je me rappelle cette phrase, mes yeux qui cherchent un point d'ancrage, le couloir vide, la moquette vide, puis l'image disparaît dans le noir.

Ma mère nous appelle quelquefois, mon frère et moi, depuis une cabine téléphonique. Elle chuchote sans nous dire où elle se trouve. J'entends le bruit de la circulation en arrière-fond. Parfois, mon père surgit dans la chambre, et m'arrache le combiné des mains, il crie : « allô, allô ». Elle raccroche précipitamment.

Certains soirs, mon père m'embarque dans l'Innocenti bleue que, dans sa fuite, ma mère a laissée derrière elle, comme à peu près tout. Nous la cherchons dans les rues, nous roulons en silence. Nous traversons le pont du Mont-Blanc sous la lumière aquatique des réverbères, dans un sens puis dans l'autre, la ville se reflète à la surface du lac. Aujourd'hui encore, j'ignore où elle a vécu, durant ces quelques mois, tandis que nous roulions dans une ville fantôme.

Quelque chose glisse encore, dans notre appartement, qui devient le lieu où l'on passe, tard dans la nuit, après une fête, ou la fermeture des bars de la vieille ville. Les amis de mon père ont disparu, ils se sont évaporés, évadés de notre vie. Désormais ce sont mes amis, parfois même ceux de mon frère qui n'a que quatorze ans, ou de vagues connaissances, qui débarquent à n'importe quelle heure, pour boire, s'embrasser, fumer des joints, ou jouer au golf dans le couloir, avec les clubs de mon père qu'ils ont trouvés je ne sais où. Quelqu'un fait exploser une urne précolombienne en frappant dans une balle. Des garçons en jean délavé errent dans le corridor, des filles fument, appuyées contre les murs, leurs visages se réfléchissent dans les vitrines. L'une d'elles embrasse, bouche ouverte, le Plexiglas derrière lequel est entreposé un masque en terre cuite. Je me rappelle les feuilles à rouler, les paquets de cigarettes démembrés, le tabac éparpillé et les bouteilles abandonnées sur la table basse en verre du salon, les couples enlacés endormis sur le canapé, celui qui était nu dans le lit de mon frère, la brune qui a vomi dans la cuisine. Je cherche le sommeil, dans mon lit en osier blanc, pendant qu'un groupe discute, debout près de la porte de ma chambre, comme si j'étais absente. Je n'ai aucune idée du lieu où se trouve mon père. Peut-être est-il simplement dans sa chambre. Une fois, au milieu de la nuit, je l'ai vu jouer au billard français, dans le salon, en compagnie de types de ma classe.

Je le supplie de me mettre en pension, j'ai peur de rater mon bac à la fin de l'année, il refuse. J'essaie de m'enfuir. Je suis dans les escaliers, avec un sac à dos dans lequel j'ai fourré un jean et deux T-shirts, il crie depuis le palier, sans prendre la peine de me poursuivre, que je n'irai pas loin, il va me « mettre les flics au cul ». Je remonte. Un après-midi, je m'en vais dans le salon de thé juste en bas de la rue, où je commande un gin tonic, en espérant que quelque chose se passe, je fais plus jeune que mon âge, quelqu'un pourrait appeler la police. Je reste là un certain temps, en faisant mine d'être plongée dans un livre de poche. Je finis par régler mon verre, qui reste intouché sur la table, et rentre à la maison.

Retour du lycée, au printemps. Dans le couloir se tiennent deux hommes en imperméables ceinturés, l'un d'eux est en cuir. Ils examinent les toiles de ma mère, face au mur, le buste penché en avant, les mains dans le dos, ainsi que des touristes dans un musée. Ils ne me saluent pas. Par instants, le type en cuir griffonne sur un carnet. Quelques jours plus tard, ils reviennent accompagnés de déménageurs, ils emportent tout. Nos meubles, nos livres, nos chaises, le billard français, la table de la salle à manger, la vaisselle, les draps, les serviettes de bain, les alcools, les cassettes VHS de mon père, celles dont les titres sont inscrits sur la tranche au stylo bille. Ils vont pour entrer dans nos chambres, quelqu'un leur rappelle qu'on ne saisit pas les affaires des enfants. Je ne ressens rien, sauf de la tristesse pour mon père, son humiliation, ses cassettes vidéo, ses disques de jazz, sa collection d'*Encyclopædia Universalis* en cuir blanc et bleu. En vérité, je suis soulagée, j'ai l'impression qu'on débarrasse un décor. Peut-être la vie réelle va-t-elle reprendre son cours ?

Mon père rencontre une femme, une Française. Elle est assise, de plus en plus souvent, dans ce qu'il reste de notre salon, un canapé et une chaise, au milieu du vide. Elle est brune, cultivée et plus âgée que ma mère, à qui je ressemble, dit-elle, ce qui ne sonne pas comme un compliment. Je la vois en maillot de bain, elle porte une fine chaîne en or autour de la taille, son ventre est bronzé. À la fin de l'été, mon père m'annonce qu'il va s'installer chez elle, dans sa maison à Lisbonne, il va emmener mon frère avec lui. Il est décidé que je resterai à Genève, dans le studio qu'a occupé ma mère durant quelques mois, avant de disparaître à nouveau. Je m'inscris à l'université, en relations internationales, sans trop savoir pourquoi, sans doute cette filière évoque-t-elle vaguement la possibilité d'une fuite, ou alors je me contente de suivre les traces de mon père. Je rencontre un garçon drôle, gentil, qui m'apprivoise. Aucun mot n'est prononcé, concernant ce qu'il se passe dans nos vies, mais je pressens qu'Yves S. s'arrange, encore et encore, avec le réel et la légalité. J'entends des conversations téléphoniques, des chuchotements.

Au printemps, quelques jours avant le passage des huissiers en imperméables, du mobilier, des poteries précolombiennes, de l'argenterie ont été exfiltrés de notre appartement par des hommes en noir, la nuit, tandis qu'Yves S. supervisait les opérations, un whisky à la main. À présent, c'est l'été et j'ai froid en permanence. Pour financer mes études, j'ai pris rendez-vous à l'université avec un monsieur chargé des bourses. Quand je lui demande ce que je dois dire concernant notre situation économique, mon père écrit n'importe quoi sur un bloc de papier, des revenus, des montants d'imposition, une profession qui me paraît insensée. C'est le début d'une nouvelle légende, notre nouvelle identité. Une fable écrite à la va-vite, sans réfléchir, mais qui va planer au-dessus de ma tête durant plusieurs années, à la façon d'un grand oiseau immobile, suspendu haut dans le ciel, un oiseau qui s'abattra sur moi à plusieurs occasions, toujours par surprise.

La libération des membres d'Action directe, en 1981, inquiète, voire révolte de nombreux policiers, persuadés que ceux-ci vont reprendre les hold-up et les attentats, s'acheminant vers un destin funeste. Ils le savent, bientôt il y aura du sang, il y aura des morts. Dans certains services, on tente de les compromettre, on les accuse d'actions commises par d'autres groupes, de fausses rumeurs circulent dans la presse, des militants sont interpellés sous des prétextes absurdes. Même si des proches du pouvoir essaient encore d'amadouer les terroristes, de les faire entrer dans le circuit officiel de la lutte sociale (à travers la création et le financement d'une association) ou même de leur confier des missions secrètes (on raconte que l'État leur proposa de participer à la traque et la liquidation d'anciens dignitaires nazis), quelque chose se tend du côté des forces de l'ordre et du renseignement. L'exécution de Gabriel Chahine, au mois de février 1982, les plonge dans la sidération. Certains flics veulent leur peau.

Au même moment, des dissensions apparaissent au sein d'Action directe : il y a ceux qui souhaitent renoncer à la lutte armée, donner une chance à la gauche réformiste, et ceux qui considèrent, au contraire, qu'on doit durcir la ligne militariste

– « plus jamais sans le fusil ». Il y a ceux qui estiment qu'il faut se concentrer sur la société française et ceux qui veulent plutôt combattre l'impérialisme américain, développer le soutien aux pays du tiers-monde, au Moyen-Orient, à la Palestine. Il y a ceux qui reviennent de leur jeunesse, ceux qui sont fatigués, ceux qui ont envie d'une autre vie. Ceux qui trouvent que la guérilla est contre-productive, qu'elle nourrit la répression en offrant un prétexte pour plus d'arrestations, plus de dureté. Ceux qui voudraient un mouvement informel, des actions aléatoires, sans signature, pas d'ego ni de maître à penser. Ceux qui constatent que les temps changent, et qui changent eux aussi, dont les désirs et les convictions s'adoucissent – lâches, traîtres, jugent les autres. Le mouvement se sépare en plusieurs factions : un groupe, qui souhaite appuyer militairement les luttes sociales, fonde le Collectif révolutionnaire du 1er août, un autre l'Affiche rouge, dite branche lyonnaise. Jean-Marc Rouillan, Nathalie Ménigon, Joëlle Aubron, Régis Schleicher, Claude Halfen et quelques militants se regroupent dans une troisième branche, dite internationale, qui voudrait réunir les guérillas européennes contre l'impérialisme. Un projet d'ampleur pour un groupuscule réduit à une poignée d'individus.

La colère est là, juste sous la surface, c'est un arsenal planqué dans un jardin. Dans un film intitulé *Retour sur mon parcours militant*, tourné au Jargon libre en 2005, quelques mois avant sa mort, Joëlle Aubron raconte, face caméra, sa trajectoire. Elle porte un pull noir dont le large col dévoile par instants une épaule, tripote une cigarette, jette à intervalles réguliers aux hommes qui l'interrogent des regards qui cherchent l'approbation. Elle est concentrée, pèse ses mots, tout entière absorbée par son message, dans une parole maîtrisée, quand soudain, après quarante minutes d'entretien, quelque chose lui échappe, une émotion incontrôlée. À ce moment-là, Joëlle Aubron est en train d'évoquer la violence du début des années 80. La brutalité du pouvoir, les restructurations, les vagues de licenciements, mais aussi l'offensive idéologique qui consiste à nier l'existence d'une conscience de classe, à vouloir transformer l'individu en entrepreneur, en prétendant que l'époque est celle de la conquête personnelle. On observe alors un mouvement dans son corps, à peine perceptible mais que je reconnais, une façon de se recroqueviller qui évoque le souvenir d'une blessure. Je perçois la violence qui lui fait mal, celle d'une force plus grande que soi refusant l'idée même de l'autre, un autre que l'on broie en lui signifiant qu'il est un perdant, responsable de sa chute. La force d'un pouvoir qui n'est ni juste ni courageux, contrairement à ce que croient les jeunes filles.

Mais peut-être Joëlle Aubron cherche-t-elle avant tout à justifier les meurtres qui vont suivre, lorsqu'elle affirme que « de temps en temps, ils peuvent quand même prendre des coups dans la gueule ». C'est ma blessure que je vois, dans ce corps qui se rétracte, c'est moi, cette fille en pull-over noir, transpirant l'indignation, car, lorsque je la revisionne, le jour suivant, la scène m'apparaît entièrement différente : Joëlle Aubron agite ses mains, elle s'anime, mais son corps ne diffuse plus rien – il s'est redressé durant la nuit, on l'a expurgé de sa douleur. Pourtant, même si la vérité m'échappe, même si, dans cette histoire, je ne peux me fier à quiconque, et à moi encore moins qu'aux autres, une certitude demeure : la colère est là, je reconnais sa vibration.

En cette année 1982, l'air est pesant, électrique : le 29 mars, une bombe explose dans un train reliant Paris à Toulouse. L'attentat, revendiqué par les « amis de Carlos », fait cinq morts et vingt-neuf blessés. Le 22 avril, une voiture piégée explose devant le siège du magazine *Al Watan Al Arabi*, rue Marbeuf à Paris, faisant un mort et soixante-trois blessés. Un mystérieux groupe « Bakounine-Gdansk » commet des attentats contre des sociétés travaillant avec des pays de l'Est, d'Amérique et d'Afrique du Sud. En réaction à la venue du président Reagan à Paris, d'une part, et l'intervention militaire israélienne au Liban, d'autre part, Action directe multiplie les coups d'éclat : le 28 mai, ils tirent sur le siège parisien de la Bank of America. Le 4 juin, un attentat est commis contre l'American School à Saint-Cloud, le lendemain, contre les locaux du FMI, dans le XVIe arrondissement. Le 1er août, la voiture du responsable de la sécurité de l'ambassade d'Israël est mitraillée. Le 7, une explosion a lieu devant le siège de la Discount Bank.

Deux jours plus tard a lieu l'attentat de la rue des Rosiers. À l'heure du déjeuner, un groupe d'hommes masqués, armés de grenades et de pistolets-mitrailleurs, fait irruption dans le restaurant juif de Jo Goldenberg. En moins de deux minutes, six hommes sont morts et vingt-deux blessés. Dans l'heure qui suit, un appel téléphonique revendique l'opération au nom d'Action directe, ce que le groupe dément aussitôt (les auteurs appartiennent en réalité au Conseil révolutionnaire d'Abou Nidal, un groupe palestinien dissident de l'OLP, ce qui ne sera révélé que vingt-cinq ans plus tard), mais la confusion est totale, l'émotion immense, le pays sous le choc.

François Mitterrand se rend sur les lieux, il traverse la foule, blême, en costume et feutre noir, alors qu'on scande « Mitterrand assassin », « Mitterrand complice ». Le 17 août, dans une allocution télévisée, il annonce la création d'un secrétariat à la sécurité. Le 24, un décret dissout et interdit Action directe pour apologie de la lutte armée. Les membres du groupe replongent dans la clandestinité. Ils n'ont pas vraiment le choix, mais quand je m'approche pour sonder leur cœur, il me semble qu'ils n'attendaient que cela : l'occasion de quitter la mollesse de la semi-légalité, reprendre les armes, raviver le feu. Vivre, cela n'est possible qu'à la marge, là où l'on invente sa loi. Je les vois disparaître, comme on s'enfonce sous l'eau, dans un lieu profond, bleu-noir.

III

AUX MARGES DU MONDE

Après le départ de mon père, une autre vie clandestine commence. Je le comprends dans ce bureau poussiéreux, au premier étage de l'université, où je m'entretiens avec le responsable des bourses d'études. Il m'interroge sur ma famille, la profession et la rémunération d'Yves S. Je donne les chiffres qu'on m'a indiqués, l'homme remplit un formulaire, sans jamais lever la tête vers moi. Je n'ai aucun souvenir de son visage, seulement des mots qu'il prononce. Tout ce que je lui ai raconté ne tient pas debout, je suis une menteuse. Non seulement je n'obtiendrai pas de bourse, mais j'ai de la chance qu'il ne me dénonce pas à la police. J'essuie mes yeux du revers de la main, j'essaie de faire bonne figure, mais rien à faire, je pleure bientôt à grosses gouttes, je ne peux plus m'arrêter, c'est une tranchée qu'il a creusée imprudemment et par laquelle se déverse un lac, un chagrin tellurique, venu de très loin. Je sanglote sans discontinuer, même mon T-shirt est mouillé, si bien que le monsieur se résout à aller chercher un rouleau de papier toilette, dans une autre pièce. Un rouleau qu'il me tend à contrecœur, sans un mot, et que je déroule indéfiniment, comme si rien, sur cette terre, ne pouvait suffire à éponger cette eau qui afflue, que nous allons terminer noyés, lui et moi, enroulés dans une guirlande de papier hygiénique qui n'a pas de fin.

Désormais, quand on cherche le nom Sabolo, dans l'annuaire, la seule adresse, l'unique numéro de téléphone sont les miens. Tous les autres se sont évaporés. J'occupe l'ancien studio de ma mère, dont la porte est toujours cassée, depuis ce soir où elle a refusé d'ouvrir à mon père et où il a décidé d'entrer par la force. Personne n'a songé à la faire réparer. À cette époque, nous vivons dans le désastre comme s'il constituait notre habitat naturel. Nous ne parlons de rien, je n'ai jamais évoqué le monsieur de l'université ni le chaos dans lequel j'évolue, mais mon grand-père, celui-là même qui refusait d'approcher mon berceau, et avec qui je marche, sur les photographies, main dans la main, à tous les âges et coiffée de toutes sortes de couvre-chefs, celui-là ouvre un compte en banque à mon nom, me permettant ainsi de continuer mes études.

J'ai des consignes. Avant de disparaître au Portugal, Yves S. m'intime de ne parler de lui à personne. Si l'on me pose des questions, je dois prétendre n'avoir aucune idée de l'endroit où il se trouve. J'acquiesce distraitement, sans doute à cet instant l'idée que quiconque puisse m'interroger à son sujet me paraît-elle absurde.

Quelques mois plus tard, dans le tramway qui rejoint l'université, mon sac sur l'épaule chargé de manuels de droit international et de stratégie des conflits, j'aperçois dans la rame un homme en costume, qui me sourit. Son visage rond lui donne l'air innocent, presque naïf. Il s'approche, sans cesser de sourire.

« Vous vous souvenez de moi ? »

Je ne me souviens pas, non, je secoue la tête, je suis confuse. Je me raidis, très légèrement.

« Je vous ai fait sauter sur mes genoux, vous étiez haute comme ça. »

Il tend la main devant lui. Sa peau est rose, semblable à celle d'un enfant.

« Je venais souvent dîner chez vous, aux Crêts-de-Champel. J'aimais beaucoup vos parents. Comment vont-ils ?

— Bien. Vous savez, ils se sont séparés. »

Mes doigts sont serrés sur la barre métallique dressée entre nous. Il se tait un instant.

« Je me souviens de votre mère, ses toiles étaient magnifiques. Elle peint toujours ? »

Je ne sais pour quelle raison je finis par lui donner son numéro de téléphone. Peut-être me fait-il de la peine, il a l'air d'un amoureux malheureux, peut-être est-ce parce qu'il évoque uniquement ma mère, je n'ai pas de consignes la concernant. Sans doute ai-je l'intuition qu'il fut invisible, pour mes parents. Personne ne m'a jamais parlé de lui, il n'a laissé aucune trace, sans doute cela me paraît-il cruel.

Ma mère m'appelle quelques jours plus tard. Sa voix est basse à l'autre bout du fil. En rentrant du supermarché, elle a trouvé un inconnu, à la peau pâle, assis dans son salon. Il réclame de l'argent, me dit ma mère, de l'argent que lui doit Yves S., qu'il a rencontré en Afrique. Il a proféré des menaces, d'une voix aimable, en souriant.

L'homme finit par disparaître dans la nature. J'ai le souvenir vague d'une visite de la police chez ma mère. Après, nous n'en parlons plus jamais. Quand je me remémore cette conversation, sa voix lointaine, ma culpabilité, j'ai l'impression qu'il s'agit d'une réalité distincte, cachée derrière un rideau. Un songe qui se défait lorsque nous ouvrons les yeux, mais dont nous portons l'empreinte, à chaque instant. Je vais à l'université, à la cafétéria, à la bibliothèque, j'ai des amis, je plaisante, je sors le soir. J'ai un secret, mais j'ignore lequel. Je suis aux aguets. Je reçois des appels téléphoniques. Des hommes qui cherchent Yves S., réclament leur argent. Ils sont furieux, autoritaires ou sirupeux, l'un d'entre eux affirme d'une voix attristée qu'il serait regrettable de devoir me casser les jambes. Là-bas au Portugal, mon père me dit de « m'en foutre », avant de raccrocher. La journée, je n'y pense pas, je vais d'une salle à l'autre, dans cette université dont la pierre dégage une fraîcheur de grotte, mais, à mon retour, devant la porte du studio à la serrure cassée, j'ai peur qu'il y ait quelqu'un qui m'attende derrière, installé dans la cuisine, fumant une cigarette. Sans doute est-ce ce qui arrive aux agents dormants, ils mènent une existence paisible depuis si longtemps qu'ils ont oublié leur véritable identité, et la mission qui les a menés dans cette existence-là. Ils sont insouciants, distraits, jusqu'au jour où, à la boulangerie ou devant l'école des enfants, une mère de famille s'avance et prononce d'une voix blanche, en les regardant droit dans les yeux, un nom de code appris à une autre époque, dans une autre vie. Mais les hommes du téléphone ne viennent pas. Un jour, ils cessent d'appeler.

Aujourd'hui encore, j'ignore qui étaient ces gens, et dans quelles affaires louches a bien pu tremper mon père, en Afrique ou ailleurs. Quelquefois, je me surprends à raconter avec force détails, et une étrange fierté, la version officielle de sa vie, la diplomatie, le Bureau international du travail, comme ce jour où j'ai rencontré cet écrivain dont la femme travaillait aux Nations unies, et à qui, sans savoir pourquoi, j'ai retracé sa carrière pendant un temps infini, avec un enthousiasme tout à fait suspect. La femme de l'écrivain m'a confié ensuite ses souvenirs d'enfant de fonctionnaire international. J'ai acquiescé d'un air entendu, comme si nous partagions le même passé.

J'essaie de retrouver ce que nous disait mon père du Gabon, de la Côte d'Ivoire. Je me souviens des serpents minute, dans le cinéma de Libreville, dont la morsure vous tue en soixante secondes, la façon dont mon père essayait de garder les pieds au-dessus du sol, durant toute la projection, mais j'ai découvert depuis que cette espèce est en réalité dépourvue de venin. Je me souviens des employés d'une société forestière, assis à califourchon sur des troncs, descendant le fleuve, et qu'attendaient à l'embouchure un couple de requins-tigres. Il avait fallu convoquer l'armée pour les abattre, depuis la plage, au lance-roquettes. Je songe à l'admiration de mon père pour François de Grossouvre, homme de réseaux et d'influence, proche de François Mitterrand, chargé des questions de sécurité et des dossiers sensibles, notamment des affaires africaines, et qui s'est suicidé dans son bureau à l'Élysée, en 1994, d'une balle de 357 Magnum dans la tête.

Yves S. était franc-maçon. J'ai six ou sept ans quand il me confie qu'ils se reconnaissent entre eux à l'aide d'un signe discret – il refuse de me montrer lequel –, qu'ils sont nombreux en France, et aussi en Afrique. J'en ai vingt quand il m'avoue qu'il aurait voulu œuvrer dans les coulisses du pouvoir, être une éminence grise. Il dit qu'il aurait aimé être Jacques Foccart, chargé de la politique africaine de la France sous de Gaulle et Pompidou, grand ordonnateur des services secrets et d'opérations opaques menées à l'aide de mercenaires. Un jour, en entrant dans son bureau au BIT, il était tombé sur son secrétaire en train de parler russe au téléphone. D'après lui, à cette époque, on trouvait des espions à tous les étages. Je lui avais demandé s'il était un espion. Il avait ri, il semblait content. Il n'avait jamais l'air plus innocent que lorsqu'il riait, ce qui ne lui arrivait pas si souvent, ses yeux se plissaient et quelque chose de tendre lui échappait, on pouvait voir le petit garçon qu'il avait été. Je revois son attaché-case, les loquets métalliques, leur clé minuscule.

Au cours de mes recherches, je découvre que la cellule de dissuasion mise en place par l'Élysée en 1981 pour tenter de persuader les terroristes de renoncer à la violence s'organise précisément autour de François de Grossouvre. Des émissaires plus ou moins troubles, barbouzes, fonctionnaires zélés, intermédiaires douteux sont chargés de prendre contact avec les terroristes basques, italiens et allemands. Ils leur proposent un pacte : la France refusera les demandes d'extradition des gouvernements européens en échange de leur promesse de cesser toute activité. Les négociations concernent également Action directe, abandon des poursuites contre renoncement aux actions de lutte armée. Je découvre que François de Grossouvre rêvait de diriger les services secrets. Mon père prétendait avoir son numéro de téléphone, et l'avoir rencontré, mais sans jamais préciser dans quelles circonstances. Tant de choses m'échappent de la vie qu'il menait, entre l'instant où il quittait l'appartement des Crêts-de-Champel, avec cette valise rigide, et celui de son retour, chemise légère, teint hâlé, les bras chargés de cadeaux. Lorsqu'il nous offrait ces poupées de tissu et autres animaux de la savane en bois sculpté, son visage était radieux.

Quelqu'un m'a dit un jour, d'un ton neutre : « Ton père était un porteur de valises. » Je suis repartie lestée de cette phrase, prononcée tel un fait irréfutable, en me répétant : « C'était donc ça ? » Mais ces mots aussi sont une valise, une boîte noire, ils sont faits de plastique, compacts et verrouillés. La vérité est à l'intérieur, hors de portée. Mes souvenirs, eux, sont un château de sable assailli par les vagues d'un océan froid dont la surface change de couleur avec la lumière et les saisons.

Au mitan des années 80, lorsqu'ils étaient encore ensemble, mes parents ont tenté une échappée, de l'ordre du rêve ou de la disparition. J'ai dix ou onze ans quand mon père achète une immense villa du XIXe siècle, à Bellevue, sur les rives du lac. Son jardin s'achève dans l'eau, au bord du monde. Durant toute l'année scolaire, alors que nous sommes encore aux Crêts-de-Champel, mes parents y supervisent des travaux pharaoniques. Au début de l'été, nous emménageons. L'univers devient aqueux. Dans le jardin, le kiosque romantique en fer forgé dégage un parfum de mousse. Le ponton en bois qui s'avance vers le large ressemble à une issue de secours, mais aucun bateau ne viendra jamais s'y amarrer, ni pour nous rendre visite, ni pour nous emmener. Pendant deux mois, nous vivons là, dans un espace fait de végétation et de brume, entre le lac, le ciel, et le haut portail qui dissimule l'extérieur. L'école que je dois rejoindre à la rentrée se tient de l'autre côté de la route. Le préau, les salles de classe, les pupitres sont déserts et silencieux. Des fleurs fanées dans un vase, des dessins aux murs, une bouteille de Fanta entamée m'évoquent une cité emportée par un cataclysme. Il n'y a aucun être humain sur la rive. La terrasse du restaurant où l'on déguste des perches du lac est auréolée de toiles d'araignées pleines de moucherons morts. Des cygnes passent au large, à heures fixes, quelquefois ils montent sur l'herbe, devant la cuisine. L'un d'entre eux vient chercher du pain dans ma main. Dans ma chambre, les émanations de peinture me font tourner la tête. L'odeur du neuf et de l'acrylique est partout, elle emplit nos poumons, c'est une promesse et un piège. Mes parents ont embauché une jeune fille au pair qui dort dans une chambre sous le toit. Elle a un visage de poupée, nous l'adorons, mon frère et moi. Nous passons nos soirées dans sa chambre, devant la télévision. Dans mon souvenir, elle est aussi flottante que nous, les enfants.

Une nuit, je suis réveillée par des cris. Je descends, découvre mon père, ma mère et la jeune fille en chemise de nuit, dehors, dans l'obscurité. Un courant brutal circule dans l'air. La jeune fille est pieds nus sur le gravier, elle pleure. Mon frère et moi nous jetons dans ses bras, pour la protéger, faire barrage de nos corps contre un danger qui n'a pas de nom.

Le lendemain, la jeune fille a disparu. On me dit qu'elle est partie, elle a dû « rejoindre sa famille ». Un jour passe, ou alors des semaines, puis nous partons, nous aussi. Nous quittons la maison, précipitamment, tels des fugitifs. Nous n'empruntons pas le ponton, sur lequel j'allais chaque matin regarder l'horizon, espérant embarquer sur un canot rapide, mais où seuls croisaient les cygnes et des voiliers si lointains qu'ils appartenaient à une autre réalité. Nous montons dans le Range Rover de mon père, c'en est fini de l'épisode lacustre. Nous nous installons dans un appartement en ville, au papier peint brillant comme l'intérieur d'un night-club. En septembre, je fais ma rentrée dans une autre école, près du parc Bertrand. Mon père m'explique que ma mère n'aimait pas la campagne.

Il y a quelques années, lors d'un salon du livre à Genève, j'ai pris une mouette, l'un de ces bateaux qui font la navette sur le Léman, et pointé au loin, sur la rive, l'imposante villa de Bellevue. « J'ai vécu là », ai-je dit à mes voisins. Mais en prononçant ces mots, j'ai eu le sentiment de formuler un mensonge, d'être comme Yves S., une mystificatrice. La villa sur la berge était si monumentale, si désuète, la trace d'un passé disparu depuis si longtemps, que rien de tout cela ne semblait avoir existé.

La clandestinité n'est pas aussi romantique qu'on pourrait le croire : on imagine une vie trépidante, loin de la cité et des institutions, un lieu sauvage que l'on habiterait tel un bois, comme le font les amants, les druides et les poètes. En réalité, ce n'est pas l'expérience de la liberté mais celle de l'entrave. Elle ne permet pas d'échapper à la légalité, elle condamne à l'illégalité. Rien de ce qui est public, autorisé, ne l'est plus. On ne peut plus manifester, plus se rassembler, plus donner signe de son existence. Chaque geste, même le plus anodin, implique une menace, celle d'être arrêté, ou pire. La clandestinité impose la discrétion, l'art de la fugue et de la solitude, l'abandon des habitudes, de l'idée du quotidien. Dans cet espace-là, tout est différent, éreintant. Le clandestin se rend d'un lieu à l'autre en prenant un bus, le métro, un tronçon à pied, puis à nouveau un bus, il met deux heures pour effectuer un trajet qui, dans nos existences ordinaires, prendrait vingt minutes. Il sort peu. Devient paranoïaque. Il faut des faux papiers, des planques, des véhicules, des armes, de l'argent, énormément d'argent. Il change son identité, se déguise, utilise des noms de code au téléphone. Il est attrapé. Tué à la sortie d'une cache, lors d'une opération, ou juste par hasard.

Reste le secret, le pouvoir, l'action. La grande partie se joue avec les forces de l'ordre, dans la ville transformée en terrain de sport. Dans tous leurs témoignages, les militants mais aussi les policiers usent de ce terme, le jeu. Une activité que l'on pratique essentiellement pour le plaisir qu'elle procure, qui ne prête pas à conséquence. Un sport et un passe-temps, mais tout le monde est armé.

Après avoir quitté le Jargon, en août 1982, Jean-Marc Rouillan et Nathalie Ménigon s'installent rue Manuel, dans le IXe arrondissement, dans un appartement prêté par une copine de Claude Halfen. Un casque sur la tête, à l'aide d'un scanner, Nathalie écoute des heures durant les fréquences de la police et des unités spéciales, notant dans un grand cahier les indicatifs, les noms de code de chaque brigade, aux appellations de pierre précieuse – Topaze pour la Brigade de recherche et d'intervention, Rubis pour l'Antigang, Saphir pour la brigade des stupéfiants, Cristal pour la Criminelle. Ces voix lui sont si familières qu'elle finit par les reconnaître. Avant les opérations, elle cherche sur les ondes une présence alentour, traque les unités susceptibles de les filer, avertit quand un flic approche, ou qu'un coup de filet se prépare. Quelquefois, en se rendant rue Manuel, un militant imprudent traîne la police derrière lui. Elle les entend avancer dans sa direction, leurs voix grésillantes indiquant des rues de plus en plus proches. Jean-Marc, Nathalie et les copains qui sont là s'échappent juste avant leur arrivée, disparaissent dans le quartier.

Au téléphone, les échanges sont cryptés, on passe « au bureau », on se donne rendez-vous « chez Catherine » – la fontaine Médicis du jardin du Luxembourg –, « chez Auguste » – la tombe d'Auguste Blanqui au Père-Lachaise –, « aux bons flics » – le monument aux policiers morts au cimetière du Montparnasse. On se retrouve beaucoup dans les cimetières, des endroits tranquilles, sans surveillance. Au Père-Lachaise, Claude Halfen et son frère Nicolas ont installé dans le carré juif une boîte aux lettres, une cavité creusée à l'intérieur d'une pierre tombale. On raconte que Régis Schleicher, lui, enterrait des armes dans les fourrés. C'est probablement une invention, mais j'aime penser que, près du mur des Fédérés devant lequel, en 1871, furent fusillés cent quarante-sept combattants de la Commune, il avait planqué des mitraillettes.

Les forces de l'ordre aussi inventent des langages codés : ils déploient un lexique de l'art de la table, remplaçant le mot « gauche » par « fourchette », et « droite » par « couteau », ou un quadrillage du plan de Paris, indiquant leur localisation par des formules type « zone C9, de la page 3 », ou « A2 de la page 20 », mais les équipes finissent par s'embrouiller en feuilletant les pages de leur guide par arrondissement. On s'écoute, d'un côté comme de l'autre, au téléphone, à la radio, on tente de déchiffrer le langage de la partie adverse, de comprendre son fonctionnement. Les armes, les documents, les hommes, tous ont leur mot de passe, et chaque conversation, même la plus anodine, recèle une énigme. À force de se suivre ou de se guetter, les militants et les policiers finissent par se reconnaître. Les clandestins identifient les véhicules banalisés en les repérant devant la préfecture de police, quai de Gesvres, où ils sont stationnés, les motos Honda 500 Four qui indiquent la présence de la Crim, un homme assis à la terrasse d'un café, aperçu à la télévision dans un reportage sur une opération de police. Certaines voitures sont toujours là : un matin, Hellyette Bess apporte un café aux flics en planque dans une Renault, devant le Jargon libre. Je me demande si ça les a fait rire.

L'existence de chaque partie tient à l'existence de l'autre. Autour d'eux, la ville et le réel se floutent, il n'y a plus que ce face-à-face, une liaison entre deux amants vivant dans l'imaginaire l'un de l'autre, inventeurs d'un langage échappant au commun des mortels, voyageant sur des ondes qui n'appartiennent qu'à eux.

Les années 1980 sont celles des attaques à main armée. Tout le monde goûte aux braquages, gangsters, voyous, bandes organisées, autonomes et autres mouvances d'extrême gauche. Action directe en pratique un nombre insensé, chaque jour, parfois deux dans la même journée, une banque après l'autre. Face à l'explosion de hold-up dans la capitale, la police met en place une opération de dissuasion, consistant à faire sortir toutes les voitures de tous les commissariats en même temps pour quadriller la ville. Lorsque l'opération est en cours, le camarade indique au téléphone que « Denise prend une douche » ou qu'elle « va dormir une bonne partie de la journée », alors on rappelle un peu plus tard, et on rappelle encore, jusqu'au moment où l'on s'entendra dire que « Denise est sortie », le signal indiquant que l'opération de police est terminée et qu'on peut partir « taper ».

Les banques sont le territoire de l'adrénaline, de l'impulsion, du passage à l'acte. Vitesse, pistolets, perruques, contraction du cœur, élargissement des pupilles et de l'univers, dans un même mouvement. Les hold-up resserrent les liens, constituent un entraînement pour les nouveaux venus, mais aussi un rituel, de l'ordre de la mythologie, pour entrer dans le groupe. En franchissant la paroi de verre derrière laquelle des hommes et des femmes prisonniers de la banalité patientent aux guichets – guichets sur lesquels, dans une seconde, on sautera, arme tendue –, on franchit aussi une frontière, un sas vers une nouvelle dimension. Il s'agit d'opérer en deux, trois minutes maximum – plus, c'est la fin, la mort peut-être –, cent vingt secondes de liberté pure avant de repasser de l'autre côté. Les hommes et les femmes en face n'existent pas, les policiers qui prennent une balle n'auraient pas dû s'interposer, ils sont une masse informe, désincarnée, ils sont l'ennemi.

Ce shoot-là, seuls les hommes y ont droit : dans les bandes de truands de droit commun, les femmes ne braquent pas, hors de question, c'est une affaire de virilité, de gros bras. Pour AD, laisser une fille entrer dans une banque consisterait à apposer sa signature, celle d'un groupe politique, et l'on ne peut se permettre de prendre le risque d'être identifié. Mais une militante se rebelle, elle veut en être. Conduire les voitures de l'opération, attendre devant, dans la rue, c'est bien, mais elle veut goûter à ce frisson-là, celui de l'intérieur. Il n'est pas facile de refuser, quand on prétend lutter pour l'égalité, la justice, et honnir l'oppression. Alors on la déguise : fausse moustache, blousons enfilés les uns sur les autres pour gonfler sa carrure. Elle y va avec deux types, des habitués. La police évoquera ensuite sur les ondes un groupe comprenant un élément féminin, ce qui fait enrager Claude Halfen, il l'avait bien dit, c'était une connerie, jusqu'à ce qu'il réalise que c'est de lui, de son imperméable et de sa casquette, qu'on parle, c'est lui qu'on a pris pour une femme.

Les membres d'Action directe aiment citer cette phrase de Bertolt Brecht : « Qu'est-ce qui est le plus moral : créer une banque ou l'attaquer ? » S'en prendre à une banque, c'est s'en prendre à l'État, le geste relève de l'anarchisme, de la flamboyance, de la justice. Ils aiment préciser que tout les sépare des « droits co », les braqueurs qui volent l'argent pour leur profit personnel alors qu'eux ne gardent rien, le butin servant à financer les planques, la vie en clandestinité, les avocats des camarades emprisonnés, la caisse de solidarité. Dans ses livres, Jean-Marc Rouillan raconte les hold-up, appelés « opérations de financement » ou « expropriations prolétariennes », avec, me semble-t-il, plus de détails et d'exaltation que n'importe quel autre épisode de ces années-là. Les équipes de sept ou huit militants, dont deux ou trois néophytes, les repérages, les réunions de préparation, les voitures d'appui. L'employé de l'agence de la Société générale, avenue des Ternes, qui soupire « encore ! » en les voyant débarquer pour la troisième fois en l'espace d'un mois. Le militant myope qui ne voit pas le bureau de change qu'on lui indique, si bien que ce sont les clients, les mains en l'air ou couchés par terre, qui lui désignent le guichet, là-bas, au fond. L'employé qui tend un doigt, timide : « Du fric, y en a encore là. » Quelquefois, un sac rempli de billets de banque est oublié sur place, cela n'a pas d'importance, c'est autre chose qui se joue. Dans le documentaire *Ni vieux ni traîtres*, qui va à la rencontre d'anciens membres des GARI et d'AD, des camarades évoquent le gâteau, les bougies soufflées par Rouillan pour fêter le cinquantième braquage. Une émotion familière remonte du passé. Je retrouve un goût pour la transgression et la toute-puissance qui ne dit pas son nom, une flamme noire qui luit, là-bas, les deux facettes d'une pièce qu'on lance dans les airs, jouissance et interdit. Je retrouve l'habitude qu'avait mon père de se placer au-dessus des lois, celles des hommes et celles de Dieu.

Dans l'appartement de la vieille ville, à Genève, les plus belles pièces de la collection d'art précolombien d'Yves S. sont posées sur des socles, abritées par des vitres. Urnes en terre cuite, statues de la taille d'un enfant, masques et têtes, bijoux en or, excavés de tombeaux, arrachés aux morts. La nuit, lorsque je me dirige en pyjama vers la cuisine, leurs yeux vides me regardent. Leur silence est une condamnation. Je songe à la fierté de mon père lorsque sa collection fut exposée au musée d'Art et d'Histoire de Genève, emplissant un nombre insensé de salles. À la blessure aussi, mêlée d'incompréhension, causée par les commentaires des visiteurs dans le livre d'or qui le traitent de « voleur », de « pilleur de tombes ». J'ai encore aujourd'hui une urne funéraire datant du ve siècle avant Jésus-Christ, surmontée d'un visage minuscule, qu'il m'a offerte, quelques mois avant que je sorte de sa vie. Elle me suit dans mes déménagements, comme un trésor et un fardeau. Quand j'ouvre le placard de l'entrée où elle est entreposée – tout au fond, contre la paroi, le plus loin possible –, l'air y est glacé, chargé d'ondes maléfiques. Je pense à l'âme de celui auprès duquel elle fut enterrée, il y a près de deux mille cinq cents ans, et qui plane désormais chez moi, entre des produits de bricolage, du poison pour les souris et une friteuse.

À mesure que j'enquête sur AD, j'entre dans une zone dangereuse de ma mémoire, et cette urne, là-bas, à quelques pas de mon corps plongé dans le passé – mon corps de plus en plus tendu, de plus en plus anxieux –, renferme des secrets que je ne veux pas connaître. En lisant Jean-Marc Rouillan, j'ai le sentiment qu'il m'entraîne avec lui là où je n'ai pas envie d'aller. Pourtant, je le suis, pas à pas, docile et nauséeuse. J'entre dans ce territoire qui est l'exact endroit d'où je viens.

Au téléphone, ma mère et mon frère me demandent comment se déroule l'écriture de mon « nouveau livre ». Je réponds que cela se passe bien, je raconte n'importe quoi. Rien ne se déroule comme prévu : après des mois de vide, le texte jaillit désormais, incontrôlable, m'emportant vers des lieux inconnus et périlleux. Mais surtout, j'ai la conviction de les trahir. Ce n'est pas Jean-Marc Rouillan ni même Yves S. qui sont coupables de transgression et franchissent une frontière interdite, c'est moi. Avec ma mère et mon frère, nous rions au bout du fil, nous sommes tendres, d'une délicatesse prudente. Nous parlons de tout et de rien, jamais nous n'évoquons le passé. Nous avons tous les trois, chacun à notre manière, réussi à nous extraire du chaos que furent nos existences pendant de si longues années, et leur façon d'aller résolument là où est la lumière m'emplit d'admiration et de gratitude, d'un amour qui parfois me submerge. Je pose des questions sur leurs prochaines vacances, l'avancée des travaux dans la maison de ma mère et mon beau-père, les tentatives hilarantes de mon frère pour apprendre le latin à l'aide d'absurdes applications mobiles, mais, quand je raccroche, sans qu'ils en aient la moindre idée, j'écris des pages et des pages sur notre histoire, *leur* histoire. Je déterre et m'approprie ce qui, de même que les céramiques sacrées précolombiennes, les bijoux dont sont parés les squelettes, se devait d'être enseveli pour toujours et n'appartient à personne, sinon à la terre et à l'obscurité. Je redoute la blessure que leur causera ce livre. Je suis une profanatrice. Une fois encore, je mène une double vie.

Qui rembourse les dettes que la vie a contractées envers nous ? Qui se charge de nous rendre ce qu'elle nous doit, ce que l'on a payé, et paye encore ? Avec le temps se dessine la perspective que personne ne s'en acquitte jamais. Nul ne parle de cette chose-là. Ni ma mère ni mon frère ne l'ont jamais évoquée. Chacun essaye de l'apprivoiser dans son coin. Mais désormais j'ai l'impression de me rembourser sur leur dos. Alors qu'ils me croient plongée dans le récit d'un groupe terroriste des années 80, je confectionne un engin sophistiqué, composé de papier, de nitroglycérine et d'une mèche à combustion lente, qui finira par tout faire sauter.

Nos vies changent en raison de facteurs imprévisibles. Par le fait du hasard, une histoire de probabilités, de mauvais endroit au mauvais moment. Un mécanisme se met en place, une porte se ferme. Quelquefois, on entend le clic du verrou, mais pas toujours. Le 31 mai 1983 fut l'une de ces journées. Ce jour-là, Jean-Marc Rouillan, Nathalie Ménigon et quelques camarades prennent un café, stores baissés, dans la cuisine de la rue Manuel. Un braquage est prévu le lendemain matin, place de la Madeleine, dans une banque où ont été réalisés de nombreux repérages, et dont l'attaque a été reportée à plusieurs reprises pour des raisons d'emploi du temps, ou de superstition, un détail aussi ironique qu'un corbillard stationné sur le trottoir au moment où l'on s'apprête à passer à l'action. Un jour, une opération fut annulée à la dernière seconde car, sur l'immeuble adjacent, était fixée la plaque commerciale d'un notaire, ou d'un docteur, dont le patronyme était Touloupe.

Cet après-midi-là, Yannick Noah affronte Ivan Lendl en quart de finale à Roland-Garros. C'est *une belle journée de printemps*, remarque Jean-Marc Rouillan.

Vers 14 heures, des camarades s'en vont, portant deux sacs chargés de pistolets-mitrailleurs et d'un fusil d'assaut. Au même moment, à quelques rues de là, quatre policiers en civil remontent l'avenue Trudaine. Le brigadier Émile Gondry, quarante-neuf ans, expérimenté, habitué aux filatures, et ses jeunes recrues Claude Caïola, vingt-huit ans, affecté depuis peu à la brigade anti-cambriolage, Guy Adé, vingt-sept ans, et la stagiaire, Dominique Le Liboux, vingt-trois ans, qui vient de quitter une place de vendeuse pour s'enrôler dans la police. Affectés à la sécurité publique, ils sont chargés de surveiller le quartier, où, ces dernières semaines, a eu lieu une série de cambriolages. Ce sont de simples gardiens de la paix, volontaires pour les activités en civil de la BAC, ainsi que l'écrit Jean-Marc Rouillan, avec cette étrange façon de toujours souligner, sans la moindre émotion apparente, ce qui va vous serrer le cœur.

Entre l'avenue Trudaine et la rue Bochart-de-Saron, les policiers croisent les deux militants dont les sacs noirs en nylon, lourds, louches, attirent leur attention. Claude Caïola s'approche, s'apprête à interpeller les suspects : il n'en a aucune idée, mais il s'agit de Mohand Hamami, un membre d'AD d'origine algérienne, et de Franco Fiorina, appartenant à un réseau de combattants italiens, les Communistes organisés pour une libération prolétarienne. Il n'a pas vu, sur le trottoir, les trois autres camarades, Gloria Argano, une Italienne de vingt-trois ans, elle aussi membre des COLP, Nicolas Halfen, vingt ans, et Régis Schleicher, vingt-six ans. Il y a un mouvement confus. Quelqu'un sort une arme, quelqu'un bondit en avant.

Quelques secondes plus tard, Claude Caïola et Émile Gondry sont morts.

On raconte que c'est la fille, sur le trottoir, qui a tiré la première. Claude Caïola tombe au sol, on l'achève d'une balle dans la tête. Émile Gondry se précipite, il est tué d'une balle en plein cœur. Guy Adé est blessé à l'épaule et au bras gauche. Seule Dominique Le Liboux, la plus novice, s'en sort indemne, cachée derrière une voiture. On ne sait pas qui, parmi les militants, a tiré mais on trouvera quatre balles dans le corps de Claude Caïola, issues de trois armes différentes : deux pistolets Beretta et un P38. Aucun des policiers n'a eu le temps de faire feu.

Dix ans d'Action directe de Jean-Marc Rouillan est publié en octobre 2018, plus de trente-cinq ans après ce jour. Le chapitre dans lequel est relaté l'épisode de l'avenue Trudaine est sobrement intitulé « Fusillade, erreur et mort d'homme ». Le café, la cuisine, les stores baissés, les sacs en nylon, les policiers tués, chaque élément occupe le même niveau de récit, le même nombre de mots. Une fois encore, personne n'a de nom. Il y a « les camarades » et « les flics ». Deux policiers sont abattus, un troisième, « criblé de balles, s'en sort par miracle », puis « des camarades se mirent aussitôt à la recherche d'un véhicule pour évacuer la zone le plus rapidement possible ». Voilà. Comme si tout avait été dit.

Je n'ai presque rien trouvé sur Claude Caïola et Émile Gondry. Seulement le commentaire laissé sur un réseau social par un collègue du commissariat du IXe arrondissement qui raconte qu'un peu plus tôt ce jour-là, Gondry lui avait lancé en plaisantant : « Vivement la retraite ! » Sur le mémorial en ligne des policiers morts en service, victimes du devoir, il est indiqué que le brigadier de police Émile Gondry était marié et père de deux jeunes femmes, Françoise et Martine. Sous le portrait de Claude Caïola, on peut lire : « Né le 2 décembre 1954 à Marseille (Bouches-du-Rhône), le gardien de la paix Claude Caïola laisse une femme enceinte de huit mois et un jeune enfant. » *Un jeune enfant*, ces mots me bouleversent, peut-être parce que ni son prénom, ni son âge, ni même son sexe ne sont précisés. Ils se sont dilués dans le temps et l'espace. J'essaie de me représenter cet homme, ou cette femme, aujourd'hui âgé de quarante ans à peu près, la blessure dans son cœur. Son frère, ou sa sœur, est né quelques semaines après la mort de leur père. Je vois leur mère, vacillante, un nourrisson entre les bras, dans une chemise de nuit qui lui donne l'apparence d'un spectre. Je songe à Françoise et Martine. La seconde a écrit un texte, publié sur le mémorial, ainsi qu'Émilie, la petite-fille d'Émile Gondry, qui n'a pas connu son grand-père. Son prénom est-il la trace de l'amour, de la mémoire et du chagrin, enracinés à travers les générations ? Un passage du poème d'Émilie, en particulier, me saisit :

Aujourd'hui le temps passe, les années ont laissé place aux décennies
Mais croyez-moi, dans le cœur de ces familles, cette blessure reste béante
Car ces gens, s'ils ne sont pas morts, sont désormais tous en liberté
Avec une chance de reconstruire leur vie
Alors que pour ces familles, l'histoire s'est arrêtée le 31 mai 1983.

Plusieurs jours de suite, je visite le site, je lis, je relis, j'examine les photos, quand, enfin, je réalise que les mots d'Émilie ont été publiés il y a moins de trois ans. Tout est encore là, suspendu au-dessus de nos têtes. Un lac inversé, dont les eaux froides ne cessent de se déverser dans le présent.

Quelques mois après la fusillade de l'avenue Trudaine, le 14 octobre 1983, Ciro Rizzato, un jeune militant italien, également membre des COLP, est abattu lors d'un hold-up à la Société générale, avenue de Villiers, dans le XVIIe arrondissement. C'était son premier braquage avec les membres d'Action directe. Il était arrivé en France quelques jours plus tôt. Il est abattu sous les yeux de Régis Schleicher, dont j'ai lu cette phrase, quelque part : « Sa mère et sa compagne aussi ont pleuré. »

Je n'ai rien trouvé sur Ciro Rizzato, pas une date de naissance, pas une photographie. Sur une page Internet recensant

« les militants de la lutte armée communiste italienne, tombés au combat, en prison, en clandestinité ou en exil, 1972-2009 », deux lignes lui sont consacrées. Il est indiqué qu'il avait vingt-deux ans, qu'il était artisan. Mais ailleurs, je lis qu'il avait vingt-quatre ans et étudiait à l'université de Milan. Dans la revue *L'Internationale*, publiée en décembre 1983, il est écrit que Ciro Rizzato était ouvrier dans une usine de menuiserie, « mort pour ce pour quoi il combattait : le communisme ». Sur un mémorial des combattants italiens publié en ligne par un particulier, il n'y a pas d'image associée à son nom, contrairement à d'autres militants, dont les mentions sont accolées à un portrait en noir et blanc, flou et mal imprimé. D'autres noms sont illustrés par une photo de corps allongé face contre terre dans une flaque de sang, sur un trottoir, ou le lino d'une cuisine. Certains sont en slip, les bras repliés au-dessus de la tête. Une femme, à plat ventre, en culotte, une chaîne autour du cou. Un homme les poings serrés, dans le creux de son bras, sur le sol, une grenade. Si l'on fait abstraction de la tache sombre dans laquelle repose leur tête, on pourrait presque croire que ces hommes et ces femmes dorment paisiblement. Mais ils n'ont pas de visage.

En 2005, Régis Schleicher, alors incarcéré depuis vingt-deux ans, répond par écrit, depuis la prison de Clairvaux, à une interview de *Libération*. Le jour de la fusillade de l'avenue Trudaine, le 31 mai 1983, il avait vingt-six ans. Lorsqu'il donne cet entretien, il en a quarante-huit. Un entretien dans lequel il a ces mots : « Deux hommes sont morts. Les seuls qui s'en souviennent sont leurs proches. Sans doute trop “anonymes”, pas assez “nobles”, pour que le système qui les mandatait s'en souciât deux décennies après. Un de mes camarades fut tué, dans des conditions assez voisines. Personne ne s'en est ému, sauf des proches. Dans ces deux cas, il s'agit de rencontres fortuites entre deux groupes de personnes armées, dont chacune, à tort ou à raison, pense qu'elle représente la légitimité et le (bon) droit. Lorsque les armes sortent, il n'est plus question de morale, de justice ou de quoi que ce soit d'autre. Survit celui qui a les meilleurs réflexes, et une part de chance. C'est terrible, mais c'est ainsi. »

Plus loin, il ajoute : « De part et d'autre, la mort, le poids de l'absence, des existences brisées, la souffrance des proches. Le bilan humain est lourd. Dans tous les cas, la responsabilité des morts est la nôtre et dans "nôtre", il y a aussi mienne. »

Nous nous débattons, tous autant que nous sommes. Nous cherchons un sens aux choses que nous avons faites, et à celles que l'on nous a faites, nous sommes entortillés dans le passé comme dans un drap mouillé. Les visages s'effacent, mais le chagrin demeure. Il irradie, il voyage, d'une génération à l'autre, d'un cœur à l'autre. L'histoire s'insinue en nous, elle se recompose, se déplace et se transforme, renvoyant des ondes et une énergie nouvelles, sans même que nous sachions à quoi elles font écho.

Je sais désormais que le temps passe, et ne passe pas.

Enfin, après plusieurs semaines, Hellyette resurgit. Elle me téléphone, sa voix est fraîche, on dirait qu'elle émerge des profondeurs de la mer.

« Tu vas bien ? demande-t-elle, sans préciser d'où elle revient, ni ce qu'elle a fabriqué.

— Je voudrais plonger en clandestinité, dis-je.

— Ah c'est compliqué aujourd'hui, les temps ont changé », répond-elle avec le plus grand naturel, comme si elle avait l'habitude, que des gens lui disaient ça toute la journée.

Alors je reprends le métro. Gravis la rue de Ménilmontant. Longe la voie ferrée, les herbes folles. Entre les deux tunnels, les ramures des arbres sont plus épaisses, et plus sombres. Désormais elles assaillent le muret, en haut du trottoir. Dans mon sac, mon carnet noir, de plus en plus lourd, est bourré de feuilles volantes. Des notes éparses griffonnées sur des tickets de Franprix, des enveloppes administratives, des pages de garde arrachées sauvagement à des livres – au pied de mon lit s'agglomèrent les ouvrages massacrés, qu'on croirait dévastés par un dément. J'écris sur tout ce qui me tombe sous la main, en proie à un sentiment d'urgence. L'idée angoissante que je pourrais mourir avant la fin du livre me traverse. J'hésite à m'adresser à quelqu'un, pour faire une sorte de testament, indiquer mes intentions, mais aussitôt cela me paraît ridicule, et puis je n'ai aucune volonté concernant ce texte, c'est lui qui décide apparemment. Il occupe le terrain tel un despote, il est vivant et je suis sa créature.

En poussant la porte du Jargon, j'émerge, à mon tour, des profondeurs.

Hellyette est assise sur la même chaise, à côté du même radiateur, au fond, entre la vitrine devant laquelle s'aligne une collection de plantes en pot pas très en forme et les étagères où sont rangés ses livres. Je retrouve les étiquettes, Anarchie, Femmes, Lutte armée, Prison, Situationnisme. Leur fragilité me touche, le scotch qui se décolle, l'aspect archaïque, bricolé de l'ensemble. Elle est encore plus petite et hirsute que dans mon souvenir. Elle me sourit, la tête rentrée dans les épaules. Elle porte une sorte de kimono bizarre, couvert de fleurs orange, et des tongs.

« Salut, toi », lance-t-elle, de sa voix de voyou.

Je m'assois et, aussitôt, elle se met à parler. À partir de cet instant, et lors de nos rencontres suivantes, Hellyette me raconte ce qu'elle veut. Je pose de moins en moins de questions. Elle parle en regardant au loin, par-dessus mon épaule, s'interrompt quelquefois. Je ne la relance pas, j'attends. Peut-être est-ce mon relâchement qui entraîne celui d'Hellyette, ou quelque chose qui demande à se dévoiler, de la même manière que ce kimono ne cesse de glisser, s'ouvrant sur son buste, révélant une longue cicatrice verticale sur son torse, une autre sur son épaule. Elle me raconte sa vie, dont Action directe est à la fois un simple épisode et le centre de gravité, une planète dont la densité est toujours perceptible.

Au détour de ses souvenirs, répondant à un mystérieux enchaînement intime, j'apprends un détail sur Nathalie, Joëlle, Régis, Jean-Marc ou Claude, mais ils demeurent flous, enclavés dans une cavité du temps et de l'espace, comme s'ils se tenaient derrière un torrent. Néanmoins se dessine, avec une netteté poignante, la fidélité et l'humanité d'Hellyette, cette façon de se vouer à l'amitié ainsi qu'on s'adonne à l'amour. Je consigne les preuves qu'elle égrène sans jamais chercher à se mettre en valeur, simplement en se remémorant le temps passé. Les visites qu'elle rendait à Nathalie Ménigon, à l'hôpital d'Amiens, après son terrible accident de voiture de 1982 en Belgique. Chaque jour, Hellyette prenait le train depuis Paris pour aller voir son amie, dans cette chambre où elle reposait, le corps brisé, sans mémoire. L'arrestation en compagnie de Régis Schleicher, en cavale dans le Sud, au Pontet, en 1984, où la police lui intime de se coucher sur lui, redoutant qu'il ne porte un engin explosif, son empressement à le recouvrir de son corps de peur qu'on ne l'abatte. Les mois qu'elle a passés, à imaginer l'évasion d'un camarade, les plans abracadabrantesques qu'elle a mis sur pied, et qui ont fini par tomber à l'eau. Les coups de fil, pendant des années, à Régis Schleicher incarcéré, durant lesquels elle tendait le combiné à des copains qui parfois ne le connaissaient même pas, juste pour lui offrir une présence, un peu d'amitié et de vie. Les colis qu'elle prépare sous mes yeux pour Claude Halfen, des livres et des médicaments contre le rhume des foins, parce qu'il est « sensible aux pollens ». Les lettres qu'elle écrit, chaque jour ou presque, à Georges Ibrahim Abdallah, l'un des fondateurs des Fractions armées révolutionnaires libanaises, arrêté à Lyon en 1984, emprisonné en France depuis près de trente-huit ans.

Je ne sais toujours pas qui ils sont, tous, mais je dois faire face à une idée troublante : entre eux et moi, un lien se tisse. Ils ne me sont pas aussi étrangers que je le voudrais. J'aime Hellyette, qui les aime, ou les a tant aimés. Nos vies sont des fils qui se rencontrent, s'embrouillent et se resserrent, un enlacement curieux, mais indéniable, elles forment un nœud que je ne peux plus défaire. M'apparaît désormais cette dangereuse éventualité : celle de les comprendre, ou même, à certains égards, de leur ressembler.

Je rends visite à Hellyette chaque semaine. Je prends le bus 96, je traverse la ville, j'ai l'impression de partir en voyage. Après nos entrevues, je continue de me précipiter dans ce bar, rue de Ménilmontant, pour noter ce qu'il m'en reste. Un ami me fait remarquer que j'ai choisi le bistrot le plus sinistre de la rue – il y en a au moins une quinzaine –, il est carrément sordide, « c'est pas plus mal pour se concentrer sur le travail, tu me diras ». De toute façon, je serais incapable de le décrire, je n'ai aucune idée de comment il s'appelle. Je me jette sur le zinc, dégaine stylo et carnet, écris, vite, vite, vite, presque couchée sur le comptoir. Je suis tendue, je dois consigner ce qui s'échappe de moi comme d'une gourde trouée, chaque seconde compte. Pour gagner du temps, je note parfois un seul mot qui, plus tard, doit me ramener à une anecdote, à la manière d'un nom de code. Je me retrouve, perplexe, le soir dans mon lit, plongée dans des pages où cohabitent des mots que rien ne relie. Mais je reconstitue, je recompose. En consignant l'histoire d'Hellyette, en lui permettant d'exister, émergera peut-être quelque chose de l'ordre d'une réponse, surgissant d'un lieu que ni elle ni moi n'avions vraiment l'intention d'explorer.

Bientôt, Hellyette m'invite à lui rendre visite chez elle, sur les hauteurs de Ménilmontant. Je suis émue, j'ai le sentiment qu'elle fait tomber une cloison. Une fois le porche franchi, j'entre dans une dimension cachée, comme si la façade de l'immeuble n'était qu'un décor, un trompe-l'œil. Après avoir dépassé les boîtes aux lettres, je traverse deux cours, où traînent des meubles de jardin et un vélo d'enfant, et là, à quelques pas de l'une des rues les plus embouteillées de la ville, se dresse une palissade en bois qui donne sur un autre espace encore. Je la franchis tel un poste-frontière, m'engage sur un chemin de terre bordé de broussailles. Tout au bout, caché derrière une boucle, au rez-de-chaussée d'un bâtiment à un seul étage, se trouve le studio d'Hellyette, séparé de celui de son voisin par un rosier, et une guirlande d'ampoules colorées. Le chemin se perd ensuite en contrebas, dans ce qui s'apparente à un vallon. Je me penche pour apercevoir ce qui se trouve au fond. Une bestiole trottine, avant de disparaître dans l'ombre. Un jour, Hellyette a trouvé un hérisson dans sa cuisine. Des fouines ont été aperçues dans le voisinage. Bienvenue au royaume des clandestins, me dis-je. Dans cette campagne miroir de poche, je retrouve, l'espace d'un instant, le chemin qui menait au chalet de mes grands-parents, à Crans-Montana. Un chemin bordé de collines, qui, petite, m'évoquaient de hautes montagnes sur les côtes desquelles ma grand-mère et moi allions cueillir des fraises des bois. Elles étaient peuplées d'une impressionnante colonie d'écureuils.

Peut-être est-ce cela que nous faisons elle et moi, nous reconstituons les espaces disparus. Assises sur son lit, l'une en face de l'autre comme des femmes au salon, nous nous racontons nos souvenirs. Nous raccommodons une étoffe trouée, nous brodons un filet pour contenir nos cœurs. Nous les enveloppons, de même que les graines pour les oiseaux sont enveloppées dans ces résilles qu'Hellyette a suspendues aux branches derrière la fenêtre. Lorsque nous discutons, la lumière du jour nous éclaire, à travers la vitre encadrée de voilages.

Un matin, installée sur son lit couvert d'étoffes multicolores, elle me tend une enveloppe sur laquelle sont collées des photographies en noir et blanc. Ce sont des portraits d'elle, à tous les âges. Bébé en vareuse à col marin. Écolière, une tache claire sur l'oreille, telle une perle. Adolescente avec les Éclaireuses de

France. Jeune fille aux yeux cernés, cheveux indomptés. Trentenaire, un chat dans les bras, ou le visage grave, ses beaux sourcils préoccupés. Certains tirages sont minuscules. Sur les clichés du groupe des Éclaireuses, rectangles à bord dentelé, je ne vois qu'une rangée de jeunes filles en pull-overs, jupes au genou et bottes noires. Elles semblent des répliques les unes des autres. Tout à fait mystérieuses, arborant ce même sourire franc, interchangeable.

On ne voit pas l'essentiel, sur cette photographie. Le cliché a été pris en 1943 ou 1944, et dans le cœur d'Hellyette, le chagrin et la rage ont creusé un trou. En décembre 1941, deux soldats allemands sont venus chercher son père, Maurice, dans l'appartement familial. Hellyette a dix ans, sa mère Eugénie jette une casserole d'eau dans les escaliers, derrière son mari : « S'il pleut le jour de ton départ, tu reviendras. » Il n'est pas revenu. L'année précédente, le couple avait dû se rendre au commissariat déclarer qu'ils étaient juifs, Hellyette ne savait pas alors ce que cela voulait dire. Après l'arrestation de Maurice, Eugénie quitte Paris pour Grenoble avec ses trois enfants.

Les adolescentes de la photographie habitent un territoire parallèle. Elles appartiennent à la section neutre des Éclaireuses de France, celle qui réunit toutes les confessions, contrairement aux sections unioniste (protestante) ou israélite. Ce cliché montre des filles de résistants, de collabos, des chrétiennes, des laïques, des juives. Aucune ne parle ni de ses parents ni d'elle-même, chacune cache son jeu. Elles sont là, assises dans l'herbe, portant une jupe et une cravate, leurs jambes pâles tendues devant elles. Elles paraissent si convenables, dans leurs tenues si peu adaptées à la vie en plein air. Elles traversent les champs, les forêts, en chantant, bras dessus bras dessous, se réunissent autour d'un feu, montent leur campement avec sérieux. Elles portent chacune un secret. Mais ensemble, elles inventent un lieu à elles, hors de la guerre, un lieu fait de plein air, d'amitié, de courage, d'entraide et de rigueur morale. Elles se donnent des noms, une identité de clan. Hellyette est Embrune, « myrtille » en patois, sa meilleure amie est Volcan. Après les bombardements, elles vont creuser à mains nues dans les gravats des villages, dans l'espoir de récupérer des objets – une montre, un jouet, un portefeuille – qu'elles pourront rendre à leurs propriétaires. Quelquefois, sous leurs doigts, elles trouvent un cadavre.

Un après-midi, alors qu'elle rentre d'une réunion d'Éclaireuses, un soldat allemand monte dans le tramway où elle se trouve. Elle se souvient de la tension, du visage des passagers. Le soldat choisit deux hommes, au hasard, les fait descendre. Ils sont abattus, juste là, sur la chaussée. Lorsque le tramway repart, sans trop savoir pourquoi, dans un geste signifiant le respect, l'honneur et la sidération, Hellyette adresse aux cadavres un salut scout, index, majeur et annulaire dressés, pouce qui retient le petit doigt. Le soldat s'approche, lui explique que, la veille au soir, deux recrues allemandes ont été assassinées. Il fallait répliquer, c'est ainsi, on n'y peut rien. Elle pense qu'elle hait la guerre, le fascisme, elle pense qu'elle hait l'État. Le père d'une Éclaireuse lui fait lire Mikhaïl Bakounine. Elle s'enflamme, croit qu'elle est communiste, il la corrige : elle est anarchiste.

À l'intérieur de l'enveloppe sur laquelle sont collées les photos en noir et blanc sont glissés d'autres clichés, plus récents, en couleur : il y a Joëlle en prison, Joëlle après sa libération, le crâne nu en raison de la chimiothérapie qu'elle suit pour son cancer du cerveau, Hellyette et Joëlle qui font les pitres, Jean-Marc Rouillan, en pantalon et blouson en jean, Régis Schleicher, dans un stade, en survêtement. Au bas de l'enveloppe, dans le coin à droite, Hellyette a dessiné une enfant. Elle sanglote, les poings serrés, ses couettes se soulèvent de chaque côté de son visage, se mêlant aux larmes qui jaillissent. « Elle pleure le temps passé », me dit-elle.

Cette enveloppe est la version artisanale des poupées russes que m'avaient offertes mes grands-parents, en bois laqué, que l'on glissait les unes à l'intérieur des autres. À l'intérieur de cette enveloppe, il y a la fillette qui cache un lapin vivant dans sa table de chevet à l'internat Victor-Duruy, dans le VIIe arrondissement à Paris, où on l'a mise en pension. Celle qui glisse des cigarettes roulées dans la main de son père, le jour de son arrestation. À l'intérieur de la fillette, il y a Embrune, la myrtille de Grenoble, à l'intérieur d'Embrune, il y a la jeune fille qui entre au Mouvement indépendant des auberges de jeunesse, et à la Fédération anarchiste, celle qui crée avec son grand amour, René Darras, les Jeunes Libertaires. Il y a la combattante qui loge les échappés de la guerre du Vietnam, d'Algérie, d'Espagne. Celle qui, telle la réceptionniste d'un hôtel de province, détient un tableau où sont suspendues les clés des appartements à prêter aux copains en cavale, en clandestinité, ou simplement en galère. Celle qui fait de fausses cartes d'identité françaises, italiennes, allemandes, espagnoles, celle qui sculpte des tampons administratifs dans des pommes de terre, avant de se professionnaliser en transformant sa cave en imprimerie. Il y a la femme de cinquante ans qui rejoint Action directe, celle qui fait cinq ans de prison, et des grèves de la faim. Celle qui désapprouve les assassinats de René Audran et Georges Besse, mais ne les condamne jamais publiquement. Celle qui, aujourd'hui encore, appelle chaque semaine les militants malades, ceux qui ont perdu la raison, ceux qui ne parlent que du bon vieux temps, celui des armes et de l'action. Il y a cette dame de quatre-vingt-neuf ans qui prend le train plusieurs fois par an pour se rendre au centre pénitentiaire de Lannemezan, dans les Hautes-Pyrénées, où est détenu Georges Ibrahim Abdallah. Celle qui fait des blagues, désignant un manuel de chimie de classe de terminale oublié par un adolescent à la librairie, « on ne sait jamais, ça peut toujours servir ». Et puis il y a cette dame qui me parle à moi, assise sur ce lit qui est notre refuge, alors que, dehors, volettent des mésanges. Et enfin la femme dérobée, celle liée à ceux que je cherche.

Elle a des nouvelles d'eux tous. Chaque jour ou presque, elle parle à Claude au téléphone. Avec Régis, elle échange des textos, compréhensibles d'eux seuls. Elle ne me donne aucun détail sur le contenu de leurs conversations. Elle ne me dit pas non plus où vit Nathalie, ni ce qu'elle devient. Cette porte-là ne s'est pas ouverte. Je n'insiste pas. Auprès d'Hellyette, le secret ne me paraît plus honteux, il cesse d'être associé à la perversité et à la malédiction. En vérité, je crois qu'il m'arrange.

J'ai trouvé un répit, un lieu baigné de lumière, comme au seuil d'une caverne. J'ai peur de m'approcher. Peur de faire face au noir profond, qui glace le sang, mais aussi peur de la douceur, de la fragilité et de l'humanité cachées dans ce noir. Voilà le plus terrifiant : rencontrer dans l'obscurité ce qui vous constitue. Tout tient ensemble, dans cet étrange équilibre, un château dont certaines cartes révèlent leur figure tandis que d'autres demeurent cachées. Je me tiens à distance, je ne les effleure même pas. Je sais que celles-là sont dangereuses, que si je m'en saisissais, juste pour voir, tout pourrait s'effondrer.

En novembre 1984, Jean-Marc Rouillan et Nathalie Ménigon s'installent dans une ferme isolée, à Vitry-aux-Loges, dans le Loiret, à une centaine de kilomètres de Paris. C'est là qu'ils seront arrêtés, le 21 février 1987, en compagnie de Joëlle Aubron et de Georges Cipriani. Sur les images aériennes prises le lendemain de l'opération de police, on distingue une bâtisse blanche, toute en longueur, entre la forêt et la plaine qui s'étend jusqu'au canal d'Orléans. Elle transpire la tristesse et la banalité, entourée de vide et de neige, évoquant le fait divers. Une balançoire, de l'autre côté du chemin de terre, un hangar au fond du jardin, où l'on trouvera une centaine de kilos d'explosifs et une collection de détonateurs. Des arbres noirs, maigres et disséminés. Je me demande si les lieux contiennent le passé, s'il est enfermé dans leurs murs, ou si c'est notre regard qui les recouvre, à la façon d'un vernis. L'histoire s'insinue en nous, et peut-être aussi dans les espaces, surtout ceux qui sont clos : ils conservent la vibration des corps, et la renvoient, légèrement modifiée. À moins qu'ils ne recèlent une énergie plus mystérieuse encore, de l'ordre de celle que cherchent les chasseurs de fantômes, équipés de ce matériel fascinant que j'aimerais avoir en ma possession, capteur de température, détecteur de champ magnétique, « spirit box ».

Dans cette ferme, Jean-Marc Rouillan et Nathalie Ménigon sont Robert et Nadine, des chercheurs belges qui conduisent une Renault 5 rouge, immatriculée en Belgique (volée, plaques maquillées). Ce sont des voisins paisibles et sympathiques qui se promènent à vélo et n'hésitent pas à partager un verre au bar du village. Des camarades passent, les premiers mois Joëlle Aubron vit avec eux. Ils jouent aux cartes, écoutent les Pogues sur un radiocassette, visionnent des films au magnétoscope, lisent Aragon et Marx. Ils jouent au football ou aux boules, parfois jusqu'à la tombée de la nuit. Ils s'étendent dans l'herbe, au soleil, non loin de l'étang où Nathalie pêche à l'aide d'une canne trouvée dans le coffre d'une voiture volée. À côté d'elle, assis, une chatte et ses deux petits attendent tranquillement leur lot. La vie dans cette ferme a des airs de vacances communautaires. Ils font des confitures, nettoient les clapiers à lapins, taillent les hortensias, le long du muret. Tout cela est invisible sur les photographies et me rappelle la ferme de l'Aveyron, à côté de laquelle mon grand-père et moi allions pêcher. Elle recevait chaque été une colonie de hippies qui me regardaient, leurs cheveux emmêlés dégoulinants sur leur torse, me débattre avec mon hameçon. Je revois les vêtements suspendus à un fil entre deux arbres, des slips, des soutiens-gorge délavés, leurs parties de volley au milieu des vaches. Ils paraissaient heureux.

Nathalie Ménigon élève des lapins, des hamsters et deux chèvres. Elle leur a donné un nom à chacun, range leurs photographies dans un album. De temps en temps, elle accompagne sa voisine traire les vaches, ou garde la grand-mère, quand la famille va faire des courses ou part travailler sur l'exploitation. Elle passe parfois juste pour discuter, ou offrir des tomates et des cornichons de son potager. « Une fille charmante, très gentille, que j'aurais jamais cru ça d'elle », dit la voisine, face à la caméra d'Antenne 2, quelques jours après leur arrestation, la tête enroulée dans un foulard. Elle agite entre ses doigts une paire de gants en cuir noir oubliée par Nathalie, comme la dernière chose tangible qui la relie à elle. « Je vous le dis franchement, je peux pas le croire, c'est pas possible que Nadine ait fait ça, c'est pas possible, une autre, oui, mais pas Nadine, pas Nadine. » Elle secoue la tête, refuse d'admettre.

Chez cette même voisine, Nathalie Ménigon croise des gendarmes mobiles de Pithiviers ou de Châteauneuf, qui viennent chercher des œufs et du lait. Il leur arrive de prendre un café ensemble. Elle s'inquiète de savoir « si le métier n'est pas trop dangereux », elle dont la photo est affichée à l'intérieur même de leurs bureaux, avec l'offre de la prime à un million de francs. Ils sourient. « Ici, il ne se passe jamais rien. »

Pendant plus de deux ans, personne ne reconnaîtra les membres d'Action directe, personne n'aura le moindre doute concernant leur identité. Ces gendarmes devant lesquels Nathalie passe à vélo, avec ses lunettes cerclées de fer, ses cheveux noués en queue-de-cheval et son pantalon trop grand, ne sont ni naïfs ni incapables. Le problème, ce n'est pas non plus le temps qui s'est écoulé, depuis les photos de l'avis de recherche prises une dizaine d'années auparavant, les quelques kilos supplémentaires, ses cheveux qui ont poussé, le problème, c'est leur regard même. Ils ne la voient pas, comme je ne la vois pas. L'histoire que nous nous racontons à son sujet la recouvre. Nous la cherchons là où elle n'est plus, où peut-être elle ne s'est jamais trouvée. Nous ne la toucherons pas comme nous pouvons toucher les parois de cette maison blanche, nous ne verrons pas ce qu'elle renferme, nous ne pourrons le mettre sous scellés, ainsi qu'il fut fait, lors de la perquisition, des objets lui appartenant. Et pendant que nous consultons la longue liste d'armes, explosifs, tracts, faux papiers, l'infinité de documents tangibles qui la concernent, son identité, elle, continue de se transformer.

Car c'est aussi dans cette maison que Nathalie compulse, entre les cages des hamsters et les canettes de bière abandonnées, des revues spécialisées, qu'elle photocopie, colle, annote, consigne. C'est là qu'elle rédige des fiches sur les cibles potentielles à enlever et à enfermer dans la cellule minuscule aménagée sous les combles, un mètre sur deux, une prison du peuple en plâtre. C'est de cette maison qu'elle part, le 17 novembre 1986, pour se rendre boulevard Edgar-Quinet, s'asseoir sur un banc, et attendre Georges Besse, son épaule contre celle de Joëlle Aubron. Attendre Georges Besse, pour le tuer.

Une nuit, je me réveille dans l'ancien studio de ma mère. Je suis étudiante, j'ai vingt ans. Je suis dans mon lit, la nuit tombe sur moi par les fenêtres du toit en pente, quand un mécanisme enclenche, sans raison apparente, l'ouverture d'une pièce dérobée au fond de moi. Je me redresse contre mes oreillers, je me rappelle ce mouvement, et aussi mon lit, le plafond. Je conserve ce morceau de pellicule, comme si on l'avait découpé et glissé dans une enveloppe à mon attention, avant de brûler le reste du film.

Mon père et moi, dans ma chambre. Nous sommes assis sur les chaises en bois devant l'aquarium éclairé. Je porte une chemise de nuit bleue, mais ensuite, je porte un pyjama en éponge blanc. J'entends le ronronnement du filtre. Je vois les algues. La lumière du bac, éblouissante. Les poissons, leurs yeux noirs, fixes, leurs bouches qui s'ouvrent et se ferment, leurs nageoires translucides, rainées, leur scintillement. Nous sommes immobiles. Tout est silencieux. Il y a seulement cette main, la main de mon père, sous ma chemise de nuit, qui bouge lentement, très lentement, et remonte entre mes cuisses, en appuyant de plus en plus fort, poussant pour les desserrer.

Quand je descends d'un train, à la gare de Cornavin, à Genève, je suis assaillie par le parfum de la pierre. Avant même de voir quoi que ce soit, la chaussée en pente qui mène à la douane, le bleu des panneaux d'affichage, les horloges au design 1950, je suis avalée par ce froid minéral qui contient, à la manière d'un animal fossile, l'enfant et l'adolescente que je fus. J'ai fini par identifier cette émotion qui se diffuse dans mon corps et le raidit, à l'instant même où je pose le pied à la gare, béton anthracite, murs mordorés de calcaire et de silice : il s'agit de la peur.

Il y a quelque temps, lors d'un salon du livre, sans savoir pourquoi ni l'avoir planifié, je suis retournée rue Sénebier. J'ai marché à travers les rues, le lac était de ce bleu-gris qui est la version liquide de la roche. Des mouettes traversaient le ciel. Ici, les mouettes ne sont pas vraiment des oiseaux, plutôt l'expression de la solitude et du vide, suspendus au-dessus des banques et des hôtels de luxe. En traversant le pont des Bergues, pour rejoindre l'autre rive du Rhône en direction de la vieille ville et de la rue où se trouve notre ancien appartement, et à l'intérieur ce couloir qui mène jusqu'à mon ancienne chambre, et à l'intérieur le fantôme d'un aquarium, posé sur un socle de bois blanc, mon corps redevient celui d'une collégienne. Mes cheveux sont à nouveau longs, je peux les sentir se balancer dans mon dos, et sur ma peau la laine des pull-overs oversize que je portais alors, dans mon cou la capuche de mon duffle-coat. L'air de la ville agit sur moi à la façon d'un filtre qui rembobine le temps.

Je traverse le parc des Bastions, puis les quelques rues jusqu'à notre ancien immeuble, dans un silence arboré. C'est le silence que j'ai toujours connu. Je distingue de loin sa pierre blanche, parfaitement entretenue, qui tranche avec les feuilles des chataigniers, les pelouses plus vertes qu'ailleurs, les panneaux bleus qui en interdisent l'accès. J'entends le cliquetis des arrosages automatiques. Je m'arrête, au milieu de la chaussée, à quelques mètres du porche. J'observe autour de moi, et je suis stupéfaite. Stupéfaite de ce qui est là, juste devant mes yeux.

À cet instant, ce n'est pas la peur qui me saisit, ce n'est pas le souvenir de ce qui a eu lieu, là-haut au premier étage, derrière cette fenêtre à travers laquelle je me suis penchée, la nuit, pour fumer en cachette, ou répondre à mon amoureux venu prendre des nouvelles, affolé de mes propos inconséquents au téléphone, cette grande fenêtre sous laquelle je me tiens, et derrière laquelle, enfant, j'ai attendu chaque matin, pétrifiée, qu'Yves S. vienne ou ne vienne pas, ce n'est pas la mémoire de ces instants dans mon corps qui ont déréglé son métabolisme, ce qui me saisit à cet instant, c'est la beauté du lieu. Sa splendeur paisible, sa quiétude. Jamais je ne l'avais vue. Cette beauté, pendant toutes ces années où elle constituait mon quotidien, je l'ai traversée comme on traverse une forêt.

Je pousse la porte et gravis l'escalier, dans la pénombre. Il fait frais, j'ai la sensation d'entrer dans un puits, ou une piscine. La moquette rouge, arrimée par des rivets de cuivre, l'ascenseur, sa porte vitrée dans une cage de fer, tout m'est familier et étranger. Les réalités se déplient les unes à côté des autres, celle dans laquelle j'ai vécu n'est pas celle dans laquelle je suis. Une bulle enfle à l'intérieur de ma poitrine, sans parvenir à exploser. Je suis devant notre ancienne porte d'entrée, je reste là, le fantôme d'une clé dans ma main. Puis je gravis encore un étage, jusqu'à l'appartement où nous avions pris un verre, un soir de Noël, juste après un dîner effroyable dans le studio de ma mère. Mon frère et moi avions proposé à nos parents, en dépit de leur récente séparation, de passer la soirée tous ensemble, soirée qui avait viré au massacre, et dont il avait fallu s'échapper, ma mère courant dans la rue, des traces bleues sur le cou, là où mon père avait serré, sa main à lui ensanglantée, dans laquelle elle avait planté une paire de ciseaux. À notre retour rue Sénebier, mon père nous avait imposé de monter chez la voisine pour « prendre une coupe de champagne ». Mon frère et moi étions restés sur le canapé, hagards, en face d'un sapin démesuré qui ployait sous le plafond. Nous avions enfilé un survêtement, et les filles de la voisine, en robes du soir, à motifs panthère pour l'une d'elles, nous souriaient en prétendant que nous étions de charmants convives. Elles ont déménagé, elles aussi. Dans leur ancien appartement, désormais, on a installé des bureaux. Il ne reste rien, ni de la violence ni de la joie. Peut-être que des détecteurs paranormaux trouveraient quelque chose, des ondes brouillées dans la cage d'escalier, un champ magnétique suspect, une température brûlante ou polaire, à l'endroit où se tenait ma chambre.

Il y a peu, à Paris, je me suis rendue boulevard Edgar-Quinet, là où fut abattu Georges Besse en novembre 1986, espérant trouver je ne sais quoi, un signe, une empreinte. Au loin, la tour Montparnasse se détachait dans le ciel, et derrière moi, le long du boulevard, le cimetière où Simone de Beauvoir fut enterrée quelques mois avant l'assassinat. Mon cœur s'est serré quand j'ai vu le banc, le long de l'esplanade, à quelques mètres de la porte menant à l'ancien appartement du président de la régie Renault. Il me semble que si Nathalie Ménigon s'asseyait sur ce banc aujourd'hui, il lui serait également familier et étranger. Une infinie tristesse la saisirait, face à ce trottoir où le corps de Georges Besse était allongé, chemise ouverte, visage couvert de sang, et où passe à présent une femme avec une poussette. Là où tout, absolument tout, a disparu, sauf le chagrin, au cœur de ses enfants et de sa femme, qui à l'étage ce soir-là, dans la cuisine illuminée ou le living-room, ainsi qu'on disait alors, ont entendu les détonations sans réaliser que leur vie était changée pour toujours. Mais de cet instant non plus, le silence après le claquement, suspendu entre la vie d'avant et celle d'après, ou plutôt simultanément à l'intérieur de la vie d'avant et de celle d'après, à la fois intacte et désintégrée, il ne reste rien. Rien qu'une déchirante absurdité.

J'ai vingt-sept ans quand je déclare à Yves S. : « Je me souviens de ce que tu m'as fait quand j'étais petite. »

Lorsque je prononce cette phrase, nous sommes attablés, côte à côte, seuls dans une pièce qui m'évoque un lieu où l'on procède à des interrogatoires, ou à des confessions. Il y a une fenêtre dans notre dos et une table devant nous, uniquement cette table, et nous deux, assis l'un à côté de l'autre, exactement comme nous étions assis devant l'aquarium. Mais cette fois, il n'y a rien devant nos yeux qui permette de s'échapper, juste un mur, et une porte close. Nous sommes probablement dans l'appartement parisien de ma belle-mère, un appartement à l'intérieur duquel aucune pièce ne ressemble à celle où nous sommes installés mon père et moi. Cette pièce n'existe pas, pourtant elle est là, intacte, dans ma mémoire.

Je vis, à cette époque, à une centaine de mètres de cet appartement, dans un studio dont j'ai vidé, quelques semaines plus tôt, l'armoire à pharmacie. J'ai avalé tous les médicaments qui me tombaient sous la main, avant de téléphoner à l'une de mes plus proches amies pour lui annoncer ce que je venais de faire. Tout n'est que confusion, dans mon existence. J'ai passé ma vie entière à tenter de dissimuler la vérité – sans savoir de quelle vérité il était question –, à lutter pour maintenir les apparences. Jusqu'à ce soir où, penchée au-dessus du lavabo, j'ai avalé n'importe quoi, j'avais la conviction d'être la seule personne équilibrée de cette famille pour laquelle je tremblais sans cesse. L'apparition du téléphone portable dans ma vie a aussi été celle de la terreur, quand son écran s'allumait, d'une nouvelle irrémédiable. J'avais coupé mes cheveux, mais j'étais toujours cette adolescente lisse qui souriait en permanence, dont l'énergie était consumée par le désir de plaire, ou plutôt de ne pas déplaire, de s'effacer dans le regard de l'autre. Pourtant, au fond de moi, des forces bougeaient, des poissons tournaient dans le noir.

Je suis assise à côté d'Yves S., il me semble que toute notre vie nous serons ainsi, installés sur des chaises, sans jamais nous faire face. Je prononce le mot « aquarium ». J'entre dans un territoire interdit, j'avance avec précaution, comme si je tenais un couteau. Je redoute que l'air qui nous entoure se fende et tombe à nos pieds. Qu'ensuite mon Nokia rouge m'annonce des nouvelles monstrueuses, des drames que j'aurais causés. J'ai peur que ces mots que je formule d'une voix prudente nous désintègrent, lui, moi, la vitre derrière nous, l'immeuble entier, mais aussi ma mère, mon frère, où qu'ils soient à cet instant. Plus que tout, j'ai peur qu'Yves S. m'observe sans comprendre. Qu'il ait oublié, ou qu'il le prétende. Qu'il m'accuse d'être folle, comme ma mère.

Mais mon père répond simplement, en regardant devant lui : « Je pensais te demander pardon, un jour, là-haut, quand nous serions morts. » Il ajoute qu'un psychologue lui a affirmé que ce genre de choses arrivait tout le temps, dans les familles.

« C'est très courant », répète-t-il, en tournant la tête vers moi.

Je ne dis rien. Je ne dirai plus jamais rien. Est-ce ce mot, « pardon », qui me fait croire que tout désormais est à sa place ?

Quelques années passent, sans que nous y revenions, on dirait que cette pièce qui n'existe pas a été murée, dans une ville effacée. Un jour, dans une voiture, alors que je suis assise sur la banquette arrière, mon père au volant, ma belle-mère sur le siège passager, il prononce une autre phrase, sans rapport, dont je ne me souviens pas, seulement qu'elle me blesse. Alors qu'un instant auparavant, nous discutions, autant qu'il était possible de discuter, c'est-à-dire, pour ma part, en tenant le rôle de la jeune personne transparente et agréable qui est la condition nécessaire à ma présence sur cette banquette arrière, cette phrase enclenche un mouvement dans mon corps. La voiture est arrêtée à un feu rouge, rue de Rivoli, au niveau du métro Saint-Paul, là où aujourd'hui s'étend une zone piétonne, comme si tout devait être englouti, jusqu'aux rues dans lesquelles des êtres disparus ont prononcé des mots oubliés. Ce jour-là, j'ouvre la portière, et je sors. Je marche entre les automobiles, je m'éloigne sans me retourner. Je m'échappe, ignorant que cette phrase qu'il vient de lancer, et qui m'a projetée hors de cette voiture comme de l'habitacle d'un sous-marin, cette phrase oubliée est la dernière qu'il m'adressera à haute voix de toute sa vie, la dernière parole d'Yves S. que j'entendrais.

Pendant les dix années qui suivirent, il n'y eut aucun échange entre nous, hormis deux lettres d'insultes qu'il me fit parvenir après avoir appris ma grossesse. Il les avait signées « Yves S. », ce qui me sembla signifier, sur un mode presque administratif, sa rupture avec moi, une sorte de divorce en paternité.

J'ai oublié sa voix. Je vois ses lèvres bouger, la manière qu'il avait de retirer ses lunettes et d'appuyer sur ses yeux quand il était fatigué, son expression lorsqu'il riait, mais le film est muet. Il n'en demeure aucune trace, aucun enregistrement, ou alors sur une boîte vocale, que sa dernière femme pourrait avoir conservé, mais je n'imagine pas lui poser la question, même si, pour une raison qui m'échappe, me contrarie et me trouble, j'aimerais soudain le faire.

Je me souviens d'une phrase, dans une lettre de mon père. Elle concernait l'aquarium.

« J'ai dépassé ça, tu dois le faire aussi, et cesser d'y revenir sans cesse. »

Je m'en souviens, parce qu'en plus de la sensation qu'on m'avait frappée avec une pelle – j'ai pensé à une pelle, précisément –, il y avait la stupeur. J'étais bien placée pour savoir que je ne lui en avais parlé qu'une fois, j'avais prononcé une seule phrase, puis ensuite, quelques années plus tard, j'étais sortie d'une voiture. Il avait dépassé, pour ce que cela pouvait bien signifier, alors pourquoi pas moi ?

Je me demande aujourd'hui si mon silence était une façon d'y « revenir sans cesse ». Si nous n'entretenions pas une conversation souterraine. Peut-être parlions-nous la nuit, quand tout s'échappe de nous, que nos inconscients partent en promenade. Peut-être lui envoyais-je, sans le savoir, ma rage, peut-être m'avouait-il en retour sa peur de l'affronter, et de se disloquer. Mais peut-être qu'il n'y pensait jamais. Tout cela était hors d'accès, cette partie de sa vie derrière lui. Peut-être étais-je vraiment à ses yeux le monstre dont il parlait dans ses lettres.

Le bus 96 est désormais le seul endroit où je me sente en sécurité. Assise au fond, près de la fenêtre, je suis à l'abri. Alors que le paysage défile, j'ai l'impression de quitter Paris pour une contrée exotique, en altitude, dont la frontière se situerait au niveau du boulevard de Belleville. Là, le bus se remplit subitement, bientôt bourré à craquer, plus lourd encore, juste avant de gravir la côte. Nous stationnons parfois une éternité à l'arrêt Belleville-Ménilmontant, le temps que tout le monde monte. À l'intérieur, les passagers qui n'ont pas l'habitude râlent – des *étrangers*, me dis-je, en regardant ces gens qui viennent simplement d'un autre arrondissement, ou de l'autre rive de la Seine (là d'où, en vérité, je viens moi aussi). Tandis que des femmes de retour du marché, chargées de sacs en plastique, font la queue pour grimper à bord, derrière l'Abribus des hommes d'un certain âge se tiennent sur un banc, serrés les uns contre les autres. Ils bavardent, rigolent, font signe à d'autres hommes qui passent, certains s'appuient sur leurs cannes, d'autres fument. Ils m'évoquent les vieux Italiens de mon enfance. Ils sont là à chacun de mes passages, immuables et solides, comme des rochers.

Je m'enfuis, à un rythme très lent, dans ce bus qui n'avance pas, coincé dans les embouteillages, et qui marque dix-huit arrêts avant d'arriver à destination.

Le passé est à mes trousses, il se rapproche et me poursuit jusque chez moi, jusque dans mes rêves, mais, étrangement, pas dans les transports publics. En arrivant à Ménilmontant, je franchis une ligne de démarcation, je suis sauvée. J'y respire l'air d'un autre temps, celui des anciennes maisons d'ouvriers, des ruelles pavées, des bars aux enseignes décrépies, même si Hellyette prétend que rien n'est plus comme avant. Elle me raconte la géographie d'antan, entre les fortifs qui se dressaient un peu plus haut et la zone, juste derrière, où s'étendait un faubourg clandestin constitué de cabanes, de roulottes, de potagers, d'ateliers bricolés, de jardins plantés de rosiers – la richesse des pauvres, dit Hellyette – et où passe désormais le périphérique. Elle déteste le parc de Belleville, car, pour sa réalisation, la ville de Paris a rasé à la fin des années 80 des maisons qu'elle adorait, où avaient vécu des copains. La nouvelle place des Fêtes lui donne envie de pleurer, elle pense au temps où elle ressemblait à une place de village, avant les barres d'immeubles et l'infâme dalle de béton. Elle m'emmène sur le boulevard Serrurier, où elle vivait petite fille, puis nous remontons jusqu'à la rue du Pré-Saint-Gervais, où se trouvait la fontaine à laquelle elle s'arrêtait boire chaque jour, sur le chemin de l'école maternelle – ce qui enrageait sa sœur, qui activait en ronchonnant la manivelle pour pomper l'eau. Nous posons les pieds sur son emplacement exact et restons là, silencieuses, à fixer le vide, comme si nous faisions une prière. Il se peut qu'elle et moi voyions seulement ce qui a disparu.

Un après-midi, Hellyette me parle pour la première fois de sa vie avec René, l'homme qu'elle a tant aimé. Ils ont habité un ancien atelier, au premier étage d'une petite maison, à côté de la mairie du XVIIIe arrondissement, près de la rue Leibniz. Dans un passage escarpé dont elle ne donne pas le nom, où, à la nuit tombée, on croisait des chats errants et des bandes d'adolescents cambrioleurs. Je ne sais pas exactement de quelles années il s'agit, ni combien de temps elle y a vécu, car Hellyette ne se souvient pas des dates, et cela l'exaspère quand je les lui demande, comme si, chaque fois que je lui posais la question, j'oubliais qui elle était, et que, de toute façon, on s'en fout des dates. Après tout, oui, on s'en fout des dates, les souvenirs que nous portons n'ont rien à faire du temps, qui nous le savons désormais ne s'écoule pas – il est là, il repose en nous tel un lac au pied d'une montagne. En recoupant mes notes, si peu fiables qu'elles soient, je dirais qu'elle vécut pendant près de trente ans auprès de René, qu'elle rencontra en 1951 au Mouvement indépendant des auberges de jeunesse, jusqu'à sa mort, en 1978, et dans cette petite maison depuis le début des années 60, mais ce n'est pas certain. Quoi qu'il en soit, cette maison et ce qui l'entoure, ces passages, ce dédale qu'elle me dessine dans les airs, en traçant des lignes invisibles, avec des gestes de plus en plus énergiques et impatients, car entre sa mémoire et la mienne, nous avons beaucoup de mal à dessiner un paysage, cette maison et ce qui l'entoure constituent maintenant un sujet, qui apparaît dans l'espace, juste au-dessus de nos têtes, une sorte de lieu merveilleux qui prend beaucoup de place dans nos conversations. Il est parfois plus question de la définition du mot « talus » (un terre-plein planté d'arbres pour elle, une colline pour moi) ou du nombre de rues (trois ? quatre ? parallèles ?) qui séparaient la petite maison de celle où vivait alors Jacques Mesrine, ou du local de la bande des « faux brocanteurs », que de lutte armée.

Dans le quartier, on la surnommait « Baskets », en raison des chaussures de sport qu'elle ne quittait jamais. Quelquefois un voisin devait retenir le geste de l'étourdi qui s'apprêtait à lui braquer son sac, la prenant pour une touriste.

C'était un territoire à part, où personne n'avait jamais songé à dresser le moindre réverbère, ce qui permettait d'observer les nuits étoilées, assis sur un banc, comme sur un canot au large de l'océan. Mais aussi de tomber dans le noir sur un cadavre, couché en travers de la rue, que l'on enjambait tel un ruisseau, sachant qu'au matin, le corps aurait disparu, ce qui, ainsi qu'elle le constate placidement, « faisait tout drôle ». En fin de journée, Hellyette et René partaient se promener, main dans la main. Ils suivaient la voie ferrée de la Petite Ceinture, celle-là même que l'on retrouve en contrebas du Jargon au moment où elle me raconte cela, dans une mystérieuse continuité, à la façon d'un train qui relierait les gares du temps. En marchant, ils comptaient les chats auxquels les habitants du quartier refilaient de la nourriture ou des abris, des caisses et des coussins. Il y avait dix, parfois vingt chats, et, pour Hellyette et René, leur nombre constituait une sorte de récompense céleste, une distribution de bons points. C'étaient des nuits enchantées passées à contempler, assis sur un banc, le coucher du soleil, ou leur maison préférée évoquant une toile de Magritte, à visiter chaque soir la même galerie où exposaient les surréalistes, à errer sur la butte en parlant peinture et politique, sans rien boire ni manger, tout entiers livrés à la joie d'être ensemble jusqu'au premier chant des oiseaux – le signal indiquant qu'il était l'heure d'aller se coucher.

Une nuit, ils avaient vu une bande d'adolescents cavaler sur le toit de l'école d'en face, en file indienne, portant une trompette, une guitare et un cor de chasse, dérobés dans la classe de musique, au dernier étage, dont s'échappait un retardataire, serrant contre lui un accordéon. La journée, René sculptait des cadres, peignait des paysages sur du tissu, colorait au pinceau des photographies en noir et blanc, pendant qu'Hellyette effectuait des finitions de tricot, elle qui n'avait jamais tenu une aiguille de sa vie. Ils acceptaient tout ce qui leur permettait de gagner un peu d'argent et de rester ensemble, en attendant le soir et les flâneries sous la lune. Quelquefois, des copains les accompagnaient, en particulier Christian, un dessinateur qui vivait non loin, et que René sifflait en passant sous ses fenêtres. Alors Christian posait son pinceau, abandonnant le boulot du moment, cendriers touristiques ou cravates peintes à la main, qui lui offraient la liberté.

Après la mort de René, en 1978, l'ancien atelier fut vendu. Quelques mois après, Christian décéda à son tour. Trois ans plus tard, Hellyette s'attacha aux membres d'Action directe venus s'installer au Jargon, et j'ai parfois le sentiment qu'elle a trouvé auprès d'eux l'affection et la force qui lui manquaient pour surmonter le chagrin, mais quand je lui dis cela, elle a une moue dubitative.

Pendant plus de trente ans, Hellyette n'a pas eu le courage de revenir voir l'endroit où elle n'avait pas l'eau courante, mais tout le bonheur du monde. Elle s'est tenue à distance, évitant le quartier, croisant au large, ainsi qu'une barque contourne un récif inscrit sur sa carte intérieure, un écueil à fleur d'eau.

Jusqu'au jour où Hellyette a rendez-vous chez un médecin, juste à côté de la mairie du XVIIIe arrondissement. Ce jour-là, elle inspire un grand coup et remonte vers l'impasse dont elle tait le nom. Elle emprunte une rue, puis une autre, elle refait le chemin qu'elle prenait chaque jour, jusqu'au dédale de chemins sans réverbères. Là où se tenait la petite maison, elle se retrouve face au vide : ne reste qu'un terre-plein de pelouse clairsemée et un ciel limpide. Rien d'autre. La maison, les jardins, l'école, les chats, l'impasse elle-même ont disparu, ainsi que s'évaporent les cadavres au matin. Le sentiment qui l'étreint alors n'est ni le chagrin ni la mélancolie. C'est le soulagement. Elle porte la maison en elle, et ce n'est déjà pas si facile.

En quittant le Jargon, je passe, dans la rue de Ménilmontant, devant mon bar-bureau de retranscription mais, cette fois, je ne m'arrête pas. Je marche dans le passé, je voudrais bien revenir dans le présent mais n'y parviens plus. Ce n'est pas le visible qui m'entoure, mais le caché. Il a fini par me coloniser, à la manière d'un revenant. Les mots d'Yves S., « tu dois [...] cesser d'y revenir sans cesse », étaient-ils l'expression de la présence dévorante du non-dit ? Ma blessure, après avoir occupé mon corps, lui était-elle revenue ? Il me semble qu'Hellyette et moi jouons à notre tour une partie avec un adversaire invisible.

Ce qui n'existe pas insiste, insiste pour exister.

IV

FACE-À-FACE

Le premier procès des membres d'Action directe pour association de malfaiteurs se tient du 11 au 22 janvier 1988, et ces deux semaines constituent un sommet en matière d'incompréhension entre eux et le monde. Dans les comptes rendus des audiences, on perçoit le désarroi, la lassitude, voire l'exaspération, qui touchent aussi bien les acteurs judiciaires que les journalistes, et l'opinion en général. Une exaspération de l'ordre de celle que ressentent des parents face à des adolescents alternant silence têtu et tirades rageuses. Au-delà de l'incompréhension apparaissent la condescendance et le sarcasme, qui permettent de tout simplifier, de ne pas s'interroger sur le fond.

Cette semaine-là, par hasard, se tient également le procès de Laurent Hattab, Jean-Rémy Sarraud et Valérie Subra, qui se faisait inviter chez des hommes aisés avant de les laisser assassiner par les deux autres, qu'elle avait fait discrètement entrer dans l'appartement. Au fil des jours, on voit se réduire dans la presse l'espace consacré aux militants d'Action directe au profit de l'affaire qui inspira Morgan Sportès pour son livre *L'Appât*, adapté ensuite au cinéma par Bertrand Tavernier. Dans *Paris Match*, « Valérie la diabolique », dix-huit ans, sort de la mer, cheveux mouillés, T-shirt Minnie Mouse collé contre ses seins. Dans le coin de la page, sur une autre image, prise au palais de Justice, elle plaque une main contre sa bouche, visage enfantin, yeux bouffis, escortée par un gendarme qui paraît lui-même au bord des larmes. Les jours passent, et ainsi que le raconte Daniel Schneidermann dans *Le Monde*, lassée des camarades d'Action directe, éteints, amoindris par une grève de la faim, refusant de s'expliquer, « la presse française et étrangère a émigré par paquets du tribunal correctionnel vers la cour d'assises », là où se tient le procès de la Lolita fatale et de ses complices. Là-bas, il est question de champagne, de triangle amoureux funeste, d'argent facile et de rêves de voyage aux États-Unis. Là-bas, il est question de l'époque, c'est sexy, clinquant, impitoyable. Du côté d'AD en revanche se tient une assemblée terne incarnant l'inintelligible et le passé. « Une secte minuscule conservée dans les glaces depuis plus de dix ans par la vie groupusculaire, la clandestinité, la prison », écrit Daniel Schneidermann, et, dans une certaine mesure, c'est ainsi que je me les représente, serrés les uns contre les autres, sur un morceau de banquise dérivant à la surface de la mer, loin, très loin, quelque part dans une région arctique.

Le début du procès d'Action directe est troublé par l'agitation des prévenus, qui dans le box des accusés s'assoient là où ils le souhaitent, sans que personne les y autorise. Ils se sautent au cou, s'embrassent, chuchotent ou pouffent, indifférents à tout sauf à leurs retrouvailles. Eux qui vivent depuis des mois, des années pour certains, dans l'isolement de leurs cellules, empêchés d'avoir la moindre interaction avec les autres prisonniers, interdits de visite, s'abandonnent à la joie d'être ensemble, mais c'est aussi une façon d'afficher le mépris que leur inspire une justice qui n'a à leurs yeux aucune valeur. La plupart du temps, Jean-Marc Rouillan, Nathalie Ménigon, Joëlle Aubron, Georges Cipriani, mais aussi Hellyette Bess, Régis Schleicher, les frères Halfen et la quinzaine d'autres prévenus liés de près ou de loin au groupe, refusent de s'exprimer. Ils restent muets, ont l'air ailleurs. Pendant les plaidoiries, ils chuchotent, gloussent, se font signe, entre les boxes qui se font face. Quelquefois, dans un élan fiévreux, l'un d'eux évoque la violence politique, légitime pour répondre à la violence d'État, mais, à cette question du président : « Dans ce cas, reconnaissez-vous à la société le droit de se défendre ? », personne ne daigne répondre.

Durant le procès, Hellyette lit une déclaration, écrite à la main sur des feuilles volantes. « Si j'ai parfois répondu sur quelques points, pendant l'instruction, c'est parce que le silence à ces instants m'apparaissait comme un refus d'assumer mon rôle – politique ou amical –, ou pour tenter d'éviter que d'autres soient impliqués pour m'avoir seulement prêté des clés, ouvert leur porte ou gardé un paquet. » Elle y exprime également ce en quoi elle croit et pour quoi elle se bat, achevant son discours par une citation de l'écrivain Panaït Istrati : « N'est combattant à mes yeux que celui qui subordonne ses intérêts individuels aux intérêts de l'Humanité meilleure qui doit venir. » « Je crois en cette Humanité ! lance-t-elle, elle existe aujourd'hui comme le soleil existe pendant la nuit. » Hellyette a conservé ce texte, elle me l'a confié. Son amour de la vie y tranche avec la morbidité du procès. Dans les articles de l'époque, il n'en demeure aucune trace. Durant ces deux semaines, les mots se dissolvent à l'instant même où ils sont prononcés.

« Plus personne aujourd'hui ne les écoute ni ne les entend », dit *Le Monde*. Au fil des jours, il faut parfois évacuer Nathalie Ménigon, « grande ombre somnolente et squelettique », affaiblie par deux mois de grève de la faim, et qu'on allonge sur une couverture, à même le sol, cherchant une veine dans laquelle piquer l'aiguille de la perfusion, pendant que la justice, debout, poursuit son cours. Les accusés finiront même par quitter la salle, et les plaidoiries par se tenir face à un box vide. Personne ne fait semblant de croire qu'un dialogue est possible. Pour les prévenus, ce procès n'est qu'un simulacre, la mascarade d'une justice de classe dont l'issue est déjà jouée. Selon l'accusation, les prévenus sont des êtres froids, dénués de toute intention de s'expliquer, incapables de remords ou de mouvement intérieur, indignes de la moindre indulgence concernant leurs conditions d'incarcération. Ont-ils fait preuve, pour leur part, de la moindre indulgence? « Ma pitié va d'abord à leurs victimes », déclare François Mitterrand, quand Robert Pandraud, ministre chargé de la Sécurité, balaie la question d'un revers de main: « Faire une grève de la faim, c'est leur droit. On peut toujours faire des régimes amaigrissants. »

Me revient ce que me répétait ma psy, lorsque je ruminais ma douleur de ne pas être entendue par ma famille, ma sensation de parler sous l'eau, de pousser un cri qui ne leur parvenait pas, ce qui me plongeait dans des états de rage me propulsant hors de ce fauteuil rouge dans lequel je me débattais, semaine après semaine. Je vois encore son visage impassible, tandis que je me tenais devant elle, avec l'envie de tout casser, et qu'elle a prononcé cette phrase, qui aujourd'hui encore a l'étrange effet de me calmer aussitôt: « Imaginez que vous parliez chinois à des interlocuteurs espagnols: vous pouvez parler doucement, supplier, crier, pleurer, cela ne change rien, ils ne comprennent pas le chinois. »

Mais cette phrase, si elle a le mérite d'apaiser un instant la colère, le désespoir, en affirmant que ce n'est pas une affaire de volonté, finit par appeler une question qui est sans doute la question de nos vies à tous, la condition de notre humanité. Celle de notre capacité à reconnaître, sinon comprendre, les ressentis de l'autre, voire d'envisager cet autre comme une part inconnue de nous-même. Cette question qui m'est venue, debout en face d'une psy espagnole ayant elle-même connu l'indicible, fuyant à la fois sa famille et le franquisme, cette question que je lui lance à la figure d'une voix vibrante et bien trop haut perchée : pourrait-on, au moins, *essayer* d'apprendre le chinois ?

À ma connaissance, Jean-Marc Rouillan, Joëlle Aubron et Nathalie Ménigon n'ont jamais émis de regrets, ils n'ont pas non plus demandé pardon aux familles des victimes. Le regret est un sujet sensible dans les milieux de la lutte armée. Il en est de même du doute, du remords, de tout ce qui concerne le questionnement. Le regret traîne l'ombre du désaveu, le reniement de ce que l'on fut, d'une jeunesse, d'un idéal, mais surtout de ceux qui luttent encore et n'ont renoncé à rien. C'est là, sans doute, le tragique du mouvement : il ne s'agit pas que de soi. Quand on bouge intérieurement, on affaiblit ceux qui restent et continuent de maintenir de leurs maigres forces ce château de cartes qu'est l'utopie de la révolution. D'une façon ou d'une autre, il y a trahison, quelque chose se déchire. Et puis, comment demander pardon quand l'État, de son côté, refuse d'envisager ses responsabilités ? Le pouvoir serait exempt de crime, de violence. Il ne s'interroge pas.

La règle tacite consiste à ne pas exprimer une quelconque remise en cause, personnelle ou vis-à-vis d'une organisation, tant que l'un ou plusieurs de ses membres sont emprisonnés. On ne peut décemment affaiblir un prisonnier politique, et surtout, ses chances de libération. Ainsi, que ce soit pour préserver des êtres plus courageux, plus fidèles, ou ayant sacrifié leur liberté, l'éthique révolutionnaire est la meilleure alliée du silence, du secret, et de la parole bâillonnée.

L'exemple italien des repentis et des dissociés en est la parfaite illustration. Dans les années 80, dans l'espoir de mettre fin aux années de plomb, l'Italie instaure deux nouvelles figures juridiques : celle du repenti qui, en échange d'informations sur son organisation, voit sa peine réduite ou même effacée, et celle du dissocié, qui, en contrepartie d'une remise de peine, et sans nécessairement transmettre d'informations, s'engage à reconnaître tous les délits qui lui sont imputés et à renoncer publiquement à la violence comme moyen de lutte politique. Le repenti et le dissocié incarnent l'idée d'une rupture avec le passé, mais aussi celle de la repentance, par la manifestation de regrets et une demande de pardon. Mais si la figure du dissocié peut être envisagée comme celle du faible, de l'individualiste, bref de la déception, celle du repenti est l'incarnation même de l'impardonnable. Il est l'infâme, le traître, la balance.

Ce sont d'étranges modèles que ces deux-là : ils consistent pour l'individu à renier ce qui l'a constitué, puis à embrasser son ennemi d'hier, et à s'y soumettre. Il s'agit d'intégrer le système dominant, et même d'y participer activement, en donnant des informations permettant la destruction de ses anciens camarades. Il y a quelque chose de chrétien et de trouble à la fois dans ce mouvement, à l'image du pêcheur qui admet ses fautes, demande pardon à Dieu, tout en adoptant la posture de Judas.

Pour le pouvoir en place, ce système a l'avantage de démanteler les organisations, en offrant à ses membres une porte de sortie et une possibilité de réinsertion dans la société, mais aussi de briser la solidarité de classe, en créant la méfiance à l'égard du frère d'hier qui, pour sauver sa peau, peut demain donner la vôtre.

Il n'est pas certain que ce pardon-là ait la moindre valeur morale, qu'il soit autre chose qu'un choix opportuniste ou stratégique. Le mouvement intime, secret, creuse sa voie avec le temps et le silence, à la façon d'un ruisseau. Il réclame sa liberté pour prendre la puissance du fleuve qui baigne et nettoie les plaies. Le pardon ne relève pas de la transaction.

Reste le courage, celui du renoncement à soi : celui dont font preuve les membres d'Action directe qui, au tribunal correctionnel comme à la cour d'assises, et alors qu'il est question de peines de prison à perpétuité, revendiquent jusqu'au bout un acte collectif, sans jamais chercher à se défausser, qu'ils aient tué ou non, braqué ou non. Jamais aucun d'eux ne tente la moindre action pouvant lui assurer une remise de peine, jamais aucun d'eux ne charge un camarade, ni ne se désolidarise d'actes auxquels il n'a même pas participé directement. Il y a là toute la superbe de l'honneur et de la fraternité, quelque chose d'insensé et de crépusculaire aussi, l'adieu à un monde auquel on a renoncé.

Pourtant, cela ne va pas. Cela ne va même pas du tout.

Je regarde des images de Françoise Besse, l'épouse de Georges Besse. Ses rares entretiens filmés, comme dans *Faites entrer l'accusé*, son visage tendu, ses mains croisées posées sur la table, son chemisier rose, ses cheveux parfaitement domptés, sa colère toujours contenue. Son sourire semble lui coûter si cher, lorsqu'elle explique : « Les minutes dans lesquelles nous avons pris conscience que c'était lui qui était blessé, et même assassiné en bas de chez moi, sont du domaine de l'expérience intime, privée, et il m'est toujours, dix-huit ans plus tard, très douloureux d'en parler. » De leurs cinq enfants, je ne sais rien d'autre que les prénoms, François, Christophe, Marie-Georges, Cécile et Hélène.

En novembre 1986, quelques jours après le meurtre, Françoise Besse adresse aux journaux une lettre dans laquelle elle s'indigne de la parution des photos du corps de son mari couché sur le trottoir, la tête baignant dans une mare de sang. Ces photographies auxquelles elle et ses enfants ne peuvent échapper, qui sont affichées sur les manchettes, à chaque coin de rue. « Ils nous ont fait du mal », dit-elle, en évoquant ceux qui ont pris les clichés et ceux qui les ont publiés. La simplicité de ces mots. Tout ce qu'ils révèlent, et tout ce qu'ils taisent.

Les années ont passé, rien n'a bougé. Il faut supporter la violence du silence, mais aussi, parfois, celle des déclarations lâchées dans la presse tels des coups de couteau. En septembre 2008, alors qu'il est en semi-liberté, Jean-Marc Rouillan donne un entretien à *L'Express*. À la question « Regrettez-vous les actes d'Action directe, notamment l'assassinat de Georges Besse ? », il répond : « Je n'ai pas le droit de m'exprimer là-dessus... Mais le fait que je ne m'exprime pas est une réponse. Car il est évident que si je crachais sur tout ce qu'on avait fait, je pourrais m'exprimer. Mais par cette obligation de silence, on empêche aussi notre expérience de tirer son vrai bilan critique. »

Après cette déclaration, le régime de semi-liberté de Jean-Marc Rouillan, appliqué depuis dix mois, est suspendu. Peut-être voulait-il exprimer sa colère face à l'interdiction de parole que l'État lui imposait, après toutes ces années, cette façon d'attendre perpétuellement qu'il se renie, peut-être pensait-il que la nuance n'était pas de mise face à la presse. Et puis, comment douter après plus de vingt ans passés en prison ?

Mais cela n'efface pas les mots. L'absence de compassion, de remords. *Si je crachais sur tout ce qu'on avait fait.*

Comment vit-on avec cela ?

« Non, cela ne va pas », dis-je en marchant de long en large dans l'espace minuscule du Jargon, slalomant entre les tas de livres éparpillés. Hellyette est assise telle une vestale en tunique turquoise, ses pieds nus posés sur la chaise devant elle, tongs abandonnées au sol.

« Dans la lutte armée révolutionnaire, on peut tuer un homme, mais regretter, ça, on ne peut pas. C'est une drôle de morale, non ? »

Elle se redresse, enfile ses tongs prudemment.

« C'est compliqué.

— C'est *compliqué* ? » dis-je, très rouge, naviguant entre des boîtes en carton dans lesquelles je me retiens de balancer des coups de pied.

J'essaie d'apprendre le chinois, j'essaie vraiment, de toutes mes forces, et cela ne fonctionne pas.

Après la parution de l'entretien qu'a donné Régis Schleicher à *Libération*, en octobre 2005, au cours duquel il a ces mots de compassion envers les victimes des deux bords – « Je sais le caractère insoutenable que représente, pour ceux qui restent, la disparition d'un être cher » –, Jean-Marc Rouillan, Joëlle Aubron et Nathalie Ménigon l'ont accusé d'être un dissocié.

Dans cette interview, Régis Schleicher affirme : « Pour M. Besse, là aussi et toujours, il y a la douleur des proches que le temps n'efface pas, les autres se satisfont d'autant mieux de sa mort qu'ils l'exploitent. Dans l'esprit de mes camarades, sa mort, cette action était censée, je cite, "ralentir [la] marche de la recomposition bourgeoise et aggraver ses contradictions internes, et ainsi l'affaiblir dans la guerre des classes". À vingt ans de distance, force est de constater que l'hypothèse que nous défendions a failli. »

Alors que ce passage me paraît subtil, rédigé avec une évidente volonté de délicatesse à l'égard de tous, qu'il tend un fil auquel on pourrait s'agripper pour enfin s'approcher et comprendre, il indigne ses camarades. À la suite de sa parution, depuis leurs prisons respectives, ils rédigeront une lettre ouverte, évoquant la traîtrise de Régis Schleicher.

Je n'ai jamais vu cette lettre, je ne l'ai pas lue. J'ignore comment ils ont pu l'écrire ensemble, et comment ils l'ont ensuite diffusée.

Je sais seulement qu'elle existe.

Je n'obtiens rien d'Hellyette. Elle déteste ce genre de sujets, ceux qui suggèrent des dissensions dans le groupe et pourraient ternir la légende. Elle ne veut jamais charger personne, avec cette faculté qu'elle a de se mettre à la place de chacun, cette fidélité, aussi, qui me fait tant l'aimer, et m'indigne à la fois. Je l'interroge, a-t-elle une copie de cette lettre ? Sous quelle forme a-t-elle été diffusée ? Elle marmonne qu'elle ne se souvient pas, l'air innocent, celui qu'elle prend quand elle me balade. Je pense à Joëlle Aubron, qui était mariée à Régis Schleicher au moment où elle a écrit cette lettre, ou du moins y a apposé sa signature. Et à Nathalie Ménigon, que Régis appelait « petite sœur ». Je voudrais savoir pourquoi le temps n'agit pas sur elles, pourquoi elles ne laissent jamais transparaître aucun mouvement intérieur.

En psychologie, la dissociation est un mécanisme de défense de l'inconscient pour ne pas faire l'expérience d'une douleur émotionnelle face à un conflit ou une situation stressante. La réalité et le vécu sont inhibés, de manière temporaire ou durable. Il n'y a ni pensée, ni jugement, ni sentiment. La dissociation est la meilleure façon de vivre qu'ont trouvée les êtres blessés, les traumatisés, les trop sensibles, mais aussi les psychopathes, ceux qui sont dans la toute-puissance et la négation de l'autre, pour se couper de l'émotion, de la douleur et de la culpabilité, ou juste du réel.

Je ne sais pas s'il peut y avoir plus juste définition de ce que je suis. Mais n'en est-il pas ainsi de nous tous ? N'avons-nous pas chacun, au fond de nous, des cavernes, des terriers, reliés les uns aux autres par un réseau de galeries ? Nous ne pouvons nous y rendre, car nous ignorons leur existence, murée par l'inconscient, ou alors parce que nous sommes là, lampe frontale sur la tête, penchés sur ce trou noir qui mène au fond de la terre, et que nous savons qu'il n'y aura là-bas pas de lumière, pas d'oxygène, que nous pouvons nous y perdre, ou que l'eau soudain se mettra à monter, et alors nous serons emportés pour toujours. Pourtant c'est là, dans ces profondeurs, que se trouvent nos émotions, nos douleurs les plus vives, nos remords, ces chagrins qui pourraient nous tuer. Ils sont prisonniers, voyagent telles des bulles d'air dans des couloirs inondés. Ce milieu est aussi vaste que le visible, aussi étendu que le sol sur lequel nous marchons. Je me demande, oui, si Joëlle Aubron et Nathalie Ménigon ne sont pas, comme chacun d'entre nous, des dissociées. Je me demande si elles n'ont pas peur de se perdre, ou de se noyer.

Quand je reçois ce coup de fil, autour de 2012, il me semble que je l'attends depuis une vie entière. Je n'y pense pas mais je sais, à chaque instant, quand je me lave les dents, quand je me rends dans ce bureau où je travaille alors, quand je nage, quand je fais mes courses au supermarché, qu'il va me tomber dessus. Ce téléphone qui pèse dans ma poche, ou me fait face, silencieux et menaçant sur la table, sonnera un jour. Il sonnera, et il faudra bien répondre.

C'est mon frère, au bout du fil, qui me l'annonce : Yves S. est mourant.

Depuis près de deux ans maintenant, Yves S. souffre de démence, il est soigné au Centre hospitalier universitaire vaudois, à Lausanne. J'écris cela aujourd'hui, mais en réalité, je n'en suis pas certaine. J'ai le souvenir de ce mot « démence », mais j'ai oublié tout ce qui l'entourait. J'en conclus qu'il était là-bas par déduction, car c'est l'établissement qui est apparu à l'écran quand j'ai tapé sur mon clavier « hôpital Lausanne ». La vérité, c'est que je ne me rappelle rien : ni le mois, ni l'année, ni la ville. Je regarde la carte, les photographies de l'établissement, sa distance de la gare, tout me paraît inconnu. Pourtant, un jour, une année, je me suis rendue dans cet hôpital qui s'apparente à un bloc de béton posé sur une pelouse, et évoque l'œuvre d'un régime stalinien. Un jour, une année, je me suis rendue là, derrière l'une de ces centaines de fenêtres encadrées de métal, où, dans un lit fait du même métal, était allongé Yves S. Si je devais formuler les choses telles qu'elles sont inscrites dans ma mémoire, je dirais : un jour, j'ai pris un train, pour me rendre quelque part en Suisse où mon père mourait.

Je n'ose poser la question à personne, j'ai peur de passer pour une folle (« dis-moi, tu te souviens quand papa est mort ? ») ou de remuer un passé trop dangereux. Je tape « disparition d'Yves S. » sur mon clavier d'ordinateur, et je reste là, devant la photographie d'Yves Saint Laurent qui s'affiche, avec la date « 1er juin 2008 ». Je lis « Le grand créateur est décédé dimanche à l'âge de soixante et onze ans », j'essaie de calculer l'âge d'Yves S., le jour où je suis montée dans ce train. Je n'y parviens pas. Je songe à la photographie que j'ai envoyée à quelqu'un, assise sur ce siège d'un TGV qui fonce vers la frontière, un sac sur mes genoux, avec à l'intérieur une brosse à dents, une culotte et des cigarettes, cette photographie envoyée par texto et censée résumer la rencontre que je m'apprête à faire : celle d'un grand requin blanc surgissant des profondeurs, gueule ouverte.

Mon père est malade, il perd la tête. Depuis plusieurs années, sa vie est une lutte, proche de la défaite : les affaires ne marchent pas très fort, ou même pas du tout, les dettes s'accumulent, et je me souviens de mon angoisse à l'idée qu'il finisse à la rue, complètement démuni. Pourtant, je n'ai jamais trouvé le courage de lui faire signe. Je l'ai aperçu un jour, à Paris, dans un café, cela faisait un certain temps déjà qu'il m'avait écrit ces lettres. Il était là, de l'autre côté de la rue, assis derrière la vitre, en compagnie d'une femme. Il souriait. Il ressemblait à un homme normal.

Il n'avait pas l'air d'un homme qui ne voit plus son enfant, qui lui a fait ce qu'il lui a fait, qui lui a écrit des lettres terribles. Sa présence, la compagnie de cette femme, son sourire, la vitre. Je n'ai pas réfléchi, j'ai plongé derrière un Abribus. Je suis restée là longtemps, tournant le dos à la route. Puis je suis partie en baissant la tête. J'avais peur qu'il me voie. Qu'il me voie, et se détourne. Qu'il continue de sourire, face à cette femme. Qu'il me présente à elle, comme si de rien n'était. Qu'il se lève. Qu'il ne bouge pas. Qu'il hurle. Qu'il soit bouleversé.

Je passe souvent devant ce café, je vois la table à laquelle il était assis, la chaise de droite.

Ce jour-là, dans le train, ce n'est pas cela qui m'étreint le cœur, ce n'est pas la culpabilité de l'avoir, d'une certaine façon, abandonné, ou de ne pas avoir eu la force de traverser la rue et d'entrer dans ce café, ni même le chagrin qui s'annonce. C'est la confirmation désormais implacable de ce à quoi je n'ai jamais voulu croire, et ce, en dépit des lettres et des interlocuteurs espagnols qui ne comprennent pas le chinois. Je n'ai jamais voulu le croire et pourtant cela me saute à la figure, dans ce wagon qui fonce vers mon père mourant, encore conscient mais incapable, m'a averti l'infirmière au téléphone, d'articuler le moindre mot : le silence, les phrases qui ne sont pas prononcées, la demande de pardon qui ne vient pas, tout cela peut durer jusqu'au bout, tout cela peut durer jusqu'à la mort.

Je suis fatiguée, terriblement fatiguée. Je ne veux voir personne, je dis que je dois travailler, mais je ne travaille pas. Je pose des questions à mon ordinateur, « peut-on faire confiance à la mémoire ? », « qu'est-ce que la dissociation ? », « différence anarchie communisme », en fumant des clopes, allongée sur mon lit. Je feuillette ma collection d'anciens *Paris Match*, que je commande, les uns après les autres, pour des sommes exorbitantes, comme si les réponses se trouvaient entre les pages, quelque part entre une publicité – « Drakkar Noir, la douce violence d'un parfum d'homme » – et un reportage sur « Le télésiège tueur ». Je compulse le numéro du 17 juin 1983 (en couverture Noah, Ma victoire ; en page 90 Claude Caïola et Émile Gondry, allongés, morts sur la chaussée de l'avenue Trudaine). Celui du 28 novembre 1986 (Thierry Le Luron, Tu ne vieilliras jamais ; en accroche : Le drame Georges Besse), celui du 13 mars 1987 (Sarah, la fille de Romy ; en page 64 : L'Arsenal d'Action directe, rangées d'armes sous plastique saisies à Vitry-aux-Loges, « dans la plupart, une balle était déjà engagée dans le canon »).

Dans le même numéro, « L'incroyable destin des tueuses perdues » : l'article est illustré d'un portrait de Joëlle Aubron à quinze ans, en robe de dentelle blanche, et d'une photographie de Nathalie Ménigon petite, dans une grange, entourée de lapins qui font la moitié de sa taille (« À deux ans déjà, Nathalie adorait les lapins et en avait rapporté un à Paris pour elle et Mireille, sa sœur aînée »). J'y apprends qu'enfant, Joëlle Aubron fait des cabanes en compagnie de ses cousins, dans le parc du château familial Louis XIII, dans l'Eure, qu'ensuite un personnel dévoué retire leurs moufles et leur sert des chocolats chauds au salon, devant la grande cheminée (quelqu'un a-t-il vraiment raconté au journaliste qu'on leur retirait leurs moufles ?). Lycéenne, elle déjeune avec ses copines du lycée Honoré-de-Balzac sur les pelouses du parc Monceau, elle achète des shetlands rue de la Pompe, mais n'aime pas les gabardines de chez Mamby. (Le journaliste a-t-il jamais mis un pied au lycée Balzac où traînent peut-être quelques filles en gabardine mais surtout les dealers d'acide, les blousons noirs, les autonomes qui foutent le bordel dans les manifs, et la bande de Taxi Girl ?) Je contemple la photographie, l'adolescente en robe blanche rêveuse, adossée à une tapisserie murale, représentant une scène champêtre ou de chasse, c'est « sa période David Hamilton » affirme la légende. Une mèche retombe sur son front, une fine chaîne en or autour du cou, son regard lointain (« égaré », dit *Paris Match*). Et puis soudain tout cela l'excède, elle achète « de grands pulls baba cool qui tombent aux fesses » et roule ses cigarettes, elle déteste le lycée, le conformisme paternaliste de sa famille. « Bientôt elle entamera sa descente aux enfers. » Je constate que le journaliste est moins précis dans les grands basculements qu'en ce qui concerne la période moufles. On est excédé, on achète un pull trop long, et paf, descente aux enfers.

Nathalie Ménigon, elle, est une adolescente pleine de rage, qui traite de « lopes » les élèves refusant de s'engager. « Elle haïssait ses petites copines de l'école Sainte-Marie-Madeleine », peut-on lire, en bas de page, en grosses lettres noires. Étrangement, sur toutes les photos qui illustrent l'article des « tueuses perdues », Nathalie Ménigon a moins de cinq ans. Presque un bébé dans la grange aux lapins, mais aussi minuscule en robe à smocks dans les bras de sa mère. Gamine qui tient la main de sa sœur aînée, toutes deux en uniforme, gants blancs, socquettes blanches, chaussures blanches, sac à main de dame, blanc lui aussi. Elles posent face à l'objectif, mais leurs visages sont tournés l'un vers l'autre, elles se sourient, la grande légèrement penchée vers la petite. Leurs cheveux sont attachés, et au-dessus, on a noué un ruban de satin, démesuré. J'examine longuement ce ruban posé sur le haut de leur crâne, on dirait une crête, ou un oiseau. J'imagine les doigts qui l'ont confectionné, la délicatesse maternelle, j'ignore où est Mireille aujourd'hui, si elle et Nathalie continuent de se regarder ainsi, avec cette douceur. Ces images en noir et blanc semblent surgies d'un temps si lointain qu'elles-mêmes ne pourraient l'avoir connu. Elles me rappellent celles des albums de famille de ma grand-mère, dans la ferme de Piazenza, près de Parme, ma grand-mère et sa sœur, qu'on déguisait en toge grecque, le front ceint d'une couronne de feuilles, et qu'on posait debout sur des chaises, en plein air, pour les photographier. J'y reconnais la même tendresse, la même application à parer les enfants, ces merveilles qu'on immortalise dans leurs plus beaux atours. Je pense à l'amour de mes arrière-grands-parents pour leurs filles, que ma grand-mère évoque, aujourd'hui encore, à plus de cent ans, avec une émotion qui la déborde. En observant Nathalie, emmaillotée de dentelle dans les bras de sa mère, tandis que son père, cheveux gominés, sourire canaille, fixe l'objectif, je me demande si elle aussi chérit leur souvenir.

Lorsque j'arrive à l'hôpital de Lausanne, ce jour-là, de cette année-là, une femme et un homme, jeunes tous les deux, me conduisent en souriant dans une pièce presque chaleureuse. Ils m'informent de l'état d'Yves S., tout en me servant un café. Ils me font comprendre avec délicatesse que cette entrevue va être difficile, mon père est, depuis quelques jours, très agité, il a probablement beaucoup changé depuis la dernière fois que je l'ai vu. Je risque d'être troublée par son apparence, il faut que je me prépare. Il ne peut formuler le moindre mot, mais ma venue va l'apaiser, c'est certain, disent-ils en poussant vers moi une assiette pleine de chocolats emballés dans des images du lac Léman, ceux de mon enfance. Pendant que je bois mon café, ils ne bougent pas. Ils me regardent en souriant, les mains posées sur la table.

Les moments que j'ai passés en leur compagnie sont les seuls dont je me souvienne clairement, tout le reste est flou. Avant d'entrer dans la chambre, je me suis tournée vers eux. Ils m'ont encouragée en hochant la tête.

Je me suis approchée du lit où était allongé Yves S. Je me suis assise sur le bord. Il a levé les yeux vers moi, je ne sais plus ce que j'y ai vu. J'ai pensé qu'il ressemblait à Clint Eastwood.

Je n'arrivais pas à détourner mon esprit de cette idée. Sur le mur, on avait punaisé un tas de photographies. Sa femme Franzeska, mon frère et sa femme, ses enfants, d'autres enfants, inconnus et souriants.

Je lui ai pris la main, il a agrippé mon bras, et tenté de dire quelque chose. Je sentais combien il aurait voulu pouvoir dire cette chose, quelle qu'elle soit. Ses doigts serraient de plus en plus fort, alors que sa bouche s'ouvrait, mais il ne parvenait pas à parler. J'ai penché mon visage, approché mon oreille près de ses lèvres, mais il n'y avait rien à faire. Aucun mot ne pouvait être prononcé.

J'étais là, courbée sur lui, je lui tenais la main, et il a continué, longtemps, très longtemps, à émettre des sons étouffés, et moi à acquiescer, en pressant ses doigts. Puis, soudain, il a renoncé. Nous étions très loin sous la surface d'un lac, là où le temps n'existe plus, là où ne règne que le silence. Nos gestes étaient lents, légèrement décalés. Je caressais son bras, mais dans mon cerveau, rien ne se passait comme je le voulais, je me demandais qui étaient ces enfants, affichés sur ce mur, et pourquoi mon père désormais ressemblait de façon stupéfiante à Clint Eastwood.

Nous sommes restés là, sa main serrée sur mon bras, pendant un moment qui m'a paru à la fois très court et très long, sa respiration s'est apaisée, la mienne s'est accordée sur la sienne, puis je me suis entendue affirmer, d'une voix douce et assurée :

« Je t'ai pardonné, papa. »

Ensuite, je lui ai parlé, en regardant le mur, pour me donner du courage. Dans le train, j'avais réfléchi à toutes les choses que je voulais lui dire.

Aucune de ces choses n'est restée dans ma mémoire. Je ne suis pas certaine d'avoir prévu de dire que je lui avais pardonné. Je ne suis pas certaine, non plus, que ce fût tout à fait vrai.

Ce soir-là, dans la chambre d'hôtel où j'ai dormi, j'ai trouvé au fond de la poche de mon manteau un chocolat aplati, emballé dans une photographie du lac Léman. Je m'interrogeais sur ce que mon père avait essayé de me dire. Le lendemain matin, on m'a appelée pour m'annoncer qu'il ne s'était pas réveillé. Sa dernière nuit avait été paisible.

Quelques jours plus tard, j'ai repris un train en direction de Lausanne pour assister aux funérailles. J'avais l'impression de vivre dans ce train, comme dans un refuge, une cabane entre deux tempêtes. Au funérarium, la dernière femme de mon père me dévisageait avec méfiance. D'anciens amis de mon père, que je n'avais pas revus depuis plus de vingt ans, me serraient les mains en répétant quel homme extraordinaire il avait été. Quelqu'un a remarqué que j'avais mauvaise mine. Je voyais les femmes se déplacer, élégantes, en manteaux et lunettes noires, il me semblait qu'elles m'embrassaient pour me faire taire, qu'elles me serraient dans leurs bras comme on bâillonne un otage, avant de s'éloigner prestement, leurs longues jambes sur des talons hauts. Un prêtre qui ne connaissait pas Yves S. a dit quelques mots, il a cité des noms, des personnes qu'il aimait, il n'a pas prononcé le mien.

Plus tôt dans la matinée, mon frère et moi avions refermé le cercueil où reposait notre père. Tandis que nous tenions entre nos mains le couvercle, je lui avais glissé : « Tu ne trouves pas qu'il ressemble à Clint Eastwood ? »

À la fin de la cérémonie, dans cette chapelle qui faisait penser à une cantine ou une morgue, la dernière femme de mon père s'est précipitée vers l'autel, dans un bond sauvage, complètement inattendu, et a arraché l'une des fleurs en tissu synthétique attachée au cercueil. Ce geste a repoussé la colère au fond de moi, la recouvrant d'une couche de chagrin et de douceur, l'emballant à la façon des petits chocolats. C'est le seul mouvement réel de cette journée, le seul qui a existé.

Pendant le déjeuner, je me suis levée, j'ai quitté la salle du restaurant, et je suis partie marcher dans le cimetière. Le gravier du chemin, les pierres tombales, les arbres, tout était noir et mouillé. De la brume montait du sol, s'étirant sur les tombes, on aurait dit les âmes des morts. J'avais envie de marcher jusqu'à la gare, de monter dans un train et de partir pour toujours. Je me sentais aussi immatérielle que cette brume, mon âme se promenait à côté de moi. Pendant quelque temps, j'ai même eu la sensation qu'elle était restée là-bas, dans le cimetière, qu'elle flottait auprès de ses congénères, alors que mon corps avait repris le train et continuait sa vie, de l'autre côté de la frontière.

Un jour qu'elle est de très mauvaise humeur, Hellyette finit par m'avouer qu'elle s'inquiète pour sa sœur, âgée de quatre-vingt-quatorze ans. Celle-ci passe son temps à ordonner à sa famille de ne pas lui rendre visite, avant de soupirer au téléphone combien elle se sent seule. Les dernières années, Hellyette devait rassembler son courage pour aller voir cette grande sœur, adorée et impossible. Elle parvenait à prendre un train, marcher jusqu'à sa maison, l'embrasser, l'écouter, déjeuner en sa compagnie, tandis que sa sœur, immobile sur une chaise ou allongée sur son lit, lui demandait pourquoi elle était venue. Hellyette réussissait à faire tout ça, puis soudain, quelque chose cédait en elle. Alors, sans prévenir, elle quittait la maison de sa sœur, fonçait à la gare et montait dans le premier train, n'importe lequel. Elle descendait à l'arrêt suivant, puis prenait un billet pour rentrer à Paris. Mais elle ne peut plus faire cela : elle en est convaincue, sa sœur, plus triste et affaiblie que jamais, en mourrait. Alors Hellyette reste là, à se ronger les sangs, incapable de partir, en sachant qu'elle ne pourrait pas s'échapper et que, si elle devait se rendre là-bas sans option de fuite, ce serait elle qui en mourrait.

Hellyette a caché et transporté des hommes, des armes, de l'argent, des bombes. Réalisé des avortements. Cambriolé des maisons. Durant une année entière, elle a préparé l'évasion d'un camarade en hélicoptère, un plan invraisemblable qui impliquait de prendre en otage le pilote, d'attacher à l'engin une nacelle et des ballons publicitaires afin d'endormir la méfiance de la police, puis de voler vers la prison et stationner au-dessus de la cour de promenade, pendant que le copain montait dans la nacelle. Elle avait prévu d'atterrir sur une piste sauvage, avant que chacun ne prenne la poudre d'escampette sur les chemins de campagne, le copain en voiture et elle à trottinette, ce qui lui paraissait tout à fait rationnel. Un été d'orages exceptionnellement violents fit tomber le projet à l'eau. On peut remercier le ciel sur ce coup-là. Voilà le genre de femme qu'est Hellyette, le style qui, pendant des mois, envisage des opérations kamikazes, juste pour ne pas laisser moisir un copain en prison.

Mais monter dans un train et rendre visite à sa sœur, ça n'est plus possible. « Je ne peux pas, je ne peux pas », répète-t-elle en secouant la tête, furieuse contre elle-même. Elle transpire le désespoir. La paralysie. La terreur. La culpabilité. Je comprends tout cela parfaitement.

Durant un certain nombre d'années, j'ai été incapable de rendre visite à ma mère, mes grands-parents, mon frère, de leur téléphoner, ou même de prendre leurs appels. Je pensais à eux, j'avais peur qu'ils soient déprimés, seuls, malheureux, malades, ou qu'ils meurent. Mais je ne faisais rien, rien d'autre qu'y penser. J'ai aussi, durant un certain nombre d'années, passé mon temps à quitter mes petits amis sans prévenir, et à le regretter ensuite, persuadée que j'avais commis une erreur terrible, jusqu'à m'en rendre malade. L'un d'eux, que j'avais poursuivi de messages erratiques, a fini par revenir. « Tu es cinglée mais je t'aime », m'a-t-il dit dans ce bar minuscule tandis que je cherchais avec angoisse la porte de sortie. Ensuite, j'ai cessé de lui répondre, j'ai simplement disparu. En moi vivait un esprit romantique et psychopathe. J'avais la sensation d'être folle et cruelle, ou possédée.

J'ai fini par comprendre, ce qui n'était pourtant pas bien compliqué, ni tout à fait une excuse, que j'étais incapable de me coltiner le réel. Il fallait que je me tienne à distance, dans un lieu sans interaction ni être humain, où je pouvais rêver ma vie.

Ce mouvement s'est enclenché à l'adolescence, quand mon corps s'est mis à manifester son indépendance, signifiant que je ne serais pas toujours cette petite fille docile, mais un être nouveau, inconnu, avec des formes et des émotions furieuses. L'hostilité qu'a entraînée ce mouvement dans ma famille traduisait sans doute une peur muette, celle d'une vague qui se prépare. L'éventualité que, de même que mon corps débordait, envahissant l'espace de manière désordonnée, des mots s'échappent de moi. Que je me mette à poser des questions ou à demander des comptes.

Mais je ne l'ai pas fait. J'ai été cette jeune fille docile qui faisait des calculs prudents dont elle n'avait pas conscience. Contrairement à ce que tout le monde semble croire désormais, parler n'est pas toujours une bonne idée. Parler est dangereux. Les mots entraînent d'autres mots en retour. Des mots pour vous faire taire, vous faire passer l'envie de recommencer. Tant que je ne posais pas ces questions auxquelles, de toute manière, personne n'avait l'intention de répondre, je pouvais tenir debout. Le pire n'était pas certain. La violence n'était pas nommée, et je souriais comme on agite un drapeau blanc pour se soumettre au vainqueur. Il y avait néanmoins un prix à payer : je ne pouvais plus m'approcher de qui que ce fût.

Dans une certaine mesure, j'emploie encore ce procédé aujourd'hui. Le meilleur moyen de ne pas être déçue, enragée ou désespérée par une réponse consiste encore à ne pas poser la question.

Pas de questions, pas de réponses. C'est simple. Je m'entretiens avec les livres, ceux que je lis, ceux que j'écris, loin, très loin des vivants.

Mais cela ne marche plus très bien. Avec cette enquête, je poursuis quelque chose, tel un explorateur sur les traces d'une bête, mais par un étrange retournement de situation, on dirait que cette chose est derrière moi. À mes trousses. La nuit, dans mes songes, je cours dans la neige, chaussée de bottes de ski, traquée par un ours. Ou par un tigre qui s'échappe d'une cage dont on a déverrouillé la porte. Et puis, Yves S. surgit, c'est lui qui a ouvert l'enclos. Je mène une double vie, l'une diurne, l'autre nocturne, et aucune d'elles ne se déroule ici, maintenant. Il est peut-être temps de cesser de visiter des magazines et des souvenirs.

« Je suis fatiguée des fantômes », dis-je à Hellyette, un après-midi au Jargon, devant les plantes vertes mourantes. Elle lève le visage vers moi. Alors qu'elle n'a jamais proposé de me présenter qui que ce soit, que, depuis des mois, elle me tient à distance des anciens membres d'Action directe, qui habitent un territoire interdit, cet après-midi-là, elle me lance, le plus naturellement du monde : « Tu devrais aller voir Claude. » Elle agite son téléphone préhistorique, sorti d'on ne sait où, comme on brandit un revolver. « Tiens, prends son numéro. »

Je l'observe, sans rien dire, je ne bouge pas. C'est comme si, après m'avoir barré la route de son corps, Hellyette me balançait à présent de grandes tapes dans le dos pour me jeter dans les bras du réel, et de ses camarades. Je me sens défaillir. J'ai peur qu'ils soient fous, agressifs ou désespérés. Qu'ils me demandent ce que je fabrique, de quel droit je fouille le passé, et leurs vies. J'ai peur qu'ils se moquent de mon inculture politique ou me menacent. Mais il est temps de retourner dans la vie, de lui donner une chance. Par ailleurs, il est plus facile de rendre visite à un ancien combattant de lutte armée qu'à n'importe qui dans ma propre famille. Alors je sors mon carnet, et note le numéro.

Je monte dans ce train un jeudi matin, gare de l'Est. À l'intérieur de mon sac, mon carnet noir, truffé de feuilles retenues par un élastique. J'ai également emporté le pistolet en plastique vert appartenant à mon fils, celui qu'il cache sous ses T-shirts dans la perspective d'intimider les cambrioleurs, et qu'il juge nécessaire d'avoir sur soi pour rencontrer un ancien membre d'Action directe. Je vais passer deux jours chez Claude Halfen, ainsi qu'il me l'a proposé au téléphone, après avoir précisé d'un ton solennel que je ne devrai jamais donner son adresse à quiconque, jamais, sous aucun prétexte. Mon fils m'a demandé s'il y aurait des armes enfouies dans son jardin. Désormais, lorsque nous nous promenons dans un parc, nous supposons que des mitraillettes sont cachées dans les buissons – parier sur le fourré qui constituerait la meilleure planque nous plaît énormément.

Je suis nerveuse et exaltée. Je me fais l'effet d'être un agent reprenant du service, après plusieurs années à se tenir à carreau. Je souris au passager qui me fait face en caressant distraitement le pistolet dans mon sac. Je m'en vais déterrer quelque chose, un objet qui m'appartient, enfoui il y a très longtemps.

Claude Halfen m'attend sur le quai de la gare, il porte une élégante canne en bois, une barbe et un béret. Il sourit, et je reconnais le sourire que j'ai vu dans le documentaire.

Je dis « bonjour, Claude », d'une voix peu assurée en m'agrippant à mon sac. « Appelez-moi Jean. Personne ne m'a jamais vraiment appelé Claude, vous savez. » Je balbutie d'accord, en proie à une légère panique. Tandis que nous marchons côte à côte, dans cette ville inconnue, je me demande pourquoi, dans cette histoire, les identités sont toujours multiples, ou tronquées.

Lorsqu'elle était âgée de six ou sept ans, ma fille a développé une passion pour l'Italie. Sans raison apparente, elle s'est mise à déclarer qu'elle avait l'intention d'apprendre l'italien, et d'aller vivre à Rome, ou à Venise. Je lui ai expliqué que non seulement sa grand-mère mais aussi son grand-père biologique étaient italiens, qu'il ne s'agissait pas de l'homme qui m'avait élevé et donné son nom. Cela signifiait qu'elle était elle-même italienne. Ma fille m'a observée sans ciller, comme si l'idée d'appartenir à un pays n'avait aucune importance, ni cette histoire de père biologique, ou que, d'une certaine manière, elle le savait déjà. En revanche, ensuite, et cela durant plusieurs mois, chaque fois que nous passions devant notre boîte aux lettres, elle secouait la tête et affirmait, d'une voix légèrement contrariée : « Ce n'est pas ton nom, tu ne t'appelles pas comme ça. Tu t'appelles Monica F., car ton papa, c'est Alessandro F. » J'ai été sidérée par le naturel avec lequel cette petite personne remettait les choses à leur place, envisageant sa lignée de façon implacable, alors que je suis incapable de répondre quand on m'interroge sur mes origines, et que me saisit aussitôt une sensation de vertige.

« Tu ne t'appelles pas comme ça », ai-je envie de faire remarquer, moi aussi, sur le palier de la maison de Claude-Jean Halfen, où le nom inscrit au stylo à bille, au-dessus de la sonnette, n'est ni Claude, ni Jean, ni même Halfen. « Personne ne sait où tu es, personne ne connaît ce nom », me dis-je, tandis qu'il verrouille la porte derrière nous, et suspend son pardessus dans l'entrée. Je le suis dans un corridor jusqu'à la cuisine. Mon cœur bat sous la laine de mon pull-over. Alors que Claude me désigne une chaise et sort une bouteille de Schweppes du frigo, je regarde la fenêtre pour estimer mes possibilités de fuite. Je m'assois sans retirer ma veste. Il pose une bouteille de gin sur la table en m'autorisant à fumer. Il nous prépare des gin-tonics. Je me dis que je fais n'importe quoi. Ensuite, je reste assise sur cette chaise, dans cette cuisine, pendant près de quinze heures.

Au téléphone déjà, Claude-Jean s'était montré bavard. Il avait raconté des souvenirs, entrecoupés d'un rire franc, sympathique, le genre de rire qui vous fait monter dans un train sans que vous vous posiez de questions. J'avais demandé s'ils se faisaient des blagues, dans le groupe, ce qui m'avait semblé aussitôt déplacé, quand on aborde un combat idéologique, et qu'on s'interroge sur la mort et le pardon ; mais Claude avait répondu sans sourciller : « On le savait, qu'on n'allait pas gagner à la fin, que ça se terminerait mal, il fallait bien rigoler un peu. »

Il s'est souvenu du jour où, dans la chambre d'enfant d'un appartement qui leur servait de planque, il avait collé une décalcomanie de Mickey sur l'arme de Régis Schleicher. Celui-ci l'avait découvert en dégainant, en plein hold-up, dans une banque. Ils adoraient se piéger pour rire, à tour de rôle. À l'autre bout du fil, je notais tout ce que je pouvais sur mon carnet en équilibre instable, le téléphone coincé entre le menton et l'épaule, ainsi que font les inspecteurs dans les films, le bouchon d'un stylo dans la bouche. Je m'appliquais à ne pas faire crisser le stylo sur le papier, et à tourner les pages le plus discrètement possible, comme on approche un animal dans les bois, en évitant ce qui pourrait craquer sous les pieds. Mais il dut entendre car il précisa aussitôt : « Ça, il ne faut pas le raconter. Cela ne sert à rien, ce n'est pas intéressant. »

Je suis restée là, mon carnet ouvert sur les genoux. Qu'est-ce qui est intéressant ? Comment définir ce qui, dans ce que nous choisissons de dire, pourra servir à quelque chose ?

Pour quelle raison m'était-il si réconfortant d'apprendre que Régis Schleicher faisait des blagues ? Pourquoi ai-je besoin d'écrire que cet homme a dégainé, en 1982 dans une banque, un pistolet sur lequel était collée une tête de Mickey ? Je me suis mise à marcher dans l'appartement en maugréant : « cela ne se passera pas comme ça, il ne fallait pas me le raconter ! », alors même que je n'avais pas rédigé une seule ligne sur tant d'éléments essentiels, l'anarchie par exemple (soit, pour Claude et Hellyette, la définition même de leur être).

Une autre fois, Régis avait emmené Claude faire des courses sur les Champs-Élysées, car ses pantalons cigarette et ses foulards de dandy allaient finir par le faire repérer sur les caméras de surveillance qui, au début des années 80, se multipliaient dans les banques. Claude avait dû acheter des chaussettes Burlington, des shetlands, et une paire de Weston, payés en liquide par Régis, qui sortait des liasses de billets de banque de son éternel blouson en cuir : « Je te préviens, je ne les porterai que pour travailler », avait râlé Claude, ses mocassins aux pieds, sous les yeux attendris du vendeur qui les prenait manifestement pour un couple. Qu'est-ce que je trouve, dans cette histoire de chaussures à « quinze plaques », pourquoi est-ce que je m'acharne à réclamer les détails d'une anecdote de shopping, plutôt que, par exemple, les motivations stratégiques de l'attentat contre le siège européen du FMI et de la Banque mondiale, en juin 1982, auquel, selon ce qu'on raconte, Claude aurait participé ?

Je suis un témoin défectueux. Les témoins ne sont ni impartiaux ni fidèles. Même si nous aimerions, en toute bonne foi, certifier ce que nous avons vu ou entendu, nos comptes rendus révèlent d'abord ce qui a lieu à l'intérieur de nous-même.

Je songe à cela, assise dans cette cuisine, tandis que nous attaquons notre deuxième (troisième?) gin-tonic. « Ne me regardez pas, regardez l'idée », dit Claude, en citant Isadora Duncan. Sur la table, contre mon coude, trônent une palette de couleurs en plastique, pareille à celle d'un enfant, et un carnet à dessins. Pourquoi est-ce que je n'y arrive pas, à regarder l'idée, du moins pas tout à fait? Parce qu'elle n'est pas *vivante*? Juste à côté, il y a un autre carnet, que je feuillette fourbement lorsque Claude s'absente. Inscrit sur la page de garde d'une belle écriture début de siècle, au-dessus d'une étoile rouge: *Jean Halfen, Notes de lectures, Maison centrale Saint-Maur.* Les numéros de cellule, B11, C31, des jours de détention, 113, 284, 3 617. Sur la page de gauche, dans ce qui évoque un nuage, est écrit « *Morgen wird die Sonne wieder scheinen* », le premier vers d'un lied de Richard Strauss, d'après le poème de l'anarchiste John Henry Mackay. Le nuage est rose, on distingue les traits du feutre. Ils sont appliqués avec soin sur la gauche, maladroitement, sur la droite, comme si, en cours de route, la main qui tenait ce feutre avait perdu patience ou espoir. Je repousse le carnet du bout des doigts. On ne mesure pas, quelquefois, le danger qu'il y a à trop s'approcher. Ou peut-être est-ce au contraire parce qu'on le pressent que nous gardons nos distances.

Je me sens bien dans cette cuisine, mieux que je ne me suis sentie depuis des mois. Installée sur cette chaise qui sera bientôt ma place attitrée, entre le mur et la table, je bois, je ris, je parle, beaucoup. Je ne me souviens pas de la dernière fois que la vie m'a paru si simple. Claude, penché au-dessus de l'évier, nous prépare une salade. De temps à autre, il se retourne en agitant une écumoire, ou passe ses doigts dans sa longue barbe blanche, qui lui donne l'air d'un rabbin, d'un capitaine ou d'un père Noël. Je ne fais pas attention à ce que je raconte, ce qui ne me ressemble pas, et puis j'ai oublié de sortir mon carnet. Quand je finis par m'en apercevoir, bien plus tard, l'idée de prendre des notes me paraît d'une certaine grossièreté, proche de l'indiscrétion. Mais à ce moment-là de la soirée, Claude n'en a visiblement plus rien à foutre, et secoue la main pour m'encourager. Lui aussi parle sans cesse. Je suis choyée, je n'ai pas le droit de bouger, je ne peux pas couper une tomate, pas laver une assiette, pas débarrasser. Mon hôte s'inquiète de savoir si j'ai froid, et m'a préparé, dans le salon attenant, un lit recouvert de couvertures en patchwork, tricotées par sa mère disparue, cette femme qui, en 1988, répondait avec malice aux policiers chargés d'enquêter sur la personnalité de son fils : « Il a toujours été très secret. » Dans la pièce du haut se trouve le piano de sa sœur qui, pour sa part, s'était contentée d'affirmer aux forces de l'ordre : « Il a toujours été très gentil. »

Au pied du lit, posés à même le sol, un antique téléphone, une collection d'*Encyclopædia Universalis* en cuir, au dos bleu et blanc. Je les connais, Yves S. avait les mêmes. Chez Claude, les livres colonisent l'espace, ils forment des tas, dangereusement instables, sur le plancher, dans le couloir, les escaliers, en pyramide sur le bidet de la salle de bains, dans chaque coin de la pièce où je dors, s'élevant jusque très haut sur le mur. Il y a aussi des collections de coquillages, de maquettes de bateaux, les poésies de Villon, un portrait de Baudelaire, et au pied de mon lit, *La Vie dans les plis* d'Henri Michaux. La vie dans les plis, voilà ce dont il est question. Une étoffe se défroisse, une fronce se défait, une autre se forme, sur une nappe que je tire du bout des doigts, en retenant mon souffle, de crainte que tout ne tombe à terre et se brise. Lorsque mon hôte me raconte l'histoire de sa famille, j'ai l'impression, douce et troublante, d'être une parente débarquée de Biélorussie découvrant une ascendance dont elle n'avait aucune idée.

Claude-Jean Halfen est né le 9 décembre 1955, à Paris, de parents juifs ashkénazes, résistants et communistes, eux-mêmes enfants de communistes, ou d'anarchistes, venus de tant de lieux disparus en Hongrie, Pologne, et Russie, que sa mère ne savait même plus d'où. La lutte et les disparus sont partout, dans cette maison, et même si, une fois encore, sur mon carnet, ne seront consignés que des fragments épars au détriment d'autres, il me semble que quelque chose s'insinue et s'éclaire en moi dont la famille traversa le siècle en ne pensant qu'à elle-même. Tout nous sépare, Claude et moi, et pourtant, lorsqu'il me raconte son enfance, j'ai le sentiment de très bien connaître ce petit garçon qui collectionne les timbres et s'enferme pour lire dans un placard avec une bougie.

Chez ses grands-parents, fourreurs, rue des Petites-Écuries, dans le Xe arrondissement, règne la même douceur que celle qui régnait à Milan, chez mes grands-parents. Dans l'appartement familial, à Rueil-Malmaison, Claude s'échappe dans les livres, comme moi avenue des Crêts-de-Champel. La nuit, nous dévorons les romans volés dans la bibliothèque de nos pères, ces pères auxquels nous ne comprenons rien, qui mènent à l'extérieur d'étranges missions, et ne trouvent jamais la paix, ou juste une place sur cette terre. Albert Halfen, sans doute prénommé ainsi en hommage à Albert Einstein – « un juif Prix Nobel, ça n'était pas si fréquent » –, vit en 1956, alors qu'il est âgé de trente-trois ans et son fils Claude de quelques mois à peine, une sorte d'effondrement existentiel, avec la découverte, lors du 20e Congrès du PC et du rapport Khrouchtchev, de la réalité brutale du régime stalinien. Écœuré, il rend sa carte du parti et perd du même coup son travail de membre permanent du Mouvement de la paix, organisation périphérique du parti au sein de laquelle il portait le noble costume de combattant de la liberté.

Durant les années qui suivent, Albert, dont la nature joyeuse résiste à tout, aligne les petits boulots, de démonstrateur dans les supermarchés à représentant en machines à coudre Singer, changeant de travail si souvent que son fils ne sait plus très bien ce qu'il vend. Son père adore lire, impose le respect par son esprit et sa culture, apprend un nombre insensé de langues à l'aide de méthodes Assimil, mais c'est aussi un éternel adolescent, qui part en vacances, direction la Bretagne, au volant de la voiture familiale, avec cinquante francs en poche, et lance, pour tenter de rassurer ses troupes : « C'est pas grave, je vendrai ma montre. » Un père qui, lors d'une visite à l'Unesco, finit par prendre la parole et la place du guide-conférencier, dévoilant ainsi son incroyable érudition, avant de finir par bavarder sans fin avec ledit guide, qui est en réalité pianiste, embrayant sur un savant échange musical, devant son fils à la fois amusé de la cinglerie de son père, ébloui de son savoir, et fatigué de l'attendre. Cela me rappelle ces déjeuners interminables, au cours desquels Yves S. nous demandait, à mon frère ou à moi, d'aller chercher son dictionnaire du cinéma, pour vérifier le nom d'un réalisateur, avant de raconter une anecdote brillante, drôle, ou si complexe que l'on avait la sensation que nos cerveaux étaient faits de bouillie, et le sien de lumière pure.

Sommes-nous, tous autant que nous sommes, semblables dans nos cœurs d'enfant ? Cherchons-nous désespérément à être vus par nos pères, et aimés par nos mères, à moins que ça ne soit l'inverse, est-ce ainsi qu'est constitué un jeune cœur, n'existe-t-il qu'un modèle ? Dans nos chambres, nous feuilletons ces albums où nous classons des séries de timbres, à l'effigie de la reine d'Angleterre et d'oiseaux de Nouvelle-Zélande pour moi, à celles de dirigeants des pays de l'Est pour Claude, rangés dans des bandes de plastique dont le crissement sous la pince à épiler, lorsque nous glissons un nouveau spécimen, nous fait encore frémir aujourd'hui, dans cette cuisine où nous refaisons dans les airs les gestes du philatéliste. À cette époque, nous collectionnons aussi les quartz, les roses des sables, les escargots fossiles, les coquillages, les coraux, les carapaces calcaires d'oursin.

À l'âge où je me rends à mes cours de ballet, en compagnie de petites filles de bonne famille, dans cette salle glacée où l'on me place systématiquement au dernier rang, dans le dernier groupe, ce qui me fait sangloter, dans ce justaucorps bordeaux que je hais, Claude rejoint chaque mercredi à Nanterre sa section de « Francs et franches camarades », mouvement d'éducation populaire communiste. Il part en balade, visionne *Quand passent les cigognes* ou *Le Quarante et Unième*, assis dans une salle de classe où règne un silence fasciné, armée de petits garçons emportés par le lyrisme du cinéma soviétique. Durant leurs longues marches jusqu'à Chatou, avant de partir à l'aventure sur l'île des Impressionnistes, ils chantent *La Jeune Garde* :

Oui, nous saurons vaincre ou mourir,
Nous combattons pour la bonne cause,
Pour délivrer le genre humain,
Tant pis si notre sang arrose,
Les pavés sur notre chemin.

Claude chante à pleins poumons, en dépit de l'angoisse qui étreint son cœur à l'idée de son sang arrosant les pavés. Je danse de toute mon âme même si la professeure, dont le chignon est si serré que j'ai peur que la peau de son visage se déchire, répète, exaspérée, en tapotant mon chausson du bout de sa canne, que je n'ai aucun cou-de-pied.

Mais alors que je m'enfuis dans mon imaginaire, et résiste

à la violence de l'existence en dansant des slows l'après-midi, abandonnée à l'amour, Claude, chez qui les repas de famille s'apparentent depuis toujours à des réunions de cellule, entre dans la lutte. À douze ans, minuscule dans la passion furieuse de Mai 68, il traîne sur les barricades, balance des pavés, crie « CRS-SS ». L'année suivante, au lycée de Rueil, avec quelques camarades, il séquestre l'inspecteur d'académie, M. Rieux (« ça ne s'oublie pas, son premier otage »), dans son bureau. Celui-ci vient d'exclure pour huit jours un élève accusé d'avoir écrit au tableau : « Ne dites plus "monsieur le professeur", dites "crève salope". » L'affaire est sérieuse. Pour identifier le coupable, un graphologue est invité à étudier les copies des élèves. Très vite, celui-ci est formel : l'auteur du crime est le jeune François Bouiller. Mais voilà, c'est une terrible erreur judiciaire. Claude le sait bien, puisque c'est son copain Marc Marchand, admirable poète politique, qui a écrit la phrase au tableau. Dans la cour du lycée, on se mobilise. On dresse les drapeaux noir et rouge de l'anarchie, on fait des piquets de grève, auxquels se joint le condamné François Bouiller, qui se fiche complètement de sa peine, mais préfère rejoindre la résistance plutôt que de se morfondre à domicile. Après quelques jours, le mouvement faiblit, il faut frapper plus fort. Claude, Marc et une bande d'excités se ruent dans le bureau de l'inspecteur d'académie.

« Nous exigeons la réintégration de notre camarade ! s'exclame Claude en arrachant d'un geste théâtral le fil du téléphone posé sur le bureau derrière lequel se tient M. Rieux, impassible.

— Vous êtes bien jeunes, remarque celui-ci.

— Il n'y a pas d'âge pour combattre l'injustice », rétorque Claude, en agitant le combiné dans les airs.

Après son tour de force dans le bureau de l'inspecteur d'académie, Claude quitte le lycée, puis l'appartement familial. Il vagabonde, erre dans Paris, plonge dans une autre réalité. Tandis qu'allongée dans un grand lit en osier blanc, je rêve de fuite et de passions dévastatrices, il passe ses nuits dans des appartements miteux où l'on fomente la révolution, et quelquefois dehors, sous le dôme de la fontaine aux Innocents, aux Halles, en compagnie de clochards venus s'abriter de la pluie. Il a quatorze ans, la vie est à lui.

Nos chemins se séparent, et pourtant, il me semble que c'est ce même adolescent, tendre, fougueux, qui, à la fin des années 70, braque des banques, flanqué de lunettes de ski « pour changer », et d'un imperméable Burberry, car on peut y cacher un fusil-mitrailleur. Le même qui, en plein hold-up, fait des claquettes sur le comptoir pour plaire à la guichetière. Le même encore qui, en mars 1984, éclate de rire dans le bureau de Jean-Louis Bruguière, le juge qui a instruit les affaires du Japonais cannibale, de Madame Claude ou de la tuerie de la rue des Rosiers, lorsque celui-ci lui annonce, en mâchonnant sa pipe : « Je vais vous briser les reins. » Le détenu poétique qui, en quartier d'isolement, à Fresnes, projette avec des camarades des cellules voisines – un fils de rabbin devenu braqueur et un membre des Brigades rouges – d'écrire *La véritable histoire du monde, ou Comment naissent les empires*. Des camarades que jamais il ne croise, mais avec qui, à la nuit tombée, il échange, rêve et plaisante par la fenêtre, à travers les barreaux. Cet homme qui déclare, ce soir encore, à soixante-cinq ans, le visage radieux, faussement naïf, en levant son verre dans cette cuisine où se promène un chat boiteux : « C'est la lutte qui rend heureux. »

Lorsque je lui dis que je ne peux m'empêcher de voir l'être humain derrière la fonction, que je choisis l'individu face au collectif, et que l'on ne peut résumer les policiers à des ennemis ayant choisi leur camp, c'est un peu primaire tout de même, il répond, dans une sorte d'assurance tranquille, citant Eldridge

Cleaver des Black Panthers : « Tu fais soit partie du problème, soit partie de la solution. » Même si ce genre de principe me paraît discutable, le combat s'incarne dans cet homme hanté par la résistance telle une façon d'être au monde, de ne jamais déserter. Il représente à mes yeux le courage, le refus de se résigner à la dissolution du commun, le refus du repli et du désespoir de ces années 80 qui se laissent glisser dans le néolibéralisme comme si c'était inéluctable. Tandis qu'Yves S. admire l'audace d'un Bernard Tapie, qui fait de l'aérobic à la télé, ou de Paul-Loup Sulitzer, auteur de *Money* et de *Cash !* avec qui il se targue d'avoir partagé, au Byblos, à Saint-Tropez, un magnum de champagne, je vois croître la solitude de Claude et celle de ses camarades. L'échec d'une volonté que la majorité juge ringarde, loseuse ou imbécile, comme si, à l'heure des winners, où Tapie anime le show « Les Bons, la Crise et les Perdants », la majorité avait nécessairement raison, et que l'échec d'un rêve constituait le verdict de Dieu en personne. Voilà ce que je ressens alors que je note fébrilement un détail, un souvenir, une aventure, et que Claude me répète, encore et encore : « Ça n'est pas intéressant. »

Dans cette cuisine, ces quelques mètres carrés dont je commence à connaître le moindre recoin – les étagères où s'alignent les verres à pied, le frigo silencieux, dont l'ombre se déplace sur le carrelage au fil de la journée, les carnets de dessins, contre mon bras, que je compulse dès que Claude tourne le dos, les assiettes qui sèchent, disposées en rang au-dessus de l'évier, dans cette cuisine où le temps se défait, et où, de plus en plus ivre, j'ai l'impression de vivre depuis toujours, je suis en planque, heureuse. Je m'abrite de l'ennemi, quel qu'il soit.

Tandis que la nuit avance, se dessinent les silhouettes des autres, ceux avec qui il passait des jours, des semaines parfois, enfermés dans une seule pièce, comme nous ce soir dans cette cuisine. La voix de Claude se fait plus lente, plus profonde, les membres d'Action directe surgissent des profondeurs de sa mémoire. Jean-Marc Rouillan, qui fait les cent pas en fumant une Gitane, sans jamais s'arrêter, comme s'il creusait une tranchée dans la moquette. Régis Schleicher, surnommé « le Prussien », qui fait le ménage, plie ses affaires avec un soin maniaque et aligne les armes contre le mur, à exacte équidistance. Mohand Hamami, jeune homme timide et bien élevé, qui repasse ses chaussettes et ses slips. Mohand Hamami, dont la seule photographie connue est un portrait inquiétant, regard noir, mâchoire serrée, et qui se révèle un garçon doux et naïf, tombant sans cesse amoureux, en particulier d'une fromagère bretonne de la rue des Martyrs à qui il achète des kilos de tome et de roquefort, rendant l'air de l'appartement de la rue Manuel irrespirable. Mohand Hamami à qui Claude et Jean-Marc finissent par faire croire que la fromagère est membre d'un réseau révolutionnaire bien plus dangereux qu'AD, qu'elle est surveillée par la police, et qu'il faut donc cesser de fréquenter son magasin, ce à quoi il se résout, après avoir rendu une dernière visite à la jeune femme et lui avoir chuchoté, le cœur serré, en tapotant l'étoile rouge épinglée à son blouson : « Moi aussi, vous savez. » Nathalie Ménigon, secrète, silencieuse, attablée dans son coin, un casque sur la tête. Nathalie qui ne supporte pas l'alcool, qui, après un verre, se jette au cou de ses camarades pour leur dire qu'elle les aime.

Ne vous approchez pas trop du cœur d'autrui, vous ne serez jamais plus sûr de rien.

Lorsque nous faisons un tour dans le quartier, la seule échappée que nous nous octroyons durant ces deux jours, je songe aux sorties qu'il s'autorisait en pleine journée à l'époque de la clandestinité, pour des repérages ou simplement pour le plaisir de la déambulation, sorties auxquelles se joignait presque toujours

Nathalie. Lui, foulard, pantalon cigarette, chaussures impeccablement cirées, elle coupe garçonne, jean et blouson de cuir, ils arpentent les rues, en parlant de tout et de rien – jamais de lutte armée, jamais de politique –, ils passent devant un avis de recherche où sont imprimés leurs portraits, s'arrêtent au café. Tandis que Claude, au bar, bavarde avec le patron, Nathalie, concentrée, joue au flipper, ou à Pac-Man, sur une arcade bleu marine. Je les imagine aussi tous ensemble dans ce restaurant, le jour où Nathalie sort de prison, en octobre 81, et que sa sœur Mireille, qui vient d'accoucher, lui demande au téléphone si, maintenant qu'elle en a fini avec ses conneries (elle ne l'a sans doute pas dit en ces termes, mais j'aime me la représenter ainsi, au bout du fil, cette toute jeune mère, exténuée et pragmatique), si maintenant qu'elle est dehors, elle veut bien venir récupérer Fripouille, le vieux chien de la famille. Nathalie revient à table, embêtée à l'idée de devoir concilier lutte armée et animal domestique, et puis Jean-Marc s'en va à la cabine, rappelle Mireille, et lui ordonne non seulement de garder le chien, mais encore d'en prendre bien soin. Il va charger des camarades de la surveiller, il ne voudrait pas avoir à prendre des décisions regrettables, ajoute-t-il en essayant tant bien que mal de garder son sérieux. Puis il rejoint les autres et déclare : « Fripouille, c'est réglé. »

Je voulais de la vie, la voilà qui ruisselle, déborde et, alors que nous cheminons côte à côte, Claude et moi, dans ces rues anonymes, sous un soleil froid, je me demande ce que, dans ma naïveté, j'espérais comprendre, ou apaiser. Je tiens entre mes mains des calques qui ne se recouvrent pas, des images que l'on place les unes sur les autres, mais demeure entre elles un vide que rien ne vient combler. La fusillade de l'avenue Trudaine a eu lieu à quelques centaines de mètres du magasin où, transi d'amour et de timidité, Mohand Hamami achetait des fromages à une jolie Bretonne. Quelque temps plus tard, un autre camarade m'assurera qu'Hamami ne repassait pas ses slips, c'est absurde, mais oui, c'est vrai, il était réservé et sensible. Dans un livre d'Alain Hamon et Jean-Charles Marchand consacré à Action directe, le gardien de la paix Guy Adé, rescapé de la fusillade, témoigne depuis son lit d'hôpital qu'Hamami a tiré plusieurs fois sur Caïola avant de l'achever d'une balle dans le crâne. Je pense à sa veuve, enceinte de huit mois, à son *jeune enfant* dont je n'ai jamais retrouvé ni l'âge, ni le nom, ni le sexe.

Je pense à Nathalie, sentimentale et éméchée, qui serre ses camarades dans ses bras, puis assise sur ce banc, boulevard Edgar-Quinet, un calibre 9 mm caché sous son blouson. À la photographie de Georges Besse, étendu dans une mare de sang, cette photographie affichée partout dans la ville sur les manchettes des journaux, et dont le souvenir poursuivra ses enfants des années après. À Françoise Besse, ses boucles d'oreilles de nacre, son chagrin si désespérément contenu. Et à la question posée à Jean-Marc Rouillan par *L'Express*, en 2005 : « Regrettez-vous les actes commis par Action directe, notamment l'assassinat de Georges Besse ? »

S'approcher de la vie n'aide en rien, avancer jusqu'à sentir son souffle sur sa peau fait plus mal encore. En ce lieu où se tiennent enlacés l'espoir et l'inconsolable, la tendresse et l'indicible, aucune réponse ne surgit.

Claude Halfen a été acquitté dans l'affaire de l'avenue Trudaine. Il a toujours affirmé qu'il n'était pas présent lors de la fusillade, et se trouvait à ce moment-là rue Manuel, en compagnie de Jean-Marc Rouillan et Nathalie Ménigon. Emprisonné en 1984, il n'a pas non plus participé aux assassinats du général Audran et de Georges Besse. Il était alors incarcéré dans les quartiers de haute sécurité, à Fresnes, l'une des prisons les plus dures de France, mais aussi l'endroit où il s'est senti le plus libre de son existence. En dépit de l'enfermement, de l'isolement des quartiers de haute sécurité, de l'hypersurveillance, du courrier qui ne parvenait pas, et des droits de visite déniés. « Il n'y avait plus rien à cacher », dit-il, tandis que nous nous éloignons de la ville pour nous engager sur un chemin de campagne. Je fais une pause, en tripotant les feuilles d'un arbre au-dessus de nos têtes : « Ne plus rien avoir à cacher, est-ce possible ? » Il sourit, et tend la main vers d'étranges câbles noirs, qui longent le chemin avant de disparaître dans les broussailles. « Leurs systèmes d'écoute sont très archaïques, tout de même », remarque-t-il en plaisantant. Claude a le don de jeter le voile du romanesque et de la drôlerie sur à peu près tout, en particulier ce qui blesse. Son sourire refuse le chagrin, et parfois le réel, dans une bonhomie trompeuse.

Ce jour-là, tandis que Claude désigne au loin des cerisiers sauvages, et les A cerclés de l'anarchie qu'il n'a pu s'empêcher de dessiner sur un mur d'enceinte, j'ai la sensation d'exister. L'histoire ricoche en moi en créant des éclats de lumière. Je ne m'attendais pas à cela. Pour la première fois, je ne suis pas hantée par les conséquences de mes actes sur ma famille, sur les victimes, ou sur leurs proches, sur les hommes et les femmes dont je parle. Durant deux jours, j'oublie que chaque mouvement intérieur en faveur de l'un est, dans le même temps, un poignard dans le cœur d'un autre. Pour une fois, j'enregistre une quantité de détails, d'une netteté photographique. Les panneaux, sur la route, les fleurs des champs – mauves, blanches, jaunes –, les coutures du pull-over de Claude, les montures de ses lunettes, la terre sur ses chaussures. Les titres des ouvrages posés sur un tabouret, la tapisserie du tabouret, les rayures sur le cadran du téléphone au pied de mon lit. On dirait que le monde est bien là, tout autour, et moi, à l'intérieur.

Assise dans le train du retour, je souris à Claude, debout sur le quai. La veille, à notre retour de promenade, en sirotant un cocktail de son invention, je lui ai fait part de mon inquiétude. « Le livre que j'écris est une arme de destruction massive », ai-je lancé, mélodramatique. Il a hoché la tête, en découpant un citron. « N'exagérons pas. » Ce soir-là, j'ai été plus bavarde que lui. En attendant le départ, je réalise que cet homme qui me fait signe de l'autre côté de la vitre, comme si j'étais une enfant partant en colonie de vacances, a réussi ce à quoi personne ne parvient jamais : me faire baisser la garde. J'ai sur les genoux un sac de pommes qui pourrait nourrir une famille durant des semaines. Claude me l'a remis avec autorité, ainsi que l'aurait fait ma grand-mère qui bourrait mon sac de tortelli, ces gâteaux typiques de la région de Parme, fourrés à la confiture de prune. Sur le quai, il agite sa main, longtemps, appuyé sur sa canne. Alors que mon train s'éloigne, je mâchonne un quartier de pomme en regardant rétrécir sa silhouette, immobile dans son pardessus, et sa main, qui remue dans les airs.

En rentrant chez moi, j'ai le sentiment d'avoir mené à bien une mission de la plus haute importance, mais dont on ne m'aurait pas indiqué la signification. Quelque chose de doux et de neuf est en gestation. Un pigeon roucoule devant ma fenêtre en se bricolant un nid. J'ai du mal à croire qu'il a un jour plu dans mon salon, que tout s'effondrait autour de moi. Je me suis hissée sur une île, au milieu d'un fleuve déchaîné. Je sais qu'il me faudra un jour rejoindre l'autre rive, mais, pour l'instant, je reste là, dans l'entre-deux.

Il y a de nouvelles personnes dans ma vie, elles occupent de plus en plus de place. Je prends des nouvelles, je m'inquiète, je reconstitue une famille, avec Claude dans le rôle de l'oncle badin aux mille anecdotes, Hellyette dans celui de la grand-mère aventurière. Au téléphone, Claude me dit qu'il doit raccrocher, car le livreur est arrivé chargé de ses produits surgelés, il doit les ranger au congélateur, et une minute plus tard, à peine, le voilà déjà qui me rappelle, il avait anticipé et fait de la place dans le bac. « Ah mais il y a une vraie organisation, là-derrière », dis-je, ce à quoi il répond : « Il y en avait une, en effet, mais elle a été dissoute. » Nous gloussons comme deux idiots. Quant à Hellyette, je lui apporte des hérissons, en chocolat ou en peluche, ainsi que le faisaient ses copains combattants italiens, ou des roses jaunes, ses préférées, qui étaient aussi celles de ma mère et dont Yves S. la couvrait, des bouquets qui semblaient toujours vouloir se faire pardonner quelque chose. Nous parlons de sa sœur ou de l'avancée de ses étagères qu'elle badigeonne de toutes les couleurs. Nous évoquons les souris qui trottinent sous la table de sa cuisine, et que nous envisageons d'éliminer à l'aide du poison rangé dans le placard de mon entrée. Je l'ai planqué là, il y a des années, affolée par la notice promettant une lente agonie par hémorragie interne. Nous tentons de leur expliquer qu'elles doivent quitter les lieux. (Je m'adresse à elles, criant, au téléphone : « Réglons cela à l'amiable, les filles, ça va mal finir ! ») Hellyette soupire : « Ces petites folles n'écoutent rien. » Nous envisageons de nous retrouver sur un banc, vêtues d'un imperméable, en faisant mine de ne pas nous connaître. Je déposerai entre nous un sac en papier kraft contenant l'arme létale, elle l'emportera sans m'avoir lancé un regard. Bref, nous rigolons bien. Cette enquête se révèle de plus en plus douteuse dans sa partialité. Désormais, quand l'interlocuteur à qui je raconte mon projet de livre me demande ce que cela fait, de « rencontrer des terroristes », je rétorque en serrant les dents que je préfère, si cela ne l'ennuie pas, les termes « combattant révolutionnaire ».

Je ne vais plus très souvent au Jargon, je préfère rendre visite à Hellyette chez elle, et cela n'est pas anodin, un léger déplacement dans ma trajectoire. Le matin, je la trouve en robe de chambre, décoiffée et impériale, dans son grand lit, une profusion de carnets, de journaux et de livres déployés autour d'elle. Elle me sourit, à la façon d'une star alanguie. Elle écoute la radio sur une chaîne hi-fi des années 80, le genre de chose que plus personne n'a chez soi. Au téléphone, j'entends des voix derrière elle, cela me rappelle ma grand-mère, la télévision allumée sur une chaîne italienne, les fonds sonores du passé. Je lui apporte des gâteaux. Je m'inquiète pour sa santé, j'attends qu'elle m'appelle quand elle revient de chez le médecin. Assises l'une à côté de l'autre, nous guettons les oiseaux : les mésanges, les moineaux, surnommés les blousons noirs, qui débarquent en bande, les geais, qui imposent le respect à tous les autres, le rouge-gorge obèse qui vient trottiner jusqu'à la porte, et le sittelle torchepot dont Hellyette mime la façon de descendre le long des troncs, tête en bas, en sautillant. Quelquefois, dans la journée, je reçois un SMS : « le rouge-gorge est passé », « les mésanges viennent d'arriver », « un merle dans les lilas, c'est la première fois ». Quelquefois, les oiseaux disparaissent pendant plusieurs jours. « Où vont-ils ? » me demande Hellyette, et nous restons là, les yeux levés vers le ciel, en silence.

C'est à cette période qu'elle m'annonce avoir parlé de moi à Annelyse, l'amie qui a hébergé Nathalie Ménigon à sa sortie de prison, à la fin des années 2000. Elle me donne son numéro : elle vit dans le Sud-Ouest, à quelques kilomètres de Nathalie, elle pourrait m'aider à la rencontrer. « À quelques kilomètres de Nathalie. » Il y a quelques semaines, ces mots m'auraient fait palpiter. Mais aujourd'hui, je la remercie du bout des lèvres, avant de changer de sujet. Je veux qu'elle me raconte encore une fois la nuit où, âgée de treize ans, dans une maison pleine d'Éclaireuses terrifiées par des bruits de pas au-dessus de leurs têtes, elle a soulevé la trappe menant au grenier, et s'est trouvée nez à nez avec un hibou grand duc de la taille d'un enfant.

Jamais je n'ai été aussi près du but : me confronter à l'ex-ennemie numéro 1, celle qui, parmi les membres d'AD, me touche et m'effraie le plus. Sonder son cœur et ses regrets.

Pourtant, je n'appelle pas.

C'est aussi à cette période-là que je fais la connaissance d'un ancien du groupe, surnommé La Galère. Hellyette lui a parlé de moi, alors il propose de me rencontrer, même si je sens sa méfiance au bout du fil. Il me donne rendez-vous près du parc de Belleville, où il débarque, blouson noir, lunettes noires, sur une énorme Harley-Davidson. « Comme le dit Ernesto Guevara junior, le fils du Che, les Américains ont inventé trois bonnes choses : le colt 45, les bimbos, et la Harley-Davidson », lance-t-il, dans un sourire de faux dur à cuire qui me fait pressentir que je vais avoir du mal, une fois encore, à faire preuve d'objectivité. Tout ce qu'on m'a dit de lui – sa gentillesse, ses bourdes – me le fait aimer avant même de le voir avancer, boitant légèrement, avec ses airs de truand. Le fait qu'il ait été le seul à se faire arrêter, lors de l'échange du tableau *L'Escamoteur*, dérobé à Saint-Germain-en-Laye le 13 décembre 1978 – ses copains lui faisaient signe de loin pour l'alerter de la présence de la police mais il ne les voyait pas, en raison d'une myopie qui fait partie de sa légende – me le rend particulièrement sympathique.

L'Escamoteur est attribué au peintre flamand Jérôme Bosch, mais certains pensent qu'il fut réalisé, au début du XVIe siècle, par Gielis Panhedel, un élève de son atelier. Même s'il était alors courant de voir certains grands maîtres signer des toiles de leurs disciples, concernant *L'Escamoteur* tout ressemble à une illusion, un tour de passe-passe, la vérité n'étant jamais là où le regard se pose. Sur le tableau, un bonimenteur se tient devant une troupe de badauds, avec, dans sa main, la muscade qu'il fait apparaître et disparaître sous des gobelets, dans une version moyenâgeuse du jeu de bonneteau. Courbé en avant, un joueur fasciné suit les gestes de l'Escamoteur, tandis qu'un homme en habits religieux, dissimulé dans l'assistance, lui dérobe sa bourse. Le tableau paraît renfermer de mystérieux messages. Le jeu du pouvoir qui, allié à une Église corrompue, vole le peuple, la représentation d'une bourgeoisie aveuglée par son désir de profit, ou encore l'allégorie de l'artiste en prestidigitateur, qui manipule, révélant ou dissimulant la vérité. Je vous fais gober ce que je veux, semble nous dire la grenouille posée sur la table. La sombre beauté de cette toile s'adresse à moi, d'une voix qui surgit de la nuit, à travers la lucarne, dans le coin gauche de l'image, son bleu est celui de l'énigme. Elle me chuchote : *chacun est victime et coupable.* C'est sans doute la phrase que je redoute le plus d'entendre, car elle est la vérité même. Que ce soient les membres d'Action directe qui dupent et sont dupés, Yves S. trompant son monde avant de tout perdre, ou l'enquêtrice qui prétend être honnête, mais manœuvre pour obtenir des confidences, chacun se tient là, avec son goût du secret, du jeu et sa naïveté.

Nous sommes à la fois la foule qui regarde, le joueur et l'escroc, nous sommes sous un gobelet et sous un autre. Nous affichons une pluralité de visages. Nous sommes aussi la petite chouette qui, cachée dans la besace de l'Escamoteur, voit ce que les autres ne voient pas, l'obscurité, la vérité, le piège. Quelquefois, nous sommes le piège.

À la fin de l'année 1978, on fait savoir à ceux qui ne sont pas encore Action directe qu'un collectionneur américain cherche à se procurer une œuvre de grande valeur, pour son musée personnel, sans se soucier d'un quelconque titre de propriété. L'intermédiaire de l'acheteur est un personnage familier de ce genre d'affaires, vague copain, artiste et magouilleur professionnel : Gabriel Chahine. Le maître de l'illusion, c'est lui. Deux ans avant le guet-apens de Villerville, entre trafics divers et soirées dans son loft où l'on croise de jeunes et jolies aspirantes actrices, le Libanais va piéger une première fois ceux qu'il prétend être ses amis. À cette époque, il renseigne déjà la police, pour des motifs peut-être moins flamboyants que le goût du théâtre, plutôt celui des mallettes bourrées de billets de banque, ou le renouvellement d'une carte de séjour, afin d'éviter un retour à domicile en pleine guerre du Liban. Mais qui sait sous quel gobelet il se cache, sans doute voyage-t-il de l'un à l'autre, comme nous tous.

J'aimerais croire que Jean-Marc Rouillan, La Galère et les autres jettent leur dévolu sur *L'Escamoteur* dans un geste politique puisque cette toile dénonce ce qu'ils combattent, mais en réalité, ce choix est le fait du hasard, de l'occasion, de la facilité. Ils découvrent le tableau de Jérôme Bosch en passant devant une affiche, sur une vitrine. Le musée de Saint-Germain-en-Laye qui l'abrite est logé au premier étage d'une maison bourgeoise, dans une rue paisible, dénué de système de sécurité. Le gardien est seul et a une jambe de bois. Le tableau est accroché par de simples fils de fer, il est là, dans l'ombre, attendant d'être emporté. En le voyant pour la première fois, lors des repérages, Jean-Marc Rouillan reste un long moment fasciné, frappé d'une sensation physique. Le 13 décembre 1978, *L'Escamoteur* est subtilisé, simplement glissé sous un bras, tandis que l'on entend au loin résonner la jambe de bois du gardien sur le parquet.

On cache le tableau dans un appartement du XVIIe arrondissement, où, le soir, défilent les camarades venus l'admirer, l'éclairant à la lampe torche. Des discussions enflammées ont lieu à son sujet, l'idée qu'il finisse chez un riche capitaliste leur pose problème, ce n'est pas vraiment raccord avec leurs convictions. On envisage de l'échanger contre des prisonniers politiques, ou de le rendre à l'État, moyennant une rançon de plusieurs millions de francs. Mais après de longs palabres, fatigués, nerveux et sans doute pressés d'en finir, ils conviennent de s'en tenir au plan.

Le rendez-vous est pris – et le piège tendu – par l'intermédiaire de Chahine, rue Scribe, le 2 février 1979, où le tableau doit être livré contre de l'argent et des armes. Le richissime acheteur n'existe pas, c'est un policier canadien détaché en France à l'office des stupéfiants qui joue son rôle. La Galère se rend au rendez-vous dans un break Peugeot, le tableau enroulé dans une couverture sur la banquette arrière, les autres dans une voiture qui tourne aux alentours pour vérifier que la voie est libre. Ceux-ci repèrent la police, comprennent qu'il s'agit d'un guet-apens, tentent de lui faire signe, les fameux gestes de loin qu'il ne voit pas, et déjà, il est trop tard, les flics lui sautent dessus.

Pour cette affaire, il fera vingt-huit mois de prison, avant d'être amnistié, et libéré le 12 mai 1981. Mais s'il fut condamné pour le recel et le convoyage du tableau, aucun témoin ne le reconnut jamais, pas plus que Jean-Marc Rouillan, comme auteur du vol : celui-ci demeure à ce jour inconnu. L'escamotage de *L'Escamoteur*, ainsi que titre *Libération* à l'époque, reste un mystère, un geste magique, la noix de muscade sur laquelle personne ne mettra la main. Une fois restitué, le tableau sera enfermé dans un coffre-fort. Aujourd'hui, quarante ans plus tard, il n'en sort qu'en de rares occasions, des expositions exceptionnelles – « tout ça à cause de nos conneries », constate La Galère, un peu mélancolique. Après la prison, il se rendra au Louvre, juste pour contempler *La Nef des fous*, autre œuvre de Bosch, et retrouver cette beauté, le souvenir de celui qu'il appelle le tableau de sa vie.

Lorsque je le rencontre, La Galère me fait monter sur cette Harley monumentale, et m'emmène en haut de la rue de Savies, dans le XXe arrondissement, là où, en 1979, il avait initialement proposé de fixer le rendez-vous pour l'échange du tableau, là où, pense-t-il, il n'aurait pas été arrêté. Durant cet après-midi que je passe en sa compagnie, il me montre surtout des coins de Ménilmontant où des trucs auraient pu se passer, mais finalement non, comme s'il valait mieux rester dans l'hypothétique, contourner ce qui a eu lieu. Il observe avec suspicion une vieille dame qui tapote sur son téléphone à quelques pas de nous, ce qui me fait rire (pas lui). Baisse la voix quand un passant nous double. Ne quitte pas ses lunettes noires, même lorsqu'il fait nuit.

La Galère est fils et petit-fils de flic, ce qui complique tout, et le rend plus attachant encore. Cette carrure, ce bloc de muscles et de force dissimule le déchirement, la sensibilité, les loyautés impossibles. En 1982, blessé par des policiers qui lui tirent dessus rue Saint-Fargeau, à quelques centaines de mètres du domicile familial, il ira, après une nuit passée planqué dans la cage d'escalier d'un immeuble voisin, se faire soigner chez un médecin ami de son père. En cavale, il sera à nouveau hébergé par un copain de son père. J'imagine les tourments du commissaire principal, grand serviteur de l'État à la carrière remarquable, dont le fils a rejoint Action directe. Dans cette famille-là, les hommes ne parlent pas. Le grand-père était résistant, le père commissaire aussi, personne ne l'a jamais évoqué. Même les actes héroïques, on les cache. La Galère fut correcteur dans divers journaux, et interprète au Nicaragua, où il vécut entre 1984 et 1989, soit des années à travailler sur la parole des autres. La meilleure façon d'éviter de parler.

Même s'il a toujours l'air de considérer que quelqu'un va le trahir (moi, par exemple), qu'il évoque les diverses infiltrations d'Action directe, les copains retournés par les flics, les indics, les balances, il s'échappe de son être une gentillesse, une douceur, un besoin de dire aussi, comme si toutes ces années de silence avaient fini par l'éreinter, et j'aimerais qu'il sache combien je comprends ça. Ce sac de cuir que l'on garde serré contre soi pendant un temps infini, presque une vie entière, et qui se met soudain à fuir.

La Galère évite les lieux, ainsi que l'on évite ce qui, à l'intérieur de soi, ne doit être vu. Mais en fin de journée, de sa propre initiative, il me conduit devant l'ancien domicile de Gabriel Chahine, là où celui-ci fut abattu, rue des Pruniers. Assise sur cette Harley-Davidson dont le rugissement fait se retourner les passants, je me demande s'il en est ainsi de tous les dépositaires de secrets : nous avançons dans la vie avec une infinie prudence, nous nous déplaçons sur la pointe des pieds, tels des danseurs concentrés, et puis, soudain, nous fonçons au cœur même des choses à grands pas irréfléchis, ou sur une moto aussi large qu'un cheval. À force d'éviter un espace circonscrit, tout finit par nous y ramener.

Il se gare, et nous restons là, sur le trottoir, dans la lumière de la fin de journée.

L'immeuble est un bloc de béton moderniste, dans lequel sont encastrées deux verrières superposées. J'essaie de me figurer la scène. Le tueur déguisé en postier qui s'approche, Gabriel Chahine qui descend l'escalier, sa femme et son nourrisson à l'étage. La surprise, ou peut-être pas, du Libanais. Le bruit de la détonation. Le fusil de chasse à canon scié qui sera jeté en contrebas, dans la rue qui descend le long du cimetière du Père-Lachaise. Dans cette histoire, on meurt dans des rues adjacentes à des cimetières où l'on n'est pas enterré. Nul ne sait où Gabriel Chahine a été inhumé, personne ne pleure sa disparition, évoquée à l'époque dans une seule dépêche du *Quotidien de Paris*, à la rubrique faits divers : « Quand Action directe exécute un mouton. » L'État n'a jamais apporté le moindre soutien, financier ou moral, à sa compagne ou à son enfant. Lorsqu'il est question de l'assassinat d'un homme, il devient difficile de comprendre quoi que ce soit. Au sujet de Chahine, La Galère se contente de me dire que, pour ce jour-là, chaque membre d'Action directe a un alibi, je peux vérifier. Il dit cela dans un sourire, rien d'autre n'affleure. Le meurtre ne fut jamais revendiqué, même si certains policiers sont convaincus que le tueur était Régis Schleicher, le meilleur ami de La Galère, rencontré à l'âge de douze ans. Mais celui-ci se tait, impassible derrière ses lunettes noires.

C'est plus tard dans l'après-midi qu'il laissera entrevoir son rapport avec la mort, celle qu'on donne, cette aberration sur laquelle je bute, encore et encore, et sur laquelle peut-être il bute aussi, même si jamais il ne le formule ainsi.

Au Nicaragua, où il rejoint le Front de libération sandiniste au mitan des années 80, on lui donne pour mission de tuer un homme. Il s'agit, lui dit-on, d'un dirigeant des contras, un homme qui a tué, kidnappé, violé, torturé. La Galère le suit, surveille ses allées et venues, note ses habitudes. Celui qu'il doit abattre habite une maison modeste, dans un quartier délabré de Managua. Il a des enfants, ils sont petits, terriblement petits. La Galère le regarde, de loin, devient l'ombre de son ombre. Les jours passent, il a de plus en plus de mal à se voir assassiner ce type qui ressemble surtout à un malheureux, pauvre parmi les pauvres, père d'enfants trop jeunes pour être orphelins, et qui passe ses journées au bar du coin. Il a du mal à se le figurer en grand criminel de guerre. Et même si ce qu'on lui a raconté est vrai, que cet homme est un salaud, La Galère ne se sent plus très motivé. Il est bien embêté. Il décroche quelques jours, en proie à ses états d'âme, quand on lui annonce que l'homme est mort : il a pris un coup de couteau lors d'une rixe, dans un de ces bars qu'il fréquente. On ne saura jamais ce qu'il aurait fait si le destin, ou la frange la plus radicale des sandinistes, n'avait pris les choses en main, mais j'aime penser qu'il ne l'aurait pas tué. Qu'il l'aurait suivi durant des semaines, finissant par s'enivrer dans ces cantines où traînait sa cible, de plus en plus fatigué et mélancolique, en proie à ce déchirement intérieur qui semble être son lot sur cette terre.

Le destin, jugeant que cela lui correspondait mieux, a préféré lui envoyer un bébé à sauver. L'affaire a lieu en décembre 1988, lorsque La Galère rejoint, durant quelques semaines, l'armée populaire sandiniste, installée dans des tranchées au sommet d'une colline où, par un étrange concours de circonstances, il va tenir le rôle d'infirmier militaire. Lui à qui l'on ne confie les tours de garde qu'au tomber ou au lever du jour, jamais durant la nuit, en raison de sa mauvaise vue – et de la crainte pas complètement irraisonnée qu'il tire par mégarde sur n'importe qui – manifeste des qualités de terrain inattendues. Cela commence par une piqûre de pénicilline, qu'il plante dans la fesse d'un combattant atteint de chaude-pisse, parce qu'il n'y avait personne d'autre pour le faire, l'infirmier ayant déserté après s'être envoyé la réserve d'alcool médical. Avec un camarade, ils héritent du poste, légèrement paniqués mais pas du genre à se débiner, sachant que ni l'un ni l'autre n'a jamais suivi le moindre cours de secourisme.

S'il ne devait me rester qu'une seule chose de La Galère, une seule de toute sa trajectoire, lui qui s'évertue à me faire comprendre (en vain) les diverses nuances de la lutte, ce serait cette nuit passée au chevet d'un bébé souffrant de diarrhée aiguë, et dont la mère vient de parcourir des kilomètres à pied pour le confier, affolée, à deux secouristes pas vraiment au point. Avec sa carrure de colosse, ses mauvais yeux, il essaye de trouver la veine où poser la perfusion sur cette main minuscule, avec cette aiguille bien trop épaisse pour un si petit corps, l'anxiété face à la nuit qui tombe, et cet enfant de plus en plus pâle, qui, s'il n'est pas réhydraté, mourra avant l'aube. Alors il pique, il n'a pas le choix, manipulant le poignet microscopique, de plus en plus tendu, de plus en plus inquiet, il essaie, encore et encore, ça ne marche pas, il y a du sang, les pleurs stridents du nourrisson, et le désespoir qui croît, ce sentiment que rien ne sert à rien, à cet instant et dans l'existence entière. Et puis le miracle advient : il finit par planter l'aiguille, elle se maintient en place, il retient son souffle, pose le sparadrap pour la fixer, la solution de sucre circule. Il reste là, silencieux, à côté de la mère silencieuse, ils se penchent sur l'enfant qui retrouve des couleurs, de plus en plus rose et paisible tandis que les heures passent, et j'estime que c'est exactement cela que voulait le destin, voir La Galère triompher de ce combat-là, lui pour qui rien n'est jamais facile, empêché dans tout ce qu'il entreprend, le destin voulait que ce bébé puisse regarder le jour se lever, et que ce soit à ce géant, si doux et si peu sûr de lui, qu'il le doive.

Après cette journée, La Galère m'enverra un grand nombre de messages, mélange de clarifications et de doutes sur son histoire. Il nuance. Sa devise est « plutôt savoir que punir » (mieux vaut interroger un traître que l'abattre). Au Nicaragua, l'officier qui l'a recruté lui avait donné des ordres précis (vérifier les habitudes de la cible, rendre compte, pas d'initiative), avant de le sommer de « décrocher » (il s'agissait d'un test). Dans les tranchées, sur cette colline, la mission de l'armée sandiniste n'était pas que militaire mais aussi sanitaire – mission Pancasán, ne pas oublier l'accent sur le *a*. L'hélicoptère des médecins nicaraguayens ne pouvait plus voler après 15 heures, trop dangereux. Ces précisions sont absolument nécessaires, indique-t-il. Certains de ces messages ne me parviennent pas, ou seulement plusieurs jours après leur envoi. Depuis que je l'ai rencontré, plus rien ne fonctionne : Internet ne répond pas, les mails s'évaporent, le téléphone avale les SMS, l'imprimante est HS. Bref, c'est la galère.

« Mes mots sont des pigeons voyageurs qui viennent se fracasser le crâne contre un mur de technique », constate-t-il, de plus en plus angoissé. Je lui raconte qu'on vient de retrouver en Alsace, dans une capsule d'aluminium, un message militaire allemand inscrit sur du papier calque, perdu par un pigeon voyageur en juillet 1910. J'espère que les siens me parviendront avant cent dix ans. Je ne suis pas certaine que cela le fasse rire. Je reçois parfois des missives au milieu de la nuit. Afin de le rassurer, je lui adresse les pages qui le concernent au fur et à mesure. Il me les renvoie, en plusieurs exemplaires, corrigées en rouge. Je m'indigne, il s'énerve, finit par s'excuser. Nous nous débattons l'un et l'autre avec notre besoin maladif de parler et celui de nous taire, notre volonté de contrôle et notre paranoïa.

Il y a beaucoup trop de monde dans nos conversations. J'interroge La Galère au sujet d'affaires dont je ne suis pas victime, il me donne des réponses concernant des êtres disparus à qui il n'a jamais rien dit.

Je me demande si tous les messages qu'on envoie ne finissent pas par être déroutés. Si les réponses aux questions que nous posons ne parviennent pas à d'autres, qui ont posé d'autres questions, et reçoivent une réponse, pas tout à fait la bonne, quand ils ne l'attendent plus. Les mots empêchés resurgissent, en un autre lieu, un autre temps. Tel pourrait être l'emblème de cette histoire : un oiseau, un message arrimé à la patte, qui aurait mis près d'un demi-siècle à trouver un destinataire.

Dans mon appartement, l'odeur d'eau croupie a été remplacée par un parfum de printemps. Sur le rebord de la fenêtre, le pigeon couve son nid de brindilles, je l'entends roucouler pendant que je travaille sur mon lit. Les deux œufs qu'il cache sous son ventre seraient-ils le message ? Je m'approche sur la pointe des pieds, il dresse le cou, penche la tête. Nous nous observons longuement. Je crois percevoir de la douceur dans son œil. Sur le trottoir, mon voisin me salue de la main. Il a l'air reposé, ses joues sont plus roses que d'ordinaire. De l'autre côté de la rue, on a passé des couches de peinture blanche sur la façade de l'immeuble incendié, elle est si propre qu'elle semble diffuser de la lumière, de jour comme de nuit.

Les forces obscures s'éloignent, le cyclone se déplace. Elles se déchaînent désormais au domicile d'Hellyette, où quelque chose s'est déréglé. Chaque jour, les souris sont plus nombreuses et plus intrépides. Il y a de l'huile essentielle de menthe et des pièges disséminés le long des murs, des prospectus qui traînent, « lutter contre les rongeurs ». Hellyette mime leur trajet en sautillant de long en large, les mains repliées devant la poitrine. Cela me fait rire mais je vois bien qu'elle est agitée. Elle bondit du lit, persuadée que les bestioles courent dans son matelas.

Je m'assois, ne sens rien. Je m'inquiète de la voir si fébrile, plus échevelée que jamais, dans sa robe de chambre fleurie. Elle a mal partout, un zona fantôme, dont les boutons apparaissent et disparaissent, des douleurs dans le dos, des fourmis dans les jambes. Sa peau est si réactive qu'elle ne supporte plus qu'on la touche. Elle a une mine épouvantable. Je me demande ce que l'univers essaie de lui signifier.

Du coin de l'œil j'observe les souris trottiner le long des murs, surgir de sous le frigo, ou derrière la bibliothèque. Je les entends grignoter autour de nous. Je ne pense pas aux choses qu'il me faudrait affronter avant qu'à leur tour, celles-ci envahissent l'espace. Au numéro de téléphone que je n'ai pas composé. À celle que je pourrais aller voir, quelque part dans le Sud-Ouest. Hellyette et moi ne prononçons même plus son nom.

Je me résous à fournir l'infâme souricide que je m'étais pourtant juré de ne jamais utiliser. Il y a, dans nos espaces domestiques et nos mémoires, des lieux oubliés. Nous ne les visitons jamais, par distraction pensons-nous, en réalité nous les évitons soigneusement. Le placard où repose le poison est l'un de ces lieux. Sur l'étagère, le bidon est là, couvert d'éclairs rouges, à côté des journaux intimes de mon adolescence, et d'un jeu de couverts en argent, souvenir d'une vie familiale engloutie. Derrière, au fond, près d'une friteuse, se tient l'urne précolombienne que m'a offerte Yves S. Je la regarde pour la première fois depuis si longtemps que j'avais oublié à quoi elle ressemble. Un visage est sculpté sur le rebord. Mon père me l'a offerte après que je lui ai fait part de mon désir de posséder une pièce de sa collection. C'était une étrange requête : je détestais ces morceaux de terre cuite volés dans des tombes. Ils étaient plus effrayants encore que des objets appartenant aux morts, ils étaient les morts eux-mêmes et menaçaient, la nuit venue, de s'éveiller telle une armée de zombies demandant réparation. J'avais vingt ans quand je l'ai réclamée. Je crois avoir eu le projet de la vendre. D'une certaine façon, j'étais moi aussi un zombie demandant réparation. Ensuite, cette idée m'a paru honteuse. Il y a quelques années, j'ai proposé à mon frère de la lui offrir. Il a prudemment refusé.

Sans réfléchir, je fais glisser l'urne vers moi. Elle bute contre un objet volumineux qui repose dans le noir. Je me penche, découvre un gros livre recouvert d'un film plastifié. Sur la couverture, une photographie : je reconnais cette tête humaine en céramique, elle était exposée dans notre appartement. Le livre s'intitule *Tumaco, mille ans d'art précolombien*. Son auteur est Yves S. J'avais oublié que je possédais cet ouvrage, je ne l'ai jamais lu. J'ignore pourquoi nous regardons les choses durant des années, toute une vie, sans les voir, jusqu'à l'instant où elles se révèlent à nous d'une manière inédite. Pour la première fois, je suis frappée par la beauté de l'œuvre. La légende, rédigée par mon père, indique : *Céramique – 200 avant J.-C., dite le Masque fermé. Il s'agit d'une pièce exceptionnelle non seulement en raison de son esthétique hors du commun, intemporelle, mais aussi de son ambiguïté.*

Le Masque fermé : on pourrait décrire ainsi Yves S. Mais aussi les membres d'Action directe. Je me laisse glisser sur le sol, et commence à feuilleter l'ouvrage, assise en tailleur, au pied du placard grand ouvert. *Dans la culture Tumaco-La Tolita, la dualité du caractère humain, la double personnalité est présente dans un grand nombre de statuettes où elle prend la forme de deux visages superposés, nécessairement différents l'un de l'autre puisqu'ils expriment deux forces opposées.*

En examinant les photographies des pièces issues de l'ancienne collection de mon père, je suis prise de vertige. À chaque page apparaît une étrange confirmation du secret familial, une accumulation de pièces à conviction, des preuves qui étaient là, dans notre appartement, exposées sur des socles, mais que personne ne voyait. Un personnage debout tenant entre ses mains la tête d'un défunt, symbolisant la dualité humaine. Un visage sortant de la gueule d'un jaguar, évoquant la mort-résurrection, mais aussi les rêves dans lesquels, depuis l'enfance, des fauves et des ours me poursuivent. Un visage dont la partie gauche est recouverte d'un demi-masque illustrant, indique mon père dans le texte qui l'accompagne, le travestissement de la personnalité. Des figurines au sexe démesuré. Des étuis phalliques. Un homme au pénis en érection en forme de serpent. Des navigateurs usant de leur sexe en guise de rame. Une figurine représentant un pénis posé sur un autel fait de branches. Encore une infinité de masques. *Façonné pour tromper, le masque semble cacher les choses au profit d'un simulacre, mais sa fonction réelle est de révéler. Ce n'est pas seulement un instrument de sacrifice ou d'initiation : c'est avant tout un symbole permettant d'accéder à la réalité.*

Il y a très peu de représentations féminines mais l'une d'elles s'affiche en pleine page : il s'agit d'une statue de femme de quarante centimètres de haut. Ses yeux sont mi-clos, l'expression de son visage pure et énigmatique. Passé autour de son cou, un collier en or pend entre ses seins nus. Ses bras largement écartés donnent l'impression qu'elle s'offre à un sacrifice. Ses mains paraissent atrophiées, comme si on les avait tranchées. *La tête et les bras ont été volontairement cassés, afin de représenter la mort spirituelle,* écrit mon père.

Je repose le livre, le reprends aussitôt, je veux vérifier quelque chose. Sur la première page, je découvre qu'il nous est dédié, à mon frère et à moi. Les battements de mon cœur s'accélèrent encore en tombant sur sa date d'impression : novembre 1986. Le mois de l'assassinat de Georges Besse. Le patron de Renault fut tué le 17 novembre 1986, et peut-être que mon père, ce jour-là, tenait entre ses mains l'ouvrage où notre histoire m'apparaît désormais gravée, comme à l'encre sympathique.

Je me lève dans un état second. Je compose le numéro que m'a donné Hellyette. Puis, tandis que je marche de long en large, je m'entends expliquer à une inconnue que je dois rencontrer Nathalie Ménigon, c'est très important, il le faut.

Après des mois d'enquête, j'ai toujours très peu d'éléments sur Nathalie Ménigon, et pourtant j'en sais plus sur elle que sur mon propre père. J'ai vécu auprès d'Yves S. depuis l'âge de trois ans, et l'ai connu jusqu'à ce qu'il sorte de mon existence, ou plutôt que je m'échappe de la sienne en claquant la portière d'une voiture trente ans plus tard, mais de lui j'ignore presque tout. J'ai en tête qu'il est né à Paris, parce que c'est inscrit sur mon acte de naissance, celui où il est indiqué qu'il m'a reconnue le jour où il a épousé ma mère. Je n'ai aucune idée de l'endroit où il a grandi.

Quelqu'un m'a dit que, dans son berceau, on lui enfilait des gants en tricot pour l'empêcher de se griffer, non pas comme les bébés le font parfois, involontairement, mais de façon monomaniaque, acharnée, pour se faire mal. En apprenant cela, j'ai ressenti du soulagement. Mon père avait été, pour des raisons mystérieuses, un bébé souffrant, capable de se mutiler pour exprimer l'indicible, il ne pouvait être tenu responsable, du moins pas tout à fait, de l'indicible dont il serait l'auteur, des années plus tard, quand ce serait ma peau qu'il meurtrirait.

Sa mère avait le même regard que lui. Trouble, absent, d'un bleu très pâle. Elle cachait ses yeux derrière des lunettes aux verres fumés, ce que je trouvais étrange, tant ses yeux étaient fascinants. On aurait dit qu'elle s'appliquait à occulter sa part la plus séduisante, qu'elle aussi voulait se blesser. Elle portait des tailleurs jupes-culottes en tissu épais, de ceux dont on fait les couvre-lits. Ne se maquillait pas. Adorait son fils. Elle aurait voulu d'autres enfants, cela n'était pas arrivé. Après le divorce de mes parents, elle a découpé le visage de ma mère sur les photographies de famille affichées dans son salon, tapissé dans les mêmes teintes marron que ses tailleurs. Nous étions là, mon père, mon frère et moi, posés sur une commode, entre une pendule et une coupelle en porcelaine, souriants à côté d'un trou noir. J'ai toujours pensé, même toute petite, que quelque chose n'allait pas chez ma grand-mère. J'aurais été incapable de dire ce dont il s'agissait, ce nuage noir qui la suivait partout. Encore aujourd'hui, je ne pourrais le formuler autrement : quelque chose n'allait pas.

Quand j'avais douze ans, elle m'a raconté, elle qui ne parlait jamais d'elle, être tombée folle amoureuse d'un médecin, dans l'hôpital psychiatrique où travaillait son mari, mon grand-père, en tant que chef cuisinier. Le médecin l'a suppliée de s'enfuir avec lui. Elle a refusé, elle avait un petit garçon, et un époux. Est-ce à cette époque-là qu'elle s'est mise à porter des verres opaques ? Je ne sais rien d'autre d'elle. Ni où ils vécurent, ni si elle travaillait. On m'a dit un jour qu'elle était couturière, mais je ne l'ai jamais vue tenir une aiguille, ou approcher une machine à coudre. J'ignore où mon grand-père fut embauché après l'hôpital psychiatrique, dans quel établissement, quelle ville, j'ignore quel enfant fut mon père. On dit que mon grand-père était jovial, bon vivant, mais aussi qu'il s'emportait contre sa femme, il y aurait eu des gestes dont personne ne parle. « Ton père s'interposait pour la protéger. » Quelqu'un un jour a prononcé cette phrase, mais qui, et dans quelles circonstances ?

Je serais incapable de rédiger la notice biographique d'Yves S. Il fait ses études supérieures à Paris, à Polytechnique, mais peut-être est-ce l'École normale supérieure. Il est reçu deuxième de sa promotion, cela le fait enrager, il voulait être major, mais il se peut que je l'invente, à moins que ce ne soit lui qui l'ait inventé. Il est un pur exemple de la méritocratie, ses parents, son oncle, sa tante, ses cousines, tous louent son intelligence, sa trajectoire et sa générosité exceptionnelles. Ils l'admirent, ils l'aiment, ébahis que cet être hors du commun ait pu surgir dans leur famille si modeste, dont les membres ont si peu confiance en eux. Je n'ai aucune idée du quartier de Paris dans lequel il vit, ni de quel jeune homme il est, si ce n'est qu'étudiant, il sort avec des femmes plus âgées pour se faire un peu d'argent. Je suis adolescente lorsqu'il me raconte cela, nous marchons côte à côte dans un square, nos chaussures sont couvertes de poussière. Il prononce ce mot, gigolo, et a l'air terriblement fier. J'ignore pour quelle raison il s'installe à Genève, et entre au BIT, ce qu'il y fait pendant quinze ans. Je suis incapable de dire s'il est déjà avide de réussite et d'ostentation, ou si ce sont les années 80, la bourgeoisie et la Suisse qui le transforment.

Les parents de ma mère me confient qu'ils sentaient bien, dès le départ, qu'il était louche, mais ils ne pouvaient pas, en raison de la situation, faire les difficiles. Je les regarde, interdite, je me demande si c'est moi, « la situation ». Et aussi comment on peut parler ainsi d'un homme qui s'apprêtait à épouser leur fille et à reconnaître son enfant, que l'on a encouragé à le faire, en le remerciant même, un homme avec qui on passe depuis toutes ses vacances, à qui l'on tape dans le dos, en fumant ses cigares. Je n'ai jamais connu le nom de sa première épouse. On m'a dit qu'elle était décédée dans un accident de voiture. Qu'il a rencontré ma mère lors d'un dîner, il draguait une Brésilienne, mais finalement, c'est elle qu'il a raccompagnée.

Avant l'Afrique, mon père voyage en Amérique du Sud, pour le compte du BIT. Il transporte un attaché-case menotté à son poignet, pour raisons diplomatiques. Il reçoit des menaces de mort. Bien plus tard, lorsque la CIA laissera des prospectus d'information dans l'institut de Relations internationales où je poursuis mes études, sur les bords du lac, juste à côté de l'ancien siège du BIT, Yves S. m'intime de ne pas répondre : « Il ne faut jamais, jamais, tu m'entends, entrer en contact avec ces gens. » À la fin de sa carrière, lorsqu'il s'installe en Afrique du Sud pour mener des affaires occultes, il a un revolver dans sa boîte à gants. Je me souviens d'un dîner, dans l'appartement parisien de la femme française, celle qui porte une chaîne en or autour de la taille, durant lequel elle parsème la table de pièces de monnaie et de billets de banque, en francs. Elle nous explique, à mon frère et moi, que c'est pour « faire suisse », l'argent étant tout ce qui intéresse notre père. Je ne saisis pas ce qui se joue ce soir-là. On m'a raconté qu'à l'époque où nous ne nous parlons plus, il est poignardé dans le dos, à Paris, quai de Béthune. La police conclut qu'il s'agit de l'acte d'un déséquilibré, sans que jamais celui-ci ne soit identifié. On me dit qu'Yves S. veut épouser à Las Vegas la dernière femme de sa vie, celle qui arrachera bientôt une fleur synthétique à son cercueil. Je sais que nous nous interrogeons, mon frère et moi, et que nous n'aurons pas de réponses. Je sais à présent que le chagrin n'est pas une question.

Je me souviens de l'émotion d'Yves S., quand il lit à Noël et à haute voix ma première histoire, intitulée « Hier, j'étais sur la Lune ». Là-bas les habitants parlent une langue étrange, je ne les comprends pas. De retour sur Terre, je parle la langue de la Lune, on ne me comprend plus. J'ai six ans et les yeux de mon père sont mouillés. Je revois le cadre en verre dans lequel mon histoire est affichée, sur son bureau. Et mes premiers trésors,

Salaammbô, *La Tulipe noire*, *Les Lettres de mon moulin*, ces livres recouverts de tissu rouge qui ont été les siens. Lors de nos virées à l'animalerie, pour chercher de nouveaux poissons, il me prend la main. Il a de l'eczéma, des crevasses entre les phalanges, des plaques qui recouvrent ses doigts. Pour mes treize ans, je reçois à la maison un bouquet de roses rouges presque aussi grandes que moi. Je ravale ma déception quand je découvre sur la carte la signature de mon père, et non pas celle d'un admirateur secret. Après leur séparation, il a offert à ma mère ses plus beaux vases précolombiens, qu'il a ensuite fracassés le soir de Noël où ils se sont battus. Ces vases avaient été façonnés deux mille ans auparavant, dans un labyrinthe d'îles et de marécages équatoriaux, puis exhumés de montagnes de terre, ils avaient traversé le temps et l'espace pour finir en morceaux dans un studio suisse, à côté de chaises éventrées, d'un sapin déraciné, et de ma mère pieds nus en robe du soir, le cou marbré d'hématomes.

Qu'aurait pensé de mon père la jeune fille qui écrit une thèse sur la civilisation Tumaco, si elle l'avait rencontré ? Je n'ai jamais vu dans cette collection que la représentation du pillage, de la transgression, du pouvoir et de la mort. Depuis peu, j'en viens à y distinguer la beauté, le mystère, la recherche de la vérité, la crainte de l'obscurité, et même la célébration de la vie. Aurait-il pu lui parler, à elle, qui n'était pas juste un bloc de colère ? Aurait-elle vu dans le cœur d'Yves S. ce que je ne pouvais voir ? Peut-être les artistes Tumaco ne pouvaient-ils s'adresser à leurs proches, demander pardon aux femmes à la tête et aux bras cassés, seulement à des êtres lointains, par-delà les mers et les millénaires.

Alors qu'elle était à l'apogée de son art, la culture Tumaco-La Tolita a disparu pour des raisons qui sont encore aujourd'hui mystérieuses. Un cataclysme naturel, tremblement de terre ou raz-de-marée ne sont pas à exclure, d'autant que l'on sait que la côte sud de la Colombie s'enfonce très lentement dans la mer, ce qui explique pourquoi de nos jours les tolas sont inondées la plupart du temps.

Je cours après une histoire engloutie à la suite d'un tremblement de terre ou d'un raz-de marée. Elle ressemble à celle de l'humanité entière.

J'ai manqué très peu de trains, dans mon existence. À chaque fois que c'est arrivé, il m'a semblé qu'une partie secrète et silencieuse de mon être prenait les choses en main, signifiant à l'autre partie de mon être, la partie officielle, bonne élève, celle qui serre les poings et sourit, qu'elle n'avait aucune intention d'aller là où l'on comptait l'emmener. La partie secrète et silencieuse se manifeste peu, mais, lorsqu'elle le fait, elle se montre singulièrement imaginative et retorse, nul ne peut se mettre en travers de son chemin.

Le fait que ma nature disciplinée me pousse à rejoindre les gares et les aéroports toujours très en avance n'empêche pas la partie secrète de me faire rater les avions et les trains qu'elle a décidé que je ne prendrais pas. Ce matin-là, j'arrive à la gare Montparnasse une demi-heure avant le départ. Comme à chaque fois que je perds pied, je suis dans cet étrange état d'inconscience qui me fait croire que tout se passe au mieux. Je dois prendre trois trains successifs pour me rendre dans la région toulousaine, jusqu'à une petite gare où m'attendra Annelyse, afin de m'emmener à la rencontre de Nathalie Ménigon, cette femme que je cherche depuis plus d'une année maintenant, que je redoute de rencontrer autant que je l'ai espéré.

Au début de mon enquête, j'étais fascinée par les photographies de son premier jour de liberté, en août 2007, après vingt ans passés en prison. Je m'interrogeais sur ces gens qui s'apprêtaient à l'accueillir, l'héberger et l'employer, condition nécessaire à sa remise en liberté. J'ai cherché leurs noms, le lieu où se trouvait leur « exploitation agricole », ainsi qu'il était spécifié dans les articles de presse, en vain. J'avais ressenti un pincement dans le ventre, comme lorsqu'on effleure la vérité sans la saisir. Pendant un an, Nathalie Ménigon a partagé son temps entre cette mystérieuse exploitation agricole et la maison d'arrêt de Seysses, qu'elle rejoignait tous les soirs, au début, puis seulement le vendredi soir pour y passer le week-end.

Sur les photographies prises devant la maison d'arrêt, le jour de sa libération, elle apparaît fragile, amaigrie, baignée de lumière. Après deux accidents vasculaires cérébraux, elle souffre des séquelles d'une hémiplégie, mémoire lente, problèmes d'équilibre et une main quasi invalide. Elle flotte dans son jean. Sur son T-shirt turquoise, on peut lire : « Je veux du soleil. » Avec son pull-over rayé jeté sur les épaules, sa queue-de-cheval de travers et son paquet de clopes serré dans sa main, on dirait une adolescente. Elle a cinquante ans, elle baisse les yeux. Une femme, grande jupe et longs cheveux bouclés, a une main posée sur son épaule, un grand type costaud aux cheveux blancs marche à ses côtés. Treize ans ont passé depuis ce jour.

Dans le hall de la gare Montparnasse, je fixe le panneau d'affichage où est indiqué mon Paris-Toulouse, mais pas encore le quai. Je m'apprête à rejoindre ces gens. La femme aux cheveux bouclés, le grand type costaud, ceux de la photo. Je suis sur le point d'entrer à l'intérieur de mon roman, telle l'héroïne du clip *Take on Me*, de A-ha, que j'adorais adolescente, et dans lequel une fille plonge dans la bande dessinée qu'elle feuillette, pour rejoindre le chanteur qui lui sourit. Je vois Nathalie Ménigon, à dix-huit ans sur son skate, à vingt-cinq ans rue Pergolèse, à vingt-neuf ans sur ce banc, boulevard Edgar-Quinet, où elle attend Georges Besse. Elle est dessinée au crayon, comme dans le clip, elle me tend la main et je m'apprête à entrer dans les pages, où je serai, moi aussi, dessinée au crayon.

Je songe à tout cela, ignorant ce qui remue, et menace, au fond de moi. Les minutes passent, je reste là, à fixer ce panneau d'affichage sur lequel n'apparaît toujours pas mon quai. Je crois que je suis calme, je crois que je maîtrise. Et puis, le Paris-Toulouse s'efface du panneau : il se volatilise. Je cours, affolée, je pose la question à un agent, il m'explique gentiment que je ne suis pas dans le bon hall. Il jette un coup d'œil à sa montre, il est trop tard, mon train est parti. Je le regarde, incrédule. Quelque chose me submerge, quelque chose d'irrépressible, je secoue la tête en répétant « non, non », et me mets à pleurer. L'agent me dévisage, contrit, légèrement interloqué, je le suis moi aussi, contrite et légèrement interloquée, comme si une autre moi-même, postée au-dessus de la scène, observait avec perplexité cette fille anéantie par un simple train manqué, et qui maintenant se laisse glisser à terre, à genoux, gémit, et sanglote de plus belle, recroquevillée sur elle-même, terrassée par une douleur fulgurante.

L'agent se baisse, pose une main sur mon bras : « C'est grave ? — Oui, très grave », dis-je, sans avoir aucune idée de la raison pour laquelle je réponds cela.

Finalement, je prends un train le lendemain. Le même, à la même heure. Je ne suis pas calme, je ne suis pas confiante, mais je rejoins le hall, celui au bout de la gare, je monte les escaliers, je marche sur les tapis roulants successifs, puis le long du quai, je monte dans le wagon, le bon. Je sais désormais que ce qui s'annonce n'est pas ce que je croyais. Je l'ai compris ce matin, en faisant les mêmes gestes que la veille, attrapant mon sac de voyage, dans lequel j'ai glissé mon carnet noir, un pull-over, et, ce qui me paraît soudain tout à fait incongru, un panettone pour Nathalie Ménigon. J'ai pris un panettone sans y penser, je réalise maintenant que c'est la spécialité de Milan, la ville où tout a commencé pour moi, il y a plus de quarante ans. J'ai compris ce matin que je n'allais pas rencontrer l'héroïne de mon roman, enfin pas seulement. Je ne vais pas non plus rencontrer une militante, ni une combattante, ni même l'ex-ennemie publique numéro 1, condamnée deux fois à la réclusion à perpétuité, notamment pour les assassinats de l'ingénieur général de l'armement, René Audran, en 1985, et du P-DG de Renault, en 1986. Non, je vais rencontrer Yves S. Et je vais lui poser les questions que je ne lui ai jamais posées.

J'arrive, sonnée par sept heures de voyage, dans une gare minuscule, éclairée par la lumière spectrale d'un distributeur de boissons. Sur le parking désert, Annelyse m'attend, dans sa petite voiture déglinguée. Je reconnais la fille qui a accueilli Nathalie Ménigon à sa sortie de prison, ses boucles et son beau visage. Elle m'embrasse, elle transpire l'énergie et la bonté. Nous prenons la route, sous une pluie battante. C'est le mois de décembre, le ciel est noir, la boue gicle sur le pare-brise. Il fait plus froid ici qu'à Paris, mais peut-être suis-je glacée à l'intérieur. Tandis qu'elle fonce, avec ses cheveux indomptables et ce sourire qui me donne du courage, Annelyse m'indique le programme : dans un village voisin, nous allons retrouver Nathalie qui nous attendra dans sa voiture, puis nous repartirons ensemble, direction l'exploitation agricole où elle a vécu durant un an. Là-bas, nous pourrons discuter, mais pas trop longtemps : Nathalie se fatigue vite, ce sont les séquelles de ses AVC, et puis elle n'aime pas conduire la nuit, elle repartira avant la tombée du jour. J'acquiesce.

Annelyse ne faisait pas partie d'Action directe. Durant plusieurs années, elle a collaboré à *L'Internationale*, un journal éditant les textes d'AD, de la RAF ou des Brigades rouges, ce qui lui valut, entre autres charges, quatre ans de prison. À la fin des années 80, mue par cette humanité qui rayonne de tout son être, Annelyse a trouvé naturel d'aller rendre visite en prison à Nathalie Ménigon, cette femme qu'elle connaissait à peine, croisée furtivement dans le box des accusés. Sur la route, sous un ciel noir comme la nuit, elle se remémore la première impression, inattendue, que lui a faite cette détenue aux gestes timides et au jean trop grand : celle d'une personnalité sensible, ténébreuse, dotée d'une vision du monde particulière et d'une âme poétique.

Je perçois combien Annelyse est attentive aux autres. Les mois suivants, à chaque fois que je lui téléphonerai, elle sera au volant de cette voiture, rejoignant un collectif, une manifestation, hyperactive, dévouée, prête à rendre un service ou à se battre pour la justice. « C'est vraiment pas de chance, lance-t-elle. Il ne pleut jamais dans la région. »

Nous arrivons dans le village dont les rues inondées se déploient en îles et en isthmes. Sur une place déserte se dresse une église grise, sous le ciel gris, devant laquelle est garée une CX, grise elle aussi.

« C'est la voiture de Nathalie », me dit Annelyse.

Je la regarde, affolée. Nous roulons depuis près d'une demi-heure, pourtant je ne suis pas prête. Je voudrais continuer de foncer sous l'orage, j'ai besoin de plus de temps. Mais Annelyse est une femme d'action, elle se gare, décroche sa ceinture et, d'un geste autoritaire, m'intime d'y aller.

Alors je sors sous la pluie. Mon cœur bat trop fort. Des torrents furieux se déversent sur la CX, floutant ses contours. Je me penche au-dessus du pare-brise embrumé sur lequel l'eau ruisselle en zigzags. À l'intérieur, une ombre bouge et se penche à son tour. Elle est là, dans le brouillard, et peut-être son cœur à elle aussi bat-il trop vite. Nous restons là, un instant, séparées par une cloison de buée, puis, soudain, la portière s'ouvre.

Nathalie Ménigon porte une parka, un jean, et un gigantesque sac en cuir rose bonbon. Elle est grande, très grande, de longues jambes, de longs bras. Je reconnais la légère claudication, celle qu'évoquait ce témoin, le soir de l'assassinat de Georges Besse, et qui l'a marqué plus que le reste, plus que le revolver avec lequel elle l'a mis en joue, plus que son regard, froid, étrangement absent. Ses yeux verts se posent sur moi, ils ne sont pas froids, juste inquiets. Elle s'approche, très vite, et me lance, sans même dire bonjour, sans agressivité, mais avec une anxiété palpable : « Je n'aime pas parler. »

Je bredouille : « je comprends ça », et Annelyse, qui s'est postée entre nous comme pour nous protéger toutes les deux, affirme d'une voix pleine d'allant : « Monica écrit, c'est sûrement parce qu'elle n'aime pas trop parler non plus.

— On n'a pas besoin de parler, on peut juste passer un moment ensemble », dis-je, et aussitôt elle se détend. Alors que j'essaie moi aussi de me calmer, je réalise combien cela est sidérant : l'idée que la fille aux nerfs d'acier, celle qui conduit les voitures à fond de train, semant les flics sans ciller, celle qui manie des revolvers, qui a tiré sur des gens, puisse être affolée. Pourtant c'est bien la première chose que j'ai perçue dans son regard, et cette façon d'avancer comme si elle voulait partir en courant : la peur. Une peur presque plus grande que la mienne.

Elle explique qu'elle a apporté du bois, pour la cheminée d'Annelyse, et quand elle ouvre le coffre, je découvre des branches tordues, mouillées, en quantité insensée, et un tronc qui traverse l'habitacle.

Nous transférons le bois d'une voiture à l'autre. Nos bouches crachent des nuages, nous ne parlons pas. Nous nous passons les branches, en constituant une chaîne, nos doigts se couvrent de boue. J'ai l'impression que nous nous apprêtons à construire une cabane, ou un radeau. Ensuite, nous repartons en direction de la ferme d'Annelyse. Nathalie a insisté pour s'asseoir à l'arrière, exactement ce que j'aurais voulu faire. Elles parlent de la santé de leurs chats. Je fixe la route à travers la vitre. Bientôt, il ne pleut plus.

La ferme est une vaste bâtisse de pierre et de bois, construite par Jean-François, l'homme aux cheveux blancs de la photo. Il y a des terrasses, des remises, un garage, un atelier. Des meubles abandonnés, trempés, chaises en plastique, lampe rouillée, draps suspendus. Là-bas, sur le terrain forestier, une cabane, deux yourtes, une caravane dans lesquels vivent des amis, formant à eux tous une sorte de communauté participative et solidaire.

Dans la pièce à vivre, où dans un coin brûle un grand feu, trottine un caneton qui promène ses pattes palmées sur le tapis. Tandis qu'Annelyse s'en va préparer du café, Nathalie et moi nous installons autour d'une table en bois. Nous sommes silencieuses, ou peut-être échangeons-nous des phrases anodines, des mots qui s'évaporent à l'instant où ils sont prononcés. J'observe Nathalie Ménigon, en face de moi, sans parvenir à réaliser que c'est elle. Elle ne ressemble à rien de ce que j'avais imaginé. Elle dégage une douceur dont personne ne m'a parlé, qui n'est évoquée nulle part. Je la dévisage, j'ignore qui est cette femme qui, à cet instant, saisit le caneton du bout des doigts pour le déposer au creux de son cou. Durant tout notre entretien, l'oisillon restera là, coincé entre son épaule et son menton, se glissant parfois à l'intérieur de son pull-over, puis surgissant à travers le col, petite tête jaune citron. Sur le mur est punaisée une collection de calendriers, ouverts à la page du 11 avril de l'année en cours, comme pour nous rappeler le poids du temps qui passe, et ne passe pas.

J'ai pris ce jour-là une photographie. On y voit Nathalie Ménigon, qui serre entre ses mains une cigarette électronique, devant une tasse remplie de café, un gâteau au chocolat préparé par Annelyse, et mon panettone. On voit les calendriers sur le mur, derrière elle. Ses yeux sont fermés, elle penche délicatement la tête au-dessus du caneton sur son épaule. Il a posé son bec contre sa joue, comme pour lui donner un baiser. L'image n'est pas nette, c'est peut-être mon tremblement, ou le sien, que l'on perçoit. Un rai de lumière tombe sur elle, on dirait que de la vapeur nimbe ses cheveux. En vérité, c'est toute l'image qui paraît couverte d'un voile, comme si l'on avait obturé l'objectif d'une matière douce et mystérieuse, du même duvet que l'oisillon.

Plus que les mots qu'elle prononce, sans jamais hésiter, plus que les grands gestes qu'elle fait pour décrire ses actions passées, c'est cette vision qui demeure : celle d'une créature légèrement tremblante dans le brouillard. De tous les entretiens que j'ai menés jusqu'ici, je n'ai jamais pris aussi peu de notes que cet après-midi-là. Quand je les relirai dans le train du retour, les mots flotteront devant mes yeux, détachés de leur sens. De Nathalie Ménigon, il ne me restera que de la buée, et une photographie. Je m'arrêterai simplement sur cette phrase qu'elle a prononcée, et que j'ai soulignée plusieurs fois à grands traits : « Mon cœur est fait de sucre. »

Assises l'une en face de l'autre devant cette table jonchée de miettes, nous tirons chacune nerveusement sur notre cigarette électronique. Nathalie Ménigon répond à mes questions sans détour, mais ne cesse d'affirmer qu'elle ne se souvient pas. J'ai le sentiment d'en savoir plus à son sujet qu'elle-même.

Depuis cet accident de voiture, en Belgique en août 1982, qui l'a laissée durant plusieurs jours entre la vie et la mort, ça ne tourne plus rond. Elle a réalisé cela très récemment, dit-elle, encore ébahie par ce constat : elle a traversé trente-cinq ans de son existence avec un cerveau qui ne tournait pas rond. Après le traumatisme crânien, deux AVC, en prison, ont achevé de brouiller ses pensées. Durant ces heures que nous passons ensemble, elle répétera à de nombreuses reprises : « Ma tête est cassée. » À chaque fois qu'elle prononce cette phrase, l'image de la statue précolombienne de la femme au crâne et aux mains brisés passe devant mes yeux.

Elle se rappelle mieux son enfance que le reste, celle d'une petite fille turbulente et rêveuse qui aime dormir, écrire de la poésie, et lire des romans de science-fiction. Son père est absent, triste et silencieux, il boit trop, pour apaiser un chagrin dont Nathalie ne saura jamais rien. Sa mère autoritaire, et adorée, tient la maison, mène son petit monde à la baguette, affirme qu'elle aurait préféré n'avoir que des garçons. Nathalie comprend ça, elle aussi préfère les garçons. Elle est la fille du milieu, entre une grande sœur plus docile, et un jeune frère plus choyé. Elle aime se battre, contre les types de sa classe, sa mère, et la terre entière. Elle pardonne tout, la brusquerie maternelle, le mutisme paternel, mais pas l'autorité ni l'injustice. Pas les professeurs suffisants, les petits chefs, les patrons, les politiques. Pendant qu'elle parle, en regardant par la fenêtre, comme en direction du passé, j'ai en tête les photos publiées dans *Paris Match* sur lesquelles elle porte une jupe et une veste à boutons dorés, telle une majorette. À dix-huit ans, à la mort de sa mère, a lieu le premier court-circuit. Ensuite, elle ne peut plus réfléchir ni apprendre. Tout part en morceaux, plus personne ne tient l'édifice, et la mémoire de Nathalie saute pour la première fois, à la façon de plombs qui disjonctent.

Je songe à Yves S., la démence dans laquelle il a sombré dans les dernières années de sa vie, cet étrange déraillement qu'aucune cause médicale ne justifie. Lorsque je suis assise dans cette pièce, à l'hôpital de Lausanne, les médecins tendent les paumes de leurs mains pour signifier leur désarroi. On ne peut tout expliquer, disent-ils, avec l'air résigné de ceux qui éprouvent chaque jour les limites de la science face à la férocité de la vie.

J'ai pour ma part vécu, durant plusieurs années, la terreur de voir mon père entrer dans ma chambre le matin, mais lorsqu'il a cessé de venir, quelqu'un a débranché les fils de ma mémoire. Le lieu de la peur et de la honte s'est éteint. Ensuite, pendant près de dix ans, cette pièce est restée dans le noir. On ne peut pas tout expliquer, non, mais face au désespoir, demeure la possibilité d'une échappée, une vie clandestine, née d'un court-circuit. Je me demande si Nathalie Ménigon ne fonctionne pas ainsi depuis toujours, avec ce don d'effacer ce qui la bouleverse, de « se promener dans le vent », ainsi qu'elle le formule, en agitant la main dans les airs : « Ce n'était pas si mal, de traverser les jours sans mémoire, ni conscience. »

C'est peut-être cela qui me touche, chez Nathalie Ménigon : le désir de l'échappée. Et la prise de conscience, récente, d'une interruption de courant. Elle approche à petits pas, infiniment prudents, du grand blanc de son existence, et s'apprête à soulever doucement, très doucement, le voile qui recouvre ses souvenirs, à regarder ce qui est là, juste derrière, semblable à un couteau, ou à une plaie. Ce qui s'apparente à la haine du pouvoir, des bourgeois, mais aussi à de la compassion, une fragilité, une sensibilité d'écorchée vive, ce choc électrique qui a tout fait sauter. La douleur qui est la sienne, et, juste à côté, la douleur qu'elle a infligée. Je me demande si l'épouse et les cinq enfants de Georges Besse ont trouvé une échappée.

Je ne serai jamais plus proche, me dis-je sans cesse, en l'observant. J'ai la conviction de jouer ma dernière chance, sans savoir en quoi consiste la partie. Nathalie Ménigon est là vivante devant moi, mais elle demeure aussi insaisissable que Joëlle Aubron morte. J'ai cru, au départ, que cette dernière et moi partagions, en plus de nos origines, une fêlure, mais je n'en suis plus du tout certaine. Chaque fois que j'ai évoqué l'idée d'une blessure, d'un secret dans le passé des filles Aubron, mon interlocuteur a balayé cette hypothèse d'un revers de main, ou m'a envisagée sans comprendre. Alors j'essaie de la saisir, dans les mots de Nathalie Ménigon, cette autre femme énigmatique dont je me retiens de toucher la manche, sans trop savoir pourquoi. Celle-ci se contente d'affirmer, du bout des lèvres, qu'elles formaient un bon tandem militaire. Elles se complétaient parfaitement dans l'action mais, en ce qui concerne leur lien, rien n'émerge. Seulement la sensation que ces deux filles qui sont pour toujours associées ne se ressemblaient pas. J'ai lu quelque part qu'en prison, Joëlle avait passé un diplôme d'informatique, s'était acheté un ordinateur et s'occupait de la bibliothèque, tandis que Nathalie voulait seulement un chat – ce qu'on ne lui accorda jamais – et s'enfonçait dans la dépression. Quand je lui fais remarquer qu'elles étaient le jour et la nuit, Nathalie répond, songeuse, ce qui est sans doute la phrase la plus appropriée que j'ai entendue concernant les êtres dont nous partageons l'existence : « Nous étions différents jours, et différentes nuits. »

Je lui fais face, je voudrais la toucher car elle m'apparaît humaine, familière, et c'est bien la dernière chose à laquelle je m'attendais. Mais lorsque je cherche le doute chez elle, je ne rencontre que sa volonté d'en découdre avec lui : « Si je commence à penser, je doute de tout. Pour avancer, il ne faut pas trop réfléchir, ni se remettre en question. » D'accord, ai-je envie de lui répondre, pourquoi alors ai-je l'impression que tout ce qui émane de toi raconte autre chose ?

Dans l'après-midi, le tremblement monte en intensité. Elle a froid et propose que nous nous rapprochions du feu. Dans un mouvement coordonné, sans bien réaliser ce que nous faisons, nous glissons sur le sol, devant la cheminée, et le caneton descend lui aussi, en se laissant couler le long de la manche de son pull-over. Nous sommes là, assises par terre, les genoux relevés, épaule contre épaule telles deux adolescentes, avec nos cigarettes électroniques et le caneton qui trottine en picorant nos doigts, lorsque je prononce le mot « tuer ».

J'évoque le banc sur lequel elle attend Georges Besse, le 17 novembre 1986, ce banc sur lequel je me suis assise, en essayant de comprendre sans y parvenir, sans toucher ni la vérité ni la violence, seulement le chagrin et l'accablement. Je prononce le nom de Georges Besse en fixant le vide devant moi. Ma voix est si faible que seule une personne dont l'épaule touche mon épaule, et la cuisse frôle ma cuisse, peut l'entendre. Elle secoue la tête. Elle ne voit pas de quel banc je parle, elle ne s'est jamais assise sur un banc, ni elle ni Joëlle, cela ne s'est pas passé comme ça. Tout ce que je me suis raconté au sujet de ce banc me revient. Nous ne sommes jamais là où se trouve la vérité, du moins pas tout à fait. Est-elle certaine ? Elle répète que oui, en hochant la tête, je le vois du coin de l'œil car nous fixons toujours, l'une et l'autre, le vide devant nous. Je sens la tension dans nos corps. Comment peut-elle en être sûre, elle qui a perdu la mémoire pendant plus de la moitié de sa vie, et qui, dans le même temps, se définit comme *une fille sûre d'elle* ? Encore un élément qui me paraît déplacé, à côté du banc, car s'il y a bien une chose que je ne perçois pas chez elle, c'est l'assurance.

Je chercherai ensuite, dans le livre de Jean-Marc Rouillan, le passage où il est question du banc, en me demandant si c'est moi qui l'ai inventé, mais non, la page est marquée d'un Post-it rose, corné à force d'être trimballé, et la phrase soulignée : « Les tireuses, deux femmes, étaient assises sur un banc, à une centaine de mètres de l'entrée de l'immeuble. » Cela ne s'est pas passé comme ça, répète-t-elle, d'une voix lointaine, de plus en plus basse, et à ce moment-là, je comprends qu'elle n'est plus là, à côté de moi, sur ce tapis, près d'un feu, elle n'a plus soixante-trois ans, elle en a vingt-neuf, elle est là-bas, boulevard Edgar-Quinet, elle marche sur le trottoir, il fait nuit, et elle s'approche de Georges Besse.

« Joëlle est devant moi, elle est tout en noir... », commence-t-elle. Les mots qu'elle prononce ensuite ne devront jamais être répétés. « Jamais », dit-elle. Elle pivote vers moi et me fixe, plongeant à l'intérieur de moi, soupesant mon âme, avant de se détourner à nouveau. Ensuite, elle déroule son récit. J'entends son souffle, et le mien, juste à côté, j'écoute comme je n'ai peut-être jamais écouté. Je cherche dans sa voix ce que j'espère désespérément, la compassion, le remords, la présence de Françoise Besse et de ses enfants, le poids de l'arme, la vie d'un homme, le sens de nos actes. Mais rien ne transparaît de tout cela. Juste les faits. Ce qui s'est passé, ce soir-là.

Soudain, Nathalie Ménigon se lève et se met à marcher, comme si elle voulait partir. La panique me submerge. Je n'ai pas posé les questions que je porte en moi depuis des mois, ou peut-être depuis toujours, je suis incapable de les formuler, ne serait-ce qu'à moi-même. La situation m'échappe, je n'aurai aucune réponse, et, à ce moment-là, tandis que je me lève à mon tour pour faire quelque chose, sans savoir quoi, tandis que mes jambes ne me portent plus, que je me sens chanceler, elle a ce geste, un simple geste. À cet instant, sa main se pose au creux de sa poitrine et appuie sur son cœur. Elle reste là, immobile. Elle inspire profondément, comme si on lui avait donné un coup, ou qu'une douleur se réveillait, entre ses côtes. Son visage est pâle, sa main aussi, posée à plat, et je réalise que tout est là, juste en dessous. La douleur, la rage, le chagrin, Françoise Besse, les cinq enfants. Le tressaillement, la violence, l'incertitude, la volonté de vivre, celle de se souvenir, et celle d'oublier. Tout est là mais nous ne pouvons ni le donner, ni le recevoir, ni le formuler, ni l'entendre.

Nathalie Ménigon s'éloigne, fait une pause, se retourne vers moi. « J'y ai pensé, aux enfants. J'ai imaginé ce que je leur dirais, si je les rencontrais un jour. Que j'étais désolée pour la souffrance. » Elle se tient un moment silencieuse au milieu de la pièce, replace sa veste en équilibre sur son bras. Annelyse, qui vient d'entrer, ses clés de voiture à la main, ne bouge plus. Nathalie inspire à nouveau. « Avant, j'avais cherché leur âge. Ils étaient plus âgés que mon frère quand maman est morte. Je pensais qu'ils s'en sortiraient. »

Nathalie regarde devant elle, Annelyse me regarde. Nous nous tenons à une distance égale les unes des autres, formant une figure dans l'espace. Un faible courant, une pulsation, circule entre nous. Nous contenons les mots comme dans un enclos. Puis Nathalie secoue la tête, attrape son sac, enfile sa parka, et se met en marche, légèrement vacillante.

Ce soir-là, je dors chez Annelyse et Jean-François, dans la chambre qu'a occupée Nathalie pendant un an, dans le lit qui était le sien. Il y a une armoire peinte en bleu clair, une table de nuit couverte de pierres fossiles, une photographie de chat punaisée au mur. Par la fenêtre, j'aperçois la campagne brumeuse, et, au loin, la forêt. À quoi pensait-elle, allongée là ? J'essaie de me glisser dans sa tête, dans son cœur, je songe aux années qu'elle a passées en prison, combien elle a trouvé difficile d'en sortir. À ses premiers mois de semi-liberté, durant lesquels elle n'avait d'énergie pour rien. Quelquefois, elle conduisait la voiture familiale, juste devant la ferme, tournant en rond, en face de la cuisine, dérapant à toute allure. Les premiers temps, Annelyse et Jean-François allaient la chercher chaque matin à la maison d'arrêt de Seysses, avant de la ramener le soir, des trajets de deux heures, deux fois par jour. À cette époque-là, à chaque fois que Nathalie Ménigon retourne à la prison, elle doit se déshabiller entièrement pour être fouillée. Elle rentre dans sa cellule et se couche, éreintée, à 19 heures. En me disant au revoir, quelques heures auparavant, elle m'a avoué sa fatigue. Je revois nos visages épuisés, nos petits signes de la main, tandis qu'elle s'éloignait, avec sa démarche incertaine et mon panettone. La nuit était tombée depuis longtemps, elle s'apprêtait à conduire dans le noir, finalement.

Elle vit dans une maison solitaire, au sommet d'une colline, en compagnie de ses chats et ses chiens, dans un cul-de-sac, le plus loin possible du monde. En Normandie, en 1982, quelques mois après son accident de voiture, dans un élan irrépressible de vie, elle s'est baignée dans la mer, en dépit des risques encourus à sortir en plein jour. La panique l'a submergée quand elle a réalisé qu'elle était trop faible pour remonter la dune. Elle s'enfonçait dans le sable, personne n'entendait ses appels au secours, elle allait disparaître à jamais. Elle m'a raconté qu'un jour en Belgique, dans une voiture, elle a tenu en joue un policier. Elle a eu honte en sentant la peur de cet homme, la chaleur qui se dégageait de son corps. Mes pensées me ramènent à ce banc, boulevard Edgar-Quinet, sur lequel elle ne s'est pas assise, ou peut-être que si. Elle veut toujours libérer la classe ouvrière, elle croyait agir pour le bien de l'humanité. Elle dit ne ressentir aucun remords, mais ne peut plus respirer quand elle se souvient.

La veille de mon arrivée, mon frère, au téléphone, m'a demandé si je connaissais la différence entre vérité et véracité. Nous avons ri, en résumant les choses à notre façon : véracité, recherche de l'exactitude des faits, vérité, recherche de la réalité profonde des êtres et des choses. Nous avons décidé, de manière péremptoire et très personnelle, que la recherche de la véracité était une manière petite-bourgeoise d'envisager la vie, en alignant les faits directement observables, tandis que celle de la vérité sous-entendait l'acceptation du mystère, d'un sens qui se dérobe, quelque chose de plus grand que nous, que l'on ne peut qu'effleurer. La véracité était une mule, besogneuse et bornée, et la vérité un cheval majestueux, mais indomptable. Il me semble, couchée dans le noir, sur ce lit où Nathalie Ménigon s'est couchée avant moi, que je dois descendre de la mule pour me hisser sur un cheval, ou peut-être simplement le regarder galoper au loin.

Dans le train du retour me revient en mémoire celui que j'ai pris, deux ans auparavant, pour me rendre à l'anniversaire de ma grand-mère. Elle fêtait ses cent ans, dans cette résidence à Morges, en Suisse, où elle vit maintenant depuis plusieurs années et qui fait penser à un hôtel élégant. Pour l'occasion, ses enfants et ses petits-enfants arrivaient de l'Europe entière. Seraient présents, aussi, des émissaires de la mairie et des journalistes de la presse locale.

En débarquant à la gare de Lausanne ce jour-là, j'ai l'estomac noué et les mains froides. Je redoute de retrouver ma famille, ces gens qui ont tant de mal à être ensemble. Je prends un bus jusqu'à Morges, avant de finir à pied, en traînant ma valise derrière moi. Je monte la route au bout de laquelle se dressent des bâtiments roses, entourés de chemins et de jardins fleuris, même en hiver. Je m'arrête devant la porte de verre et les aperçois, de l'autre côté. Mon frère, sa femme, ses enfants, mon oncle, sa compagne, ses enfants, ma mère, mon beau-père, mon demi-frère, des inconnus brandissant des appareils photo, des jeunes femmes portant des paquets cadeaux. Ils sont là, bien habillés, debout dans le hall d'entrée. Ils bavardent, une coupe de champagne à la main, autour d'un fauteuil tapissé sur lequel est assise ma grand-mère, très petite et très maquillée. Avec son rouge à lèvres et sa gigantesque paire de lunettes de soleil, elle a l'air d'une vedette s'apprêtant à donner une conférence de presse, ou d'une aveugle égarée.

Je les observe, sans bouger, parmi les canapés, les vases débordant de fleurs ; derrière eux, une baie vitrée encadre le lac, le ciel et les montagnes enneigées. Ma mère navigue d'un groupe à l'autre, elle s'est occupée de tout, avec la dévotion et le sens de l'organisation qui sont les siens. De loin, je peux sentir la tension que dégage son corps en mouvement, tandis que ses yeux reviennent sans cesse se poser sur ma grand-mère. Elle s'approche pour replacer une mèche de ses cheveux, avec une douceur si poignante, une telle délicatesse, que j'en suis bouleversée.

C'est ce geste qui me donne le courage d'avancer.

Je fais un pas et la porte automatique s'ouvre devant moi. Ma mère lève les yeux.

C'est alors que cela arrive.

Elle ôte la main de l'épaule de ma grand-mère pour venir vers moi, très vite, presque en courant. Elle fend la foule, pas si nombreuse, mais qui, soudain, paraît compacte, presque infranchissable. Les visages se tournent vers moi, je vois leurs yeux, et je vois les yeux de ma mère. Elle s'approche, et tandis que tout le monde est là, autour de nous, souriant, joyeux, et vaguement surpris, elle se jette sur moi et me serre contre elle, dans un élan qui manque de me renverser. Elle m'embrasse, puis, sans même me dire bonjour, comme si elle ne pouvait plus attendre, qu'il fallait qu'elle le dise là, tout de suite, tandis que circulent autour de nous des vieillards en chaises roulantes et des maîtres d'hôtel en nœuds papillons, elle prononce ces mots, d'une voix vibrante mais limpide.

« Je te demande pardon. »

Elle le répète plusieurs fois, je te demande pardon, je te demande pardon, puis me sourit, les yeux humides, avant de prononcer d'autres mots dont je n'ai aucun souvenir, et puis mon frère m'embrasse, et dit d'autres mots que j'ai oubliés, puis mon oncle, et tous les autres. Puis j'embrasse ma grand-mère, qui me serre les mains, ses boucles blondes sont coiffées à la Marilyn Monroe, elle dit « *ciao cocca* » comme elle le fait depuis toujours, de sa voix rauque et splendide. Durant l'après-midi, ma mère ne cessera de venir à ma rencontre, pour passer une main dans mon dos, ou m'embrasser, du papier cadeau froissé entre les bras. Je la vois me sourire, de loin, tandis qu'elle suit ma grand-mère en lui portant son sac à main, et une banderole de satin rose où est inscrit «*Auguri Paola*». Je songe au courage de ma mère ce jour-là, et les jours qui l'ont précédé, à ces années où les mots se sont formés en elle, telle une île émergeant de la mer. La force et l'amour qu'il lui a fallu, pour dépasser sa propre douleur et s'approcher de la mienne. Elle a arraché son cœur, pour remplir le mien, en souriant, comme si c'était moi qui lui donnais quelque chose.

Tandis que je m'éloigne à grande vitesse de Nathalie Ménigon, et que la pluie s'abat contre les vitres, une poche s'épanche en moi, de même que le ciel se déverse sur le train, à la façon d'un lac qui se vide.

V

FIN DE CAVALE

Quelques jours après mon retour, c'est au tour d'Hellyette de fêter son anniversaire. En début d'après-midi, une petite troupe se presse dans son studio, levant un verre à ses quatre-vingt-dix ans, tandis qu'elle trône, radieuse, sur le bord de son lit. Elle répond sans cesse au téléphone, des copains appellent, encore et encore. Ses pieds s'échappent de ses chaussures, ses orteils remuent de contentement. Elle tient une coupe de champagne d'une main, de l'autre son téléphone, elle a une mine superbe. Son mal de dos, ses douleurs aux jambes, le zona fantôme, ces souffrances lancinantes qui, depuis des semaines, l'épuisent et la terrassent, se sont envolées. « Je suis guérie », me dit-elle avec une tête de petite fille, un sourire jusqu'aux oreilles. Elle glousse, au milieu de tous ces gens qui l'aiment et qu'elle aime depuis si longtemps, célébrant l'amitié et la fidélité auxquelles elle a consacré presque toute son existence.

Sur le lit s'empilent les cadeaux, un tas d'écharpes multicolores, en crochet, fleuries, rayées, et une liseuse, cette veste en tricot pour lire la nuit. Il faut croire que nous sommes tous terrifiés à l'idée qu'elle prenne froid, qu'elle puisse disparaître. Les invités sont chaleureux et polis, portent des jeans, des chaussures de marche, des vestes imperméables, ils ont tous les âges et ressemblent à n'importe qui. Mais certains d'entre eux cachent un secret, un passé, une autre vie, que personne ne pourrait concevoir.

Il y a, assis dans un coin, cet Italien ténébreux qui fut inculpé pour avoir participé au braquage de Condé-sur-l'Escaut, en 1979, et soupçonné un temps (à tort) d'avoir participé à l'enlèvement d'Aldo Moro au sein des Brigades rouges. Il y a La Galère, qui boit une bière avec sa mine débonnaire, et avec qui nous avons cherché, quelques jours plus tôt, sur la façade d'une caserne de pompiers, les impacts des balles qui lui étaient destinées, ce soir de 1982 où une vingtaine de policiers lui sont tombés dessus. Il y en a d'autres, qui refusent d'être cités dans ces lignes, me signifiant avec autorité leur désir de « disparaître ». Et puis, il y a cet homme menu, sportif, au regard doux, qui donne des nouvelles du dernier petit-fils de sa compagne, âgé de quelques semaines, en remplissant les verres des convives. Il connaît tout le monde, les nouveaux venus lui balancent de joyeuses accolades dans le dos. Ses gestes sont prévenants, il a un mot ou une attention pour chacun.

Tandis qu'il vient vers moi, une bouteille de jus de fruit à la main, je me dis qu'il a l'air d'un pompier, ou d'un prof de gym. Hellyette annonce qu'elle va nous installer dans la pièce à côté, afin que nous puissions discuter, et soudain, je comprends que l'homme qui se tient là, avec son sourire franc et son jus de pomme bio, est celui que les flics considéraient comme le plus dangereux de la bande, froid, solitaire et implacable, celui dont l'interview donnée à *Libération* en 2005 m'a bouleversée, cet homme est Régis Schleicher. Après avoir passé vingt-six ans en prison, il refuse d'apparaître publiquement, souhaitant redevenir un anonyme, et j'ai envie de lui dire qu'il a réussi son coup : si je l'avais rencontré dans la rue, jamais je ne l'aurais reconnu. Pourtant, j'ai longuement examiné l'ensemble des photographies que l'on trouve de lui. Ce n'est pas compliqué, il y en a deux. Celle prise lors de son arrestation en compagnie d'Hellyette au Pontet, en 1984, où, encadré de deux flics en civil, il porte une moustache et une chemise à carreaux. Et celle faite en prison, quelques années plus tard, sur laquelle, en T-shirt Adidas et blouson bleu canard, il m'évoque un musicien branché underground. Il était alors pour moi un personnage de roman, sombre, insaisissable, au regard voilé par la mélancolie. Désormais, il me fait penser au guide de haute montagne qui nous emmenait skier, mon frère et moi, lorsque nous étions enfants, et dont l'énergie nous donnait l'illusion, l'espace d'une journée radieuse, que nous pouvions tout affronter.

Même si cela était prévu, je n'avais pas réalisé que j'allais me retrouver face à Régis Schleicher, et certainement pas dans une pièce où quelques convives entonnent désormais un « Joyeux anniversaire » aussi enthousiaste que discordant. Je reste là, décontenancée, tandis qu'il m'ouvre la porte, en lançant à la cantonade : « Si on me cherche, je suis au parloir ! »

La pièce que réserve Hellyette aux discussions privées est un capharnaüm envahi de livres et d'animaux en peluche offerts par des combattants italiens, ces gens poursuivis par toutes les polices européennes, qui affolaient l'imaginaire des foules. Nous prenons place sur de minuscules tabourets autour d'une table basse jonchée de journaux et scrutés par des yeux de plastique.

Régis Schleicher est beaucoup trop grand pour le siège sur lequel il se tient, jambes écartées, dans une posture inconfortable, mais il ne paraît s'inquiéter que de mon propre confort. Est-ce que je veux boire quelque chose ? Fumer ? Il sort un cendrier, dissimulé sous une pile de dossiers. Cela ne le dérange absolument pas, précise-t-il, ainsi que le ferait un maître de maison empressé. Je sors mon carnet et griffonne n'importe quoi, la date, son nom, afin de me signifier que je suis bien là, dans cette pièce encombrée de peluches qui menacent de nous ensevelir, face à celui que Roland Jacquard décrit, dans son livre *La Longue Traque d'Action directe*, comme « un homme d'action, de violence même, peu disposé à s'embarrasser de scrupules dans la mesure où il ne croit pas que la société mérite qu'on prenne le moindre risque sous prétexte d'épargner des vies humaines ».

Le matin même, je suis tombée sur des commentaires publiés sur Internet en 2009, au moment où Régis Schleicher obtenait le régime de semi-liberté qu'il réclamait depuis de nombreuses années. La peur et l'incompréhension sont tangibles : « C'est potentiellement une bête fauve qu'on lâche dans la rue », s'indigne le membre d'un syndicat policier. Durant tout notre entretien, je penserai à cette expression, en ayant beaucoup de mal à me figurer la terreur que cet homme a pu susciter.

« Il est vrai que Régis Schleicher n'était pas un tendre », peut-on lire dans *La Tribune de Lyon*, qui annonce que l'ancien d'Action directe va travailler la journée au sein d'une association régionale accueillant des personnes âgées sans ressources. « Deux flics tués. Deux fois perpét. Et il sort. Et on lui trouve du boulot. Bravo la justice ! » s'indigne un internaute.

« Aujourd'hui, il n'est plus le même homme », rétorque l'un de ses avocats. Cette phrase me frappe. D'une certaine façon, c'est exactement ce que, depuis près de deux ans maintenant, je cherche à déterminer : peut-on devenir un autre ? Je tiens dans ma main une balance en laiton, je m'échine à placer les différents protagonistes sur les plateaux du bien et du mal. D'un côté les innocents, de l'autre les coupables. Ceux qui souffrent et ceux qui blessent. Ceux qui regrettent et ceux qui s'obstinent. Ceux qui me ressemblent et ceux dont je me distingue. Je place et déplace les masses, je transfère certains individus d'un côté à l'autre, mais cela ne va pas, aucune combinaison ne convient.

J'en ressens une intense culpabilité. Alors, je recommence, je déplace les poids, encore et encore, je veux trouver l'équilibre, établir le juste, une bonne fois pour toutes.

Lorsque je lui demande pourquoi il a fait ce qu'il a fait, Régis Schleicher a cette réponse, aussi claire que son regard :

« Je voulais être à la hauteur des miens. Correspondre à leur grandeur. »

Celle de son père, ancien secrétaire national de la CFDT, celle de sa mère, directrice d'institutions pour enfants handicapés, mais aussi celle des parents de ses parents, des résistants, des combattants, dont il voulait, petit garçon, suivre les traces. Ce qu'il a fait, il l'a fait honnêtement. Il reconnaît que c'est paradoxal, vouloir le bien de l'humanité, pour, à l'arrivée, causer tant de souffrance. « La connerie, ce sont les armes », affirme celui qui ne sortait jamais sans son revolver glissé dans son jean, tel un prolongement de lui-même. Il avoue avoir mis longtemps, très longtemps, à comprendre qu'au bout de l'arme, il n'y a pas la justice, ni la libération de l'humanité, au bout de l'arme qu'on tient dans sa main, il y a la mort. Il a pu, ainsi qu'il le formule, « être amené à tirer sur des gens ». Désormais il pense à la douleur. Celle qui continue de se diffuser, et dont il est responsable, dont ils sont, tous, responsables. Il dit ne plus vouloir jamais causer de souffrance à personne.

« Certains me prêtent le meurtre de Chahine », rapporte-t-il, un peu plus tard, sans que je lui aie rien demandé, mais sans rien ajouter non plus. La phrase est restée suspendue. Je l'observe en silence. Je ne lui dis pas que, dans l'espoir d'identifier l'assassin, j'ai dessiné un organigramme, alignant les hommes et les femmes, les dates, les faits d'armes, les spécialités. Je ne dis pas non plus que j'en suis arrivée à la même conclusion : c'est lui qui tenait cette carabine, cet homme dont je jurerais qu'il en est incapable. Je me suis trompée à de nombreuses reprises, peut-être cette fois aussi. Je ne le saurai jamais. Mais aujourd'hui la futilité de mon entreprise m'apparaît. Sur ma balance en laiton, je pourrais déplacer des masses longtemps encore. Ce qui a eu lieu a eu lieu. Telle est la vérité avec laquelle nous devons apprendre à vivre.

La quête de la vérité est celle de la cause première et de la fin ultime, m'a rappelé mon frère quelques jours auparavant, lors d'une de ces conversations téléphoniques qui ressemblent à un grand oral de philosophie, et qui finissent immanquablement par le constat de notre désarroi métaphysique. Nous cherchons le dénominateur commun du réel, ce dont il part et ce à quoi il arrive, ainsi que le définit Aristote, notre référence préférée. Cette boucle est celle que dessine devant moi Régis Schleicher. L'origine de tout et son aboutissement, ce lieu parfait et immobile. Ce qui se trouve entre ces deux points appartient au désordre, c'est une trajectoire évoquant à la fois la ligne droite et le chaos, la plus grande des douleurs et la plus scintillante des joies, dont le souvenir, un jour, nous déchirera le cœur. Peut-être en est-il ainsi de nos vies à tous : nous nous mettons en mouvement, dans l'espoir d'atteindre cet endroit qui est à la fois à l'intérieur de nous et infiniment lointain, là où l'univers serait au repos, parfaitement ordonné, où nous serions à notre juste place. Et, entre les deux, nous nous égarons. Quelquefois, nous touchons au sublime, quelquefois nous commettons l'impensable.

« Je voulais être à la hauteur des miens. » Je songe à cette phrase, de retour dans la pièce d'à côté, où Hellyette se promène, sans jamais lâcher sa coupe de champagne, de plus en plus gaie et sautillante, au milieu des invités, eux-mêmes de plus en plus gais. La recherche de la grandeur est aussi réelle que le reste, aussi réelle que la violence, l'aveuglement et la mort. Tandis que Régis Schleicher dépose un baiser sur les cheveux d'Hellyette, je vois tous les êtres qui se superposent en lui. Le nourrisson, dernier-né d'une lignée d'hommes d'honneur, engagés dans toutes les guerres de cette Lorraine dont ils sont originaires. L'enfant convaincu que son rôle sur cette terre consiste à faire preuve de courage et qui, pour faire honneur à l'histoire familiale, s'oblige à descendre les poubelles dans l'obscurité terrifiante de la cave. L'adolescent rageur, le jeune homme romantique, le braqueur de banques, le lieutenant surentraîné. Celui qui se lève, lors du procès de l'avenue Trudaine en 1987, et menace le jury « des rigueurs de la justice prolétarienne ». Quoi qu'elle ait bien pu signifier, cette formule dut être envisagée par certains comme la promesse d'une balle en pleine tête : cinq des neuf jurés se désistèrent le lendemain. Il fallut reporter le procès et constituer, six mois plus tard, une cour spéciale composée uniquement de magistrats professionnels. Il y a l'amoureux qui pleure en pleine rue en découvrant, dans le *Corriere della Sera*, que sa compagne italienne vient d'être arrêtée. Celui qui épouse Joëlle Aubron. Celui qui fait vingt-six ans de prison. Celui qui détestait les policiers, a tiré sur certains d'entre eux, et les décrit aujourd'hui comme une autre version de lui-même : de jeunes et braves couillons, probablement aussi sincères que lui dans leurs convictions. L'homme qui, peut-être, a abattu Gabriel Chahine à coups de carabine. Celui qui est hanté par la souffrance. Celui qui, durant notre échange, baisse les yeux une seule fois, en évoquant le souvenir de son père, disparu en 1996, ce père qu'il appelait tous les jours depuis la prison, et qu'il n'a pas revu. Celui qui a prévu de rendre visite à ses parents, demain à la première heure, au cimetière du Montparnasse. Comme à chaque fois qu'il passe à Paris, il ira « leur parler ». Tous ces êtres sont là. Ils ne se rencontrent pas, ne s'effacent pas non plus les uns les autres. Il n'y a pas de réponse, pas d'apaisement. Mais Régis Schleicher les regarde, chacun d'entre eux, bien en face.

Quelque chose remonte doucement, une chose qui me serre la gorge, et n'a pas de nom. J'envisage les convives : l'Italien à qui il manque un doigt, arraché par une balle, et qui a emmené ce matin même dans sa voiture Hellyette chez le médecin, comme il le fait depuis des années, avec cette immuable douceur silencieuse. La Galère qui raconte, sa bière à la main, le jour où il a failli voler une voiture, avant de réaliser, en se retournant machinalement, qu'il y avait un bébé sur la banquette arrière. Régis qui voudrait effacer la souffrance, mais aussi revivre ses vingt-cinq ans, retrouver la vraie vie, et dans le même mouvement, la mort au bout de l'arme. Cette femme qui tartine des toasts en me confiant que, durant les longues années où son mari était emprisonné, c'est elle qui, pour Noël et les anniversaires, envoyait des colis à leurs enfants, à son propre domicile, en prétendant qu'ils provenaient de leur père – lui n'y avait pas songé. Ma mère m'a récemment révélé qu'elle faisait de même, glissant des cadeaux faussement exotiques, achetés dans un magasin de jouets du centre-ville, dans la valise de mon père qui revenait d'Afrique. Tout tient ensemble, et c'est ce que nous ne pouvons concevoir.

Un jour, au palais de Justice, un policier a demandé à Hellyette : « Mais pourquoi allez-vous toujours vers les plus dangereux ? »

Le bien et le mal se dévorent l'un l'autre. Le jour fait pâlir la nuit, puis la nuit avale le jour. J'ignore ce qui triomphe, de la lumière ou de l'obscurité. Mais je suis vivante, ici, auprès d'eux. Plus vivante que je ne l'ai été depuis longtemps. Un grand type en blouson de cuir, copain d'enfance de Régis et de La Galère, qui a préféré devenir professeur de philosophie plutôt que de s'embarquer dans la lutte armée, voudrait que je lui explique de quoi parle mon livre. Régis répond que personne n'y comprend rien. Ils en discutent entre eux, recoupent ce que je leur ai dit, ils ne saisissent pas. « Un entretien avec elle, c'est quand même moins dur qu'une garde à vue », plaisante-t-il. Pour ma part, j'ai l'impression d'avoir trouvé ce que je cherche, sans le savoir, depuis toujours. Un homme qui puisse s'asseoir devant moi, et admettre l'existence de la souffrance qu'il a causée. Des êtres qui acceptent de se livrer et comblent le vide dans mon cœur. J'apprendrai ensuite que l'un des convives a fait part de son inquiétude : ce soir-là, en ma présence, tout le monde parlait trop. Beaucoup trop. Hellyette et Régis lui ont rétorqué qu'ils savaient très bien ce qu'ils faisaient. J'étais libre d'utiliser leurs propos, dans cet obscur projet qui n'était même pas politique mais semblait nécessaire pour réparer une mystérieuse blessure. Dès le départ, ils savaient qu'ils ne reviendraient pas dessus. Ils avaient décidé de me faire confiance. Venant de maîtres du silence, aussi prisonniers du secret que moi, ce genre d'allégation est à mes yeux à la fois un exploit, un cadeau dont on n'a pas les moyens, et un saut dans le vide.

Dans cette histoire, j'ai rencontré des individus détenant chacun leur vérité. Chacun est sincère, sensible, et pourtant, leurs vérités se percutent, ils racontent des histoires qui s'infirment ou s'annulent. Forcément, quelqu'un se trompe, ou quelqu'un ment. Mais peut-être pas. Les vérités se côtoient à la façon d'univers parallèles, légèrement dissemblables, séparées par des parois aussi minces que du papier à cigarette, des parois au travers desquelles nous pourrions voir, si nous nous approchions, que nous pourrions déchirer juste en y passant la main. Mais nous ne le faisons pas.

La Galère m'a raconté que, à la fin des années 70, il prenait souvent le train pour se rendre à Genève, dans la rue du Mont-Blanc, où se trouvait alors un magasin d'électronique un peu particulier. De loin, il était comme tous les magasins d'électronique, sur deux étages, avec ses téléviseurs, ses chaînes hi-fi, ses premiers ordinateurs personnels, Altair, Commodore. Il y avait, au fond du deuxième étage, une autre pièce, presque aussi vaste que la première, à laquelle on accédait en adressant au vendeur un signe discret, ou alors un mot de passe : dans cette arrière-chambre, on trouvait des gilets pare-balles, des plaques en Kevlar, des scanners ultraperfectionnés, et l'on rencontrait souvent sur le trottoir la crème de la guérilla internationale, Palestiniens, Espagnols, Libanais, Allemands, Italiens, venus se fournir en matériel dernière génération. Je me souviens de ce magasin, mes parents, mon frère et moi passions devant lorsque nous nous rendions au Plaza, le cinéma dont les structures d'aluminium incarnaient l'avant-garde des années 50, ou que nous allions déjeuner au Mövenpick, dans un décor tamisé et orange seventies. Nous nous déplacions alors dans des réalités contiguës, séparées par cette paroi de papier. Peut-être nous sommes-nous croisés, lui et sa valise pleine de scanners, gilets pare-balles, plaques de Kevlar, moi, les yeux bouffis d'avoir trop pleuré devant *E.T.*, ou flanquée d'un sachet de plastique transparent où flottaient des poissons. L'animalerie dans laquelle nous nous rendions avec Yves S. se trouvait à quelques rues de là. Derrière la porte vitrée, les bacs, collés les uns aux autres et éclairés par des tubes de néon, donnaient l'impression de marcher au fond de la mer. Ma joie devant les aquariums était sans doute comparable à celle de La Galère déambulant dans les rayons de la surveillance high-tech.

Il a fallu toutes ces années, ce chemin que j'ai pris de façon aveugle et obstinée, pour que nous nous retrouvions ici, tous ensemble, dans le même monde, que nous sortions, chacun notre tour, de la clandestinité. Nos identités multiples, enfin réunies dans la même pièce. Il m'a fallu toutes ces années pour déchirer la paroi de papier qui me séparait d'Yves S.

« Mais pourquoi allez-vous toujours vers les plus dangereux ? » À moi aussi, on aurait pu poser la question.

Je viens d'un lieu de ténèbres. Un lieu auquel j'ai essayé d'échapper durant mon existence entière, mais où je me rends simplement en fermant les yeux. Il est creusé dans la roche, c'est une galerie humide et froide que j'arpente dans l'obscurité. Les parois suintent une matière visqueuse qui me recouvre, moi aussi. C'est une prison familière, dans laquelle je marche sans jamais voir le jour, et qui se déploie sous la surface de la terre, à la façon d'un réseau de spéléologie, ou de catacombes. Et même si je réussis parfois à m'évader, que j'ai quelquefois muré son entrée, croyant la rendre impraticable pour toujours, même si je frotte sans relâche pour nettoyer ma peau, la vérité est que je retourne là-bas, encore et encore, aimantée par une force invisible. L'attraction de ce lieu est celle, dissimulée, fourbe, qui m'a conduite à écrire ce livre, celle qui m'a emmenée jusqu'ici, auprès de ces êtres qui se promènent eux aussi dans les souterrains du monde. Mais je sais désormais que ce lieu n'est pas le mien. Il m'appelle, prétend que je suis sa chose, qu'il m'a enfantée, nourrie, façonnée, mais c'est un mensonge, un piège, le chant de sirènes maléfiques.

J'en ai fini avec le caché, et avec le silence. Je ne veux plus creuser d'une main, et ensevelir de l'autre. Je ne veux plus être coupable, ni avoir honte. J'ai fini de croire que cette matière qui colle à ma peau est celle dont sont faits mon âme et mon cœur. J'ai fini de me taire, comme tous ceux qui savaient, et se sont tus, comme tous ceux qui m'ont fait croire que parler était une faute plus grave encore que toutes les fautes qui avaient été commises.

Je regarde Hellyette, Régis, La Galère, je pense à Claude, à Nathalie. Je suis ici, et ailleurs, je suis à ma place, auprès d'eux, et je suis une infiltrée. Mais je ne suis pas un traître. Je ne suis pas un traître.

Un matin, je trouve Hellyette, installée sur son lit, en poncho et pantalon de pyjama. Elle est assise, le dos bien droit, le visage levé vers la fenêtre.

« Tu as manqué le rouge-gorge, mais les mésanges sont là. »

Je m'assois près d'elle, sans même ôter mon manteau, et nous restons là, à contempler le spectacle. Les mésanges viennent picorer les filets remplis de graines qu'Hellyette a suspendus aux branches. Elles volettent, légères, je distingue leur tête noire, leur dos bleu, puis comme une autre facette de leur personnalité, cachée, leur ventre jaune. Elles se penchent en équilibre pour nous regarder.

Petite fille, j'allais nourrir les mésanges et les écureuils, à Crans-Montana. Il y avait cet endroit, dans le bois, il fallait suivre le sentier, jusqu'à une trouée dans les arbres, une niche dans la végétation où tombaient de fines colonnes de lumière. À cet endroit, et seulement là, si l'on se tenait immobile assez longtemps, les animaux venaient chercher le pain dans votre main. Si l'on se postait trop près, ou trop loin, cela ne fonctionnait plus, le charme était rompu. Je possède une photo de moi, j'ai dix ans, mon bras est tendu loin devant moi, et dans le creux de ma main est posée une mésange. Avec mes nattes et mon pantalon de velours, on dirait la fillette dessinée par Hellyette sur l'enveloppe qui contient sa vie. Il y a quelques années, je suis retournée à Crans-Montana. J'ai cherché la forêt, mais elle avait disparu. À sa place, on avait construit des lotissements, des immeubles neufs en forme de chalet, serrés les uns contre les autres.

Les souris aussi ont disparu, m'annonce Hellyette. Une nuit, tandis qu'elle entendait trottiner et grignoter dans l'obscurité, en pyjama et à bout de nerfs, elle a vidé un sachet de paprika le long des plinthes, et autour du frigo, dans une sorte d'excitation exaspérée, avant de retourner se coucher. Ensuite, elle a dormi paisiblement, comme elle n'avait plus dormi depuis des semaines.

Les souris ne sont jamais revenues. Je lui dis que personne, dans l'histoire de l'humanité, n'avait pensé au paprika, c'est un coup de génie, de l'ordre de la découverte de l'électricité, ou du vaccin contre la rage. Hellyette rit, elle a retrouvé la paix. Nos vies se déroulent ainsi, entre les invasions de souris et le passage des mésanges. Nous oscillons de l'un à l'autre et, entre les deux, nous traçons notre route comme nous le pouvons, tandis que le temps s'écoule, et ne s'écoule pas. Quelquefois, nous trouvons, poussés par des forces mystérieuses, un refuge au milieu de la forêt, ou en plein cœur de la ville. Parfois, nous rencontrons là un autre cœur égaré, poussé à l'abri par les mêmes forces mystérieuses. Cet être, croyons-nous, ne nous ressemble pas, il est même celui à qui tout nous oppose. Dans d'autres circonstances, à une autre époque, cet être aurait pu nous combattre. Mais à présent, loin du bruit du monde, dans cette cache où nous avons échoué et qui est en réalité le centre même du monde, il nous ramène à la vie. Peut-être même nous ramenons-nous l'un l'autre à la vie. Nous nous rencontrons en ce point exact qui relie les humains à l'univers entier, à un instant particulier, à un endroit particulier, à la façon d'une éclipse solaire, ou d'une pluie d'étoiles filantes. À cet instant, nous nous souvenons qu'en notre cœur existe un lieu irréductible, fait d'eau et de lumière, un lac cerné de montagnes bleues, traces d'un temps géologique. Nous nous souvenons alors que ce lieu existe dans le cœur de tous les hommes. Absolument tous.

Après avoir quitté Hellyette, je monte dans le bus 96. Mais cette fois je vais dans l'autre sens, jusqu'au boulevard Edgar-Quinet. Je veux m'asseoir une dernière fois sur ce banc, là où j'ai si souvent cherché la réponse, toujours fuyante, à une question elle-même insaisissable. En marchant le long du cimetière du Montparnasse, je réalise qu'il n'y a pas qu'un seul banc, mais de nombreux bancs, tout le long de l'esplanade. J'en choisis un sur le côté, qui modifie légèrement mon angle de vue. Je m'assois, et contemple le trottoir vide miroitant la clarté du ciel, là où, il y a près de trente-cinq ans, reposait le corps de Georges Besse. Derrière moi, les dômes des caveaux s'élèvent au-dessus du mur d'enceinte telles des mains en prière. J'ai passé mon année dans des bus, des trains, et des cimetières.

Régis Schleicher est venu, quelques jours plus tôt, parler à ses parents inhumés dans la section sud du cimetière. Je me souviens qu'il a choisi ce terme, *parler*. J'imagine les conversations qui se tiennent là, entre deux mondes, comme dans un parloir où l'on serait séparé de son interlocuteur par le temps et la terre, mais relié à lui par un combiné téléphonique fantôme raccordé au sous-sol. Il y a peu, ma fille m'a confié être venue s'entretenir avec Guy de Maupassant. Elle s'est tenue derrière la petite grille de fer forgé, peinte en blanc, qui ceint sa tombe, tel le portail d'un pavillon raffiné, et s'est excusée de l'avoir mal jugé : elle avait réalisé que, contrairement à ce qu'elle avait écrit dans son contrôle de français, il ne méprisait pas les femmes mais voulait éclairer la violence de leur condition. Cette adolescente s'en est allée présenter ses excuses, et j'ignore ce qui me touche le plus, le fait qu'il lui paraisse naturel de converser avec un auteur disparu il y a plus d'un siècle, ou celui de chercher, sans rien dire à personne, dans le froid et le dédale des divisions, la sépulture où elle pourra réparer sa faute. J'ai lu quelque part que Guy de Maupassant aurait voulu être enseveli en pleine terre, sans cercueil, plutôt que dans une tombe évoquant un jardin précieux, et je me demande pourquoi il est si difficile d'être entendu, du temps de notre vivant. Parmi tous les êtres qui viennent ici implorer ou accorder un pardon, certains seront peut-être entendus, au bout du compte.

Devant moi se dresse le panneau, bleu et neuf, sur lequel est inscrit « Allée Georges Besse – 1927-1986 – ingénieur polytechnicien président-directeur général de Renault assassiné le 17 novembre 1986 ». Je le contemple longuement, en me demandant où cet homme est enterré, et si ceux qui l'ont aimé, ou blessé, viennent quelquefois lui parler. Puis je sors mon téléphone, appelle mon frère, et l'interroge : où se trouve notre père ?

Quelques jours plus tard, mon frère et moi nous rendons à Colombes, une ville où je n'ai jamais mis les pieds, même si, ainsi que je viens de l'apprendre, elle se trouve à moins de quinze kilomètres de chez moi. J'ai découvert avec stupéfaction que mon père reposait dans l'un des deux cimetières de la commune, dans le caveau de famille de ma grand-mère, dont j'ignorais l'existence. D'une certaine manière, je m'attendais à ce qu'il ne se trouve nulle part, ou dans un lieu inaccessible. En réalité, il était juste à côté, au bout d'un trajet ridiculement bref que nous nous apprêtons à parcourir. J'ai quitté Yves S. à Lausanne, dans un cimetière glacé, dans le brouillard, je le retrouve ici, de l'autre côté de la frontière, comme s'il m'avait suivie. Après la cérémonie funéraire à Lausanne, mon frère était reparti avec l'urne contenant ses cendres. Il ne voulait pas le laisser là-bas, tout seul. Il l'a conservé quelque temps chez lui, avant de le faire inhumer auprès de ses parents. J'ai dû savoir cela, un jour, il ne m'en reste pas même un vague souvenir.

Sur la route, mon frère m'explique qu'il se sent bien dans les cimetières. Il a toujours eu le sentiment d'avoir un pied ici, un autre dans l'au-delà. Il est réconfortant d'être conduite par un homme qui s'adresse à Dieu aussi naturellement que si celui-ci était installé sur la banquette arrière. J'ai l'espoir que la communication avec notre père en sera facilitée. Au téléphone, mon frère a eu l'air surpris par ma question, cela ne l'a pas empêché de me répondre d'une voix douce, pleine de délicatesse, avant de me proposer de m'accompagner. À présent, penché sur le volant, les yeux plissés derrière ses lunettes à fines montures de fer, il ne cesse de bavarder gaiement. J'ai envie de lui sauter dessus pour l'embrasser et lui exprimer ma gratitude. Je lui demande si, à son avis, la colombe est une espèce de pigeon. Il n'en est pas certain, c'est possible. Il m'informe que dans la Genèse, la colombe tient en son bec un rameau d'olivier signifiant à Noé la fin du Déluge. Voilà, me dis-je, exactement ce que je cherche : la fin du Déluge.

Le cimetière ressemble à une enclave du passé, encastré entre un fast-food, un rond-point et une barre d'immeubles. Après avoir garé la voiture sur le parking désert, nous partons à la recherche d'un fleuriste, un peu plus bas dans la rue. Dans une boutique pleine de couronnes mortuaires et de corbeilles de deuil, nous examinons consciencieusement les plantes en pot en en cherchant une susceptible de résister à la sécheresse et aux intempéries. Nous finissons par choisir une rose de Noël, qui, nous informe Internet, peut fleurir sous la neige et survivre à des températures de l'ordre de quinze degrés en dessous de zéro. Puis nous remontons la rue, je ne lâche pas la fleur en forme d'étoile blanche qui paraît plus vaillante que moi. À l'entrée du cimetière, mon frère sort un morceau de papier sur lequel sont inscrites les coordonnées géographiques de la concession.

Au fond, près du mur d'enceinte et au pied d'un châtaignier, se trouve la tombe de marbre gris que nous cherchons. Yves S. est là, aux côtés de ses parents, des deux sœurs de ma grand-mère, et de membres de la famille dont je n'ai jamais entendu parler. Nous nous postons bien en face, sans un mot.

Sur l'inscription, il est indiqué que mon père a disparu dix ans auparavant, presque jour pour jour. Je découvre que le prénom de ma grand-mère ne s'écrit pas comme je le croyais. Et que mes grands-parents se sont éteints la même année, à quelques mois d'intervalle. Après la mort de son mari, ma grand-mère ne voulait plus vivre. Le jour de l'enterrement, elle avait fait un malaise, il avait fallu la porter pour l'évacuer de l'église. Je pense à son grand amour, le médecin qu'elle n'avait pas voulu suivre. Nos cœurs sont toujours plus équivoques qu'on ne l'imagine. Je revois mon père, qui tient sa main, devant la terre meuble, et ce trou où l'on s'apprêtait à descendre leur père et époux. Cette scène a eu lieu là où je me tiens, exactement à cet endroit. Je suis donc déjà venue à Colombes, j'ai parcouru ce même chemin. Mais tout est différent, comme si on avait changé le décor, à moins que ce ne soit moi que l'on ait changée. Je ne me rappelle pas ce que j'éprouvais alors. Mais je sais ce que je ressens aujourd'hui. Je refuse que le chagrin, la faute, et le secret soient ensevelis avant même d'avoir existé dans le monde.

Je fais un pas en avant, afin que mes orteils touchent la pierre. Comment s'adresse-t-on à quelqu'un à qui l'on ne parlait pas lorsqu'il était en vie ? Je prononce quelques mots dans ma tête, je m'emmêle un peu. Mais je dois le dire. J'ai cheminé si longtemps, une vie entière, pour venir jusqu'ici. Mon frère ne lâche pas mon bras. Je sais combien il a été difficile pour nous de nous retrouver là. Alors, j'inspire un grand coup et remue les lèvres, sans émettre un seul son.

« Papa. Tu as fait des choses terribles. Je te pardonne, et je ne te pardonne pas. »

Une rafale de vent fait trembler les branches du châtaignier, dont les feuillages nous couvrent de leur ombre.

« La vérité, c'est que je ne sais pas. Disons que je ne t'en veux plus. Non, je ne t'en veux plus. »

Je le répète, en mon for intérieur, plusieurs fois, concentrée sur son nom en lettres dorées qui brille sur le marbre.

Mon frère s'incline, retire les feuilles mortes qui traînent sur la tombe. Il a ensuite ce geste, semblable au battement d'ailes d'un oiseau : il embrasse le bout de ses doigts, et effleure le marbre à nos pieds. Une digue cède en moi, et tout se déverse : la tristesse, la colère, la violence, la honte. Mais également l'amour, le souvenir, la douceur, le manque, qui se tenaient là, eux aussi, et dont il m'aura fallu achever cette étrange épopée pour reconnaître l'existence. Tout tient ensemble, c'est ainsi, le bien et le mal enlacés à la façon de racines noires plantées dans mon cœur. Je me penche à mon tour et dépose la rose de Noël à l'endroit même où se trouvaient mes pieds. Désormais, il y a une encoche sur la ligne du temps et de l'espace, un trait, aussi léger qu'une ponctuation. Si l'on se penche, si l'on s'approche, ou si l'on prend simplement le temps, on le voit : un fanion, blanc et dérisoire, une fleur fragile qui peut éclore dans la neige et résister au gel.

J'approche mon visage de la pierre, là où volette le baiser de mon frère.

« J'ai besoin d'écrire ce qui a eu lieu. Je ne peux pas faire autrement. »

Je me redresse, et dis à haute voix :

« Au revoir, papa. »

Surgissant des feuillages du châtaignier où ils étaient cachés, une volée de pigeons s'éparpillent dans le ciel. Puis, bras dessus bras dessous, mon frère et moi repartons là d'où nous venons.

SOURCES

Articles et ouvrages

Nanni Balestrini, Primo Moroni, *La Horde d'or. La grande vague révolutionnaire et créative, politique et existentielle, Italie 1968-1977*, traduit de l'italien par Jeanne Revel, Jean-Baptiste Leroux, Pierre-Vincent Cresceri et Laurent Guilloteau, L'Éclat, 2017.

Jean-Marc Bloch et Rémi Champseix, *Des deux côtés du miroir*, Le Cherche Midi, 2015.

Anna Laura Braghetti et Paola Tavella, *Le Prisonnier, 55 jours avec Aldo Moro*, traduit de l'italien par Claude Galli, Denoël, 1999.

Fanny Bugnon, *Les « Amazones de la terreur » : sur la violence politique des femmes, de la Fraction armée rouge à Action directe*, Payot, 2015.

François Cusset, *La Décennie. Le grand cauchemar des années 80*, La Découverte, 2006.

Aurélien Dubuisson, *Action directe, les premières années*, Libertalia, 2018.

—, « "Agir en primitif et prévoir en stratège" : la violence au prisme de l'idéologie politique chez Action directe et les Cellules communistes combattantes », in *La Violence des marges politiques des années 1980 à nos jours*, Riveneuve, 2017.

Alain Hamon et Jean-Charles Marchand, *Action directe, du terrorisme à l'euroterrorisme*, L'épreuve des faits / Seuil, 1986.

Roland Jacquard, *La Longue Traque d'Action directe*, Albin Michel, 1987.

Mario Moretti, Carla Mosca et Rossana Rossanda, *Brigate Rosse, Une histoire italienne*, traduit de l'italien par Olivier Dubre et Brigate Rosse, Éditions Amsterdam, 2010.

Jean-Pierre Pochon, *Les Stores rouges, Au cœur de l'infiltration et de l'arrestation d'Action directe (1979-1982)*, Éditions des Équateurs, 2008.

—, *Sonate pour un espion*, Robert Laffont, 2012.

Jean-Marc Rouillan, *De mémoire*, t. II : *Le deuil de l'innocence, Un jour de septembre 1973 à Barcelone*, Agone, 2009.

—, *Infinitif présent*, Agone, 2010.

—, *Je hais les matins*, Agone, 2015.

—, *Je regrette*, Agone, 2017.

—, *Dix ans d'Action directe. Un témoignage (1977-1987)*, Agone, 2018.

Benoît Sabatier, *Nous sommes jeunes, nous sommes fiers*, Hachette Littératures, 2007.

Michelle Salord, *L'Italie des « années de plomb » et le « terrorisme rouge » : entre altérité, histoire et mémoire ? Essai sociologique sur les résolutions de conflits armés et sur les constructions identitaires et mémorielles*, Sciences de l'Homme et Société, Université Paris 7, 2015.

Serge Savoie, *RG, La Traque d'Action directe*, Nouveau Monde Éditions, 2011.

Articles de presse

Jacques-Marie Bourget, « Action directe, Victoire sur les enragés », *Paris Match* n° 1971, 6 mars 1987.

Jean Cau, « Joëlle la terroriste, Comment une fille de château devient une pasionaria », *Paris Match* n° 1718, 30 avril 1982.

Gilles Martin-Chauffier, « L'incroyable destin des tueuses perdues », *Paris Match* n° 1711, 13 mars 1982.

Michel Gonod, « Georges Besse, Le symbole foudroyé », *Paris Match* n° 1957, 28 novembre 1986.

Michel Gonod, Laurence Masurel et Pierre Ottavioli, « La révolte des flics », *Paris Match* n° 1777, 17 juin 1983.

Gilles Rof, interview de Jean-Marc Rouillan, « Je peux faire peur à beaucoup de monde », *L'Express*, 30 septembre 2008.

Daniel Schneidermann, « Deux semaines de procès pour Action directe, Le sang et les confitures », *Le Monde*, 10-11 janvier 1988.

—, « La première journée du procès d'Action directe : retrouvailles dans le tumulte », *Le Monde*, 13 janvier 1988.

—, « Action directe et sa "mouvance". L'impossible dialogue », *Le Monde*, 16 janvier 1988.

—, « Le procès d'Action directe, Un assourdissant silence », *Le Monde*, 19 janvier 1988.

—, « Devant la cour d'assises spéciale de Paris, Nathalie Ménigon est condamnée à douze ans de réclusion », *Le Monde*, 19 février 1988.

—, « Acquittement pour les inculpés d'Action directe à la cour spéciale de Paris, Des témoins amnésiques », *Le Monde*, 21-22 février 1988.

Dominique Simonnot, interview de Régis Schleicher, « L'hypothèse que nous défendions a failli », *Libération*, 22 octobre 2005.

« C'était Nathalie la furie », *Paris Match* n° 1635, 26 septembre 1980 [non signé].

Vidéos

Cinématon #20, Gabriel Chahine, réalisé par Gérard Courant, 1978.

Retour sur mon parcours militant, entretien avec Joëlle Aubron, réalisé par Alain Pojolat et Pierre Jourdain, image Rossalinda Scalzone, avec le soutien du Jargon libre et Ne laissons pas faire, 2005.

Ni vieux ni traîtres, réalisé par Pierre Carles et Georges Minnangoy, 2006.

Faites entrer l'accusé, « Action directe, l'assassinat de Georges Besse », 2009.

REMERCIEMENTS

Mes remerciements vont à Hellyette Bess, dont la confiance et la générosité m'ont permis d'écrire ce livre, et de rencontrer la plupart de ses protagonistes. À Jean-Pierre Pochon pour sa bienveillance. À Jean Halfen pour son accueil et ses pommes – j'espère qu'il me pardonnera mon obstination à le prénommer « Claude ». À Annelyse Benoit pour sa chaleur et son hospitalité, à Nathalie Ménigon pour sa franchise. À La Galère pour sa visite guidée de Ménilmontant. À Régis Schleicher, pour sa sincérité.

Merci également à l'historien Aurélien Dubuisson, dont le savoir et la patience me furent précieux.

Merci à mes éditrices Karina Hocine et Charlotte von Essen, à Théophile Bignon, mon attaché de presse. Merci à Antoine Gallimard.

Ce texte est un récit construit à partir de mes souvenirs, qui, on a pu le constater, ne permettent pas une retranscription exacte de la réalité. Je suis un témoin défectueux qui chemine pour éclairer sa propre histoire. Je demande à ceux qui ont eu la bonté de s'entretenir avec moi de m'excuser : ces pages ne sont qu'une interprétation, fragile, parcellaire, du réel, dans lequel se glisse la littérature. Mais elles ne mentent pas.

Merci à Giovanni Occhipinti qui m'a accompagnée à chaque instant dans la rédaction de ce livre. Son regard, sa douceur, sa justesse, son amour. Il me manque tant.

Composition : Entrelignes (64)
Achevé d'imprimer
par CPI Firmin-Didot
à Mesnil-sur-l'Estrée, en juin 2022
Dépôt légal : juin 2022
Numéro d'imprimeur : 170405

ISBN : 978-2-07-290042-6/Imprimé en France

368292